next + back pgs torn / ink scribbles 6/19/04

WITHDRAWN

ДАНИЭЛА СТИЛ

ПУТЕШЕСТВИЕ

act

ББК 84 (7США)
С80

Danielle Steel
JOURNEY
2000

Перевод с английского Е.Б. Черной

Серийное оформление А.А. Кудрявцева

Печатается с разрешения автора и литературных агентств
Janklow & Nesbit Associates и Permissions & Rights Ltd.

Стил Д.

С80   Путешествие: Роман / Д. Стил; Пер. с англ. Е.Б. Черной. —
М.: ООО «Издательство АСТ», 2001. — 320 с.

ISBN 5-17-007809-9

Их считали самой счастливой парой Вашингтона — медиа-магната Джека Хантера и его жену Мэдди, сделавшую блестящую карьеру на телевидении. Они казались даже не семьей — ИДЕАЛОМ СЕМЬИ. Ими восхищались. Им завидовали. Но…

Кто знает, КАКИЕ темные, постыдные, болезненные тайны скрываются за фасадом «идеальной семьи»?

Кто скажет, ЧТО способна вытерпеть женщина, из последних сил пытающаяся «сохранить лицо»?

Однажды даже самому долгому терпению приходит конец. И кто предскажет, ЧЕМ обернется жизнь женщины, решившей порвать с прошлым и начать все сначала?..

ББК 84 (7США)

От автора

Мое путешествие оказалось долгим. Но я об этом не жалею. Порой я продвигалась вперед в кромешной тьме, подстерегаемая неведомыми опасностями. Порой же на этом пути было много радости и солнечного света. И все же трудностей было больше: непроходимые леса, высокие горы, непроглядная тьма... И тем не менее где-то впереди всегда мерцал огонек, свет путеводной звезды.

Я бывала и мудрой, и неразумной. Меня любили, предавали и бросали. И я, к своему великому стыду, причиняла боль многим, за что сейчас смиренно прошу у них прощения. И сама простила тех, кто делал больно мне. Молю их о прощении за то, что позволяла им доставлять мне огорчения. Я много любила. Любила безоглядно, все с той же верой и надеждой, всем сердцем и душой. И несмотря на душевные раны, продолжала свой путь к любви и свободе.

Тем, кто еще блуждает в потемках, хочу пожелать доброжелательных попутчиков, надежного пристанища, когда вы будете в нем нуждаться, просветов в темном лесу, свежей воды для утоления жажды и омовения ран. И конечно же, исцеления.

Когда-нибудь в один прекрасный день мы встретимся. И сразу узнаем друг друга и пожмем друг другу руки. Свобода впереди, она ждет нас, и каждый из нас должен прийти к ней своим путем. На этом пути нам потребуется решимость, мужество, терпение и чувство благодарности. А в конце пути — мудрость. Когда путешествие подойдет к концу, мы вновь обретем самих себя, обретем мир, покой и любовь... ту, о которой до этого могли только мечтать.

Да поможет вам Бог на этом пути.

...Долго я жила с оглядкой,
Мечтая о мире в душе.
А сейчас хочу одного —
Лежать в этой мягкой траве,
Крепко зажмурившись...

Эдна Сент-Винсент Миллей

Глава 1

Длинный черный лимузин замедлил ход и остановился в конце вереницы таких же автомобилей. Вечерний воздух благоухал ароматами начала июня. Два морских пехотинца, чеканя шаг, выступили навстречу Мэдлен Хантер, грациозно выходившей из машины у восточного подъезда Белого дома. Трепетал на ветру звездно-полосатый флаг. Один из солдат отсалютовал Мэдлен. Она ответила ему улыбкой. Высокая стройная женщина в длинном белом вечернем платье; темные волосы подняты и стянуты в аккуратный пучок, открывая длинную изящную шею и обнаженное плечо; на ногах серебристые босоножки на высоких каблуках. Кремовая кожа, голубые глаза, величавая осанка, грациозная походка. Она улыбнулась фотографу, делавшему снимок. Потом он щелкнул еще раз — ее муж вышел из машины и встал рядом.

Сорокапятилетний Джек Хантер, крепкий и статный, начав карьеру в профессиональном футболе, заработал немало денег, удачно их вложил и смог купить сначала радиостанцию, потом телестудию, а к сорока годам уже владел одной из главных кабельных сетей в стране. Благодаря своему состоянию и везению он стал крупным воротилой большого бизнеса.

Супруги позволили фотографам сделать еще один снимок и вошли в Белый дом. Потрясающая пара, как говорили о них уже семь лет. Джек познакомился с Мэдлен в Ноксвилле. Его будущей жене было в то время двадцать пять. От ее протяжного южного выговора сейчас, когда ей исполнилось тридцать четыре, не осталось и следа. Так же как и у Джека — уроженца Далласа. Сейчас он говорил резко и отрывисто, что сразу убеждало собеседника: Джек точно знает, что делает и чего хочет. Его темные глаза обладали способностью одновременно следить за тем, что происходит в разных концах помещения, а сам он умудрялся слушать сразу нескольких собеседников, сохраняя в то же время заинтересованный вид по отношению к тому, с кем разговаривал в данный момент. Люди, хорошо знавшие Джека, говорили, что иногда его глаза словно буравили человека насквозь, порой же он мог обласкать взглядом. В нем чувствовались почти гипнотическая мощь и властность. При одном взгляде на этого человека с гладко зачесанными темными волосами, в превосходно сшитом смокинге и накрахмаленной рубашке хотелось к нему приблизиться, познакомиться поближе и оказаться в числе его избранных друзей.

Когда-то он произвел точно такое же впечатление на Мэдлен — простую девушку из Ноксвилла. Она приехала туда из Чаттануги и все еще говорила с акцентом. Работала секретаршей на телестудии, потом — из-за забастовки — стала выступать перед телекамерой, сначала с прогнозом погоды, потом с обзором новостей. Держалась неуверенно и постоянно смущалась, но была так хороша собой, что быстро завоевала симпатии зрителей. При внешности фотомодели или кинозвезды она оставалась обычной девушкой, и это всех привлекало. К тому же в ней обнаружилась удивительная способность проникать в самую суть описываемых событий. Она потрясла Джека при первой же встрече. Он не устоял перед ее сверкающими глазами и манерой говорить.

На вид он не дал бы Мэдлен больше двадцати, хотя она оказалась почти на пять лет старше. Как-то он остановился поболтать с ней после телепередачи:

— Что ты тут делаешь, красотка? Разбиваешь парням сердца?

— Вряд ли, — рассмеялась она в ответ.

Он вел переговоры в Ноксвилле о приобретении телестудии, что и сделал двумя месяцами позже. После этого Джек превратил Мэдлен в одну из основных ведущих и послал в Нью-Йорк постигать тайны телевизионного мастерства и работать над новым имиджем. Эффект оказался поразительным. Не успела Мэдлен оказаться на телеэкране, как буквально через несколько месяцев ее карьера стремительно пошла вверх.

Именно Джек вырвал ее из кошмара, в котором она жила: муж — а она состояла в законном браке с семнадцати лет — вдоволь над ней поиздевался. Впрочем, ее жизнь ничем не отличалась от той, какую она наблюдала в Чаттануге с самого детства в родительском доме. С Бобби Джо они дружили еще в школе и поженились сразу после ее окончания.

Купив кабельную телесеть в Вашингтоне, Джек Хантер предложил Мэдлен престижную должность ведущей. Если она согласится, пообещал Джек, он поможет ей устроить собственную жизнь.

Он сам приехал за ней в Ноксвилл на роскошном лимузине. Она встретила его на остановке междугороднего автобуса с одной небольшой сумкой в руке. В ее глазах явственно читался ужас. Молча она села к нему в машину. Лишь через несколько месяцев Бобби Джо сумел выяснить, где она. К этому времени Мэдлен с помощью Джека уже подала на развод. Год спустя они поженились. И вот уже семь лет как она миссис Джек Хантер. С годами Бобби Джо и все его немыслимые издевательства стали казаться далеким кошмаром. Она теперь телезвезда и ведет поистине сказочную жизнь. Ее знают и любят по всей стране. А Джек обращается с ней как с принцессой.

Рука об руку они вошли в Белый дом, остановились в конце длинной череды приглашенных. Мэдлен выглядела спокойной и счастливой. Женщина, которую абсолютно ничто не тревожит. Любимая жена могущественного теле-магната. Больше в ее жизни ничего плохого не случится, она это твердо знала. Джек не допустит. Теперь она в безопасности.

Они обменялись рукопожатиями с президентом и первой леди. Президент, понизив голос, сказал Джеку, что хотел бы поговорить с ним чуть позже наедине. Мэдлен в это время болтала с первой леди. Они хорошо знали друг друга, так как она не раз брала интервью у супруги президента и они с Джеком часто бывали в Белом доме.

Когда Хантеры вошли в зал рука об руку, взгляды многих обратились на них, им кивали, улыбались, их узнавали. Да... Ноксвилл остался далеко позади. Мэдлен не знала, где теперь ее первый муж, и не желала этого знать. Жизнь, которую она когда-то вела, теперь казалась нереальной. Ее настоящая жизнь здесь, в этом мире могущественных и влиятельных людей. А сама она сияет среди них яркой звездой.

Они смешались с остальными гостями. Французский посол дружески заговорил с Мэдлен, представил ее жене. Джек в это время живо беседовал с каким-то сенатором. Краем глаза Мэдлен незаметно наблюдала за мужем. К ней подошел бразильский посол в сопровождении привлекательной женщины, представлявшей в конгрессе штат Миссиси-пи. Вечер обещал быть, как всегда, очень интересным.

Через некоторое время они перешли в обеденный зал. За столом ее соседями оказались сенатор из Иллинойса и конгрессмен из Калифорнии. С ними она уже встречалась раньше, оба весь вечер наперебой старались привлечь к себе ее внимание. Джек сидел между первой леди и Барбарой

Уолтерс. Лишь поздно вечером он подошел к жене. Они вместе прошли в танцевальный зал.

— Ну как? — спросил он небрежным тоном во время танца.

У Джека всегда все было под контролем. Как правило, он заранее записывал, с кем хотел бы встретиться и переговорить. Он не упускал ни малейшей возможности завязать новые знакомства или закрепить старые и никогда не тратил время впустую.

— Так как тебе сенатор Смит? О чем он говорил?

— Мы обсуждали новый законопроект о налогах.

Мэдлен сдержанно улыбнулась своему красавцу мужу, как делает всякая светская женщина, утонченная, элегантная, изысканная. Джек любил повторять, что она его творение. Без ложной скромности он приписывал себе тот колоссальный успех, которого она достигла на телевидении, и очень любил поддразнивать ее этим.

— Республиканцы просто помешались на этом законопроекте, но выиграют на этот раз все-таки демократы, особенно с учетом полной поддержки президента. А что конгрессмен Вули?

— Он такой симпатичный и остроумный. — Она подняла глаза на Джека, в глубине души все еще потрясенная тем, что он ее муж. Она до сих пор была без ума от его внешности и харизмы, от окружавшей его ауры. — Вули говорил о своей собаке и внуках. Как всегда.

Ей это нравилось в Вули. Кроме того, он все еще без ума от женщины, на которой женат уже почти шестьдесят лет.

— Удивительно, что его до сих пор избирают.

— Мне кажется, его все любят.

Невзирая на невероятный поворот судьбы, ее сердце оставалось по-прежнему добрым и отзывчивым, как у девочки из Чаттануги. Она так и не забыла, где ее корни. Бесхитростность и простодушие не пропали, в отличие от ее мужа, нередко проявлявшего резкость и даже агрессивность. Ей же нравилось разговаривать с людьми о детях. Своих у нее не было. Двое сыновей Джека уже учились в колледже в Техасе. Он редко с ними виделся, однако с Мэдлен у них сложились довольно теплые дружеские отношения, хотя их мать не питала добрых чувств ни к бывшему мужу, ни к его новой жене. Они развелись пятнадцать лет назад. Чаще всего первая супруга отзывалась о Джеке как о бессердечном человеке.

— Ну что, домой?

Джек еще раз оглядел зал. Кажется, он пообщался со всеми важными персонами, да и вечер подходит к концу. Президент с супругой только что ушли, и теперь гости тоже могут удалиться, если хотят. Нет смысла больше оставаться, решил Джек. Мэдлен не возражала: завтра рано утром ей нужно было быть в студии на программе новостей.

Они незаметно удалились. Водитель с машиной ждал у дверей. Мэдди с наслаждением уселась в комфортабельный лимузин. Какая невероятная разница с тем, что осталось в прошлом... Разве можно это сравнить со старым грузовичком Бобби, с вечеринками в местном баре, с друзьями, которых они навещали в трейлерах. Иногда она сама не могла поверить, что и тогда и сейчас — это ее собственная жизнь. Порой было трудно себе представить, что она вращается сейчас в кругу президента и первой леди, королей и принцев, видных политиков и магнатов, таких же как ее муж.

— А о чем вы говорили с президентом?

Мэдлен подавила зевок. Она выглядела в эту минуту такой же привлекательной и собранной, как и в самом начале вечера. Она даже не подозревала, каким ценным приобретением оказалась для Джека. Правда, теперь о нем все чаще говорили как о муже Мэдлен Хантер. Но об этом он предпочитал молчать.

— Мы обсуждали с президентом очень интересную проблему, — уклончиво ответил Джек. — Я тебе расскажу, когда об этом можно будет говорить.

— И когда же это случится?

В ней проснулся профессиональный интерес. Ведь она не только жена Джека Хантера, но и опытный репортер. Она любила свое дело, любила людей, с которыми работала. Ощущение, словно держишь руку на пульсе огромной страны.

— Пока не знаю. В субботу у нас с ним ленч в Кэмп-Дэвиде.

— Должно быть, что-то важное.

Впрочем, как всегда. Все, что связано с президентом, чревато важными событиями.

Они продолжали обмениваться впечатлениями о вечере. Джек спросил, видела ли она Билла Александра.

— Только издали. Я не знала, что он уже вернулся в Вашингтон.

После смерти жены, случившейся год назад в Колумбии, бывший американский посол в этой стране Александр на полгода удалился от общества. Мэдди хорошо помнила ту ужасную историю. Его жену захватили террористы. Александр сам вел с ними переговоры, по-видимому, не очень умело. Получив выкуп, террористы отчего-то запаниковали и убили его жену. Посол подал прошение об отставке.

— Он идиот, — безжалостно заявил Джек. — Ему не следовало заниматься этим самому. Любой дурак мог бы предсказать, чем это кончится.

— Он, наверное, думал иначе.

Они подъехали к дому. Поднялись по лестнице. Джек сразу снял галстук. Они прошли в спальню.

— Мне завтра рано утром надо быть на студии, — сказала Мэдлен.

Джек начал расстегивать рубашку. Она сняла платье и теперь стояла перед ним в одних колготках и босоножках на высоких каблуках. Ее великолепное тело неизменно производило на него впечатление. Как и на ее первого мужа, хотя они такие разные, ее мужья... Тот — жестокий, грубый, бесчеловечный — не думал о ее чувствах и часто причинял ей боль. Этот — внимательный, ласковый, нежный, даже осторожный. Бобби Джо однажды сломал ей руки. А после того как она познакомилась с Джеком, он в припадке ревности столкнул ее с лестницы, и она сломала ногу. Хотя Мэдлен клялась ему, что у нее с Джеком ничего нет. И это была правда. В то время Джек для нее был только работодателем, с которым у нее просто дружеские отношения. Остальное пришло потом, после того как она покинула Ноксвилл, переехала в Вашингтон и начала работать у него на кабельном телевидении. Не прошло и месяца, как они с Джеком стали любовниками, однако к тому времени ее бракоразводный процесс уже шел полным ходом.

— Зачем тебе завтра вставать так рано? — спросил Джек, обернувшись перед тем, как скрыться в ванной комнате, отделанной черным мрамором.

Они купили этот дом пять лет назад у богатого арабского дипломата. На нижних этажах располагались большой гимнастический зал и бассейн, великолепные помещения для приема гостей. Наверху были четыре спальни, три комнаты для гостей и шесть ванных комнат.

Детскую они даже не планировали. Джек с самого начала дал ей понять, что не хочет детей. От общения с уже имевшимися двумя он никакого удовольствия не получал и заводить других не желал. Мэдди погоревала некоторое время, а потом по настоянию Джека подверглась стерилизации. Может, это и к лучшему, уговаривала она себя. Живя с Бобби, она прошла через десяток абортов. Неизвестно, смогла бы она после этого вообще родить нормального ребенка. Легче было уступить Джеку и не рисковать. Он столько ей дал и столько еще хочет дать. В какой-то степени она его понимала: дети стали бы помехой ее карьере. Однако бывали моменты, когда она горько жалела о том, что приняла

13

бесповоротное решение не беременеть. Сейчас у большинства ее подруг есть дети, у нее же только Джек. Наверное, с годами она будет сожалеть все больше о неродившихся детях, о внуках... Хотя, с другой стороны, это не такая уж высокая цена за жизнь с Джеком Хантером.

Они снова встретились на большой роскошной кровати. Джек прижал ее к себе, она положила голову ему на плечо. Они часто лежали так некоторое время, перед тем как заснуть. Разговаривали о том, что произошло за день. Сейчас Мэдди пыталась угадать, что задумал президент.

— Я расскажу тебе, когда будет можно. И не надо строить догадки.

— Секреты сводят меня с ума.

— А меня сводишь с ума ты!

Он повернул ее к себе, ощущая атласную кожу под шелковой ночной сорочкой. Он никогда не уставал от нее, она ему никогда не надоедала — ни в постели, ни на людях. Особое наслаждение он получал от сознания, что она вся принадлежит ему — и телом, и душой, и на работе, и в постели. Особенно в постели. Он не мог ею насытиться. Временами Мэдлен казалось, будто он хочет ее проглотить. Ему нравилось в ней все. Он все о ней знал, он хотел знать, что она делает каждую минуту, где находится. Он многое мог бы сказать по этому поводу, однако сейчас думал только о ее теле, которого постоянно желал. Он впился в ее губы. Она застонала. Она никогда не отказывала ему в близости. То, что он так сильно ее желает, что она все еще так его возбуждает, казалось невероятным. И как это не похоже на то, что было у нее с Бобби. Тот лишь грубо ее использовал, насиловал, причинял боль. Джека больше всего возбуждала власть и красота. Сознание того, что он, как Пигмалион, сотворил Мэдлен, давало ему ощущение собственной власти. Обладание ею в постели буквально сводило его с ума.

14

Глава 2

Мэдди встала в шесть часов, как обычно. Бесшумно проскользнула в ванную. Приняла душ, оделась. Прическу и грим ей сделают, как всегда, на студии.

Джек спустился вниз в половине восьмого, побритый, причесанный, в темно-сером костюме и туго накрахмаленной рубашке. Мэдди, выглядевшая свежей и отдохнувшей, в темно-синем брючном костюме, пила кофе, просматривая утренние газеты. Подняла глаза на мужа. Она только что прочитала о скандале на Капитолийском холме. Минувшей ночью одного из конгрессменов арестовали, застав его с проституткой.

— И о чем они только думают...

Мэдди подала ему «Пост» и взялась за «Уолл-стрит джорнал». Она любила просмотреть газеты перед тем, как отправиться на студию.

Они поехали на работу в восемь часов. Джек спросил, зачем ей сегодня так рано. Готовит большой репортаж? Бывали дни, когда Мэдлен не появлялась на студии раньше десяти. Как правило, над большим материалом она работала целый день, а во время ленча записывала различные интервью. Выпуски новостей она вела в пять часов и в половине восьмого. В восемь заканчивала работу, переодевалась в своей уборной на студии. Вечером они с Джеком обычно куда-нибудь выходили. У обоих за плечами оставался долгий и трудный рабочий день, но им это нравилось.

— Мы с Грегом делаем серию интервью с женщинами — служащими Капитолия. Уже наметили пять кандидатур. Мне кажется, это будет интересный материал.

С Грегом Моррисом, чернокожим телеведущим, они работали вместе два года и очень тепло относились друг к другу.

— А тебе не кажется, что ты могла бы сделать этот материал одна? Зачем тебе Грег?

— С представителем мужского пола будет выглядеть интереснее.

У нее были собственные мысли по поводу передач, которые часто расходились с мнением мужа. Порой ей даже не хотелось посвящать его в подробности того, что она делала. Не хотела, чтобы он вмешивался в ее работу. Быть женой главы телевизионной сети временами очень нелегко.

— Первая леди вчера говорила с тобой о своем Комитете по борьбе с жестоким обращением с женщинами? — небрежным тоном спросил Джек.

Мэдди покачала головой. До нее доходили слухи о каком-то комитете, создаваемом женой президента, но к ней первая леди с этим не обращалась.

— Нет.

— Значит, еще заговорит. Я ей сказал, что ты наверняка захочешь в этом участвовать.

— В зависимости от того, сколько времени это потребует.

— Я ее заверил, что ты войдешь в этот комитет. Это пойдет на пользу твоему имиджу.

Некоторое время Мэдди молчала, глядя в окно.

— Я бы сама хотела это решить. Зачем ты дал согласие за меня?

Порой она ощущала себя рядом с мужем девочкой-несмышленышем. Он всего на одиннадцать лет старше, а ведет себя так, словно она ребенок, а он ее отец.

— Я уже сказал, это полезно для твоей карьеры. Можешь считать это волевым решением главы телестудии.

Как и многое другое. Она терпеть не могла, когда Джек решал за нее, и он хорошо знал, как это ее раздражает.

— Кроме того, как я понял, ты бы хотела участвовать в работе этого комитета.

— Позволь мне самой все решить.

Тем временем они уже подъехали к телестудии. Шофер открыл дверцу. Оба молчали. Джек, по-видимому, и не собирался ничего обсуждать. Поспешно поцеловав ее на прощание, он скрылся в своем персональном лифте. Мэдди поднялась на лифте в отдел новостей, в свой застекленный офис, где работала с секретаршей и помощником. Грег Моррис занимал кабинет поменьше рядом.

Увидев, что Мэдлен вошла к себе, он появился на пороге с чашкой кофе в руке.

— Доброе утро... Или не очень доброе?

Грег внимательно посмотрел на Мэдлен. И кажется, что-то заметил. Она так и кипела, хотя увидеть это мог только тот, кто хорошо ее знал. Мэдди редко сердилась по-настоящему.

— Мой муж только что принял волевое решение.

Перед Грегом, к которому она относилась как к брату, Мэдди не пыталась скрыть раздражения.

— Та-ак... Меня увольняют?

Он, конечно, сказал это в шутку. Его рейтинг почти так же высок, как и у нее. Но с Джеком ничего нельзя предугадать. Он способен принимать неожиданные, на первый взгляд иррациональные решения, которые к тому же не обсуждаются. Правда, Грега он любит, насколько ей известно.

— Да нет, ничего такого. — Мэдди быстро успокоилась. — Он сказал первой леди, что я буду участвовать в работе ее Комитета по борьбе с жестоким обращением с женщинами. И даже не спросил моего согласия.

— Мне казалось, тебе нравятся такие вещи.

— Речь не о том, Грег. Я не хочу, чтобы кто-то решал за меня. Я взрослый человек.

— Ну, ему, наверное, показалось, что ты не будешь против. Ты ведь знаешь, какие мы, мужики, толстокожие. Забываем пройти все необходимые стадии между «А» и «Я», считаем, что многие вещи нам заранее известны.

— А я этого терпеть не могу.

Однако оба прекрасно знали, что Джек очень часто принимает за нее решения. И всегда объясняет это тем, что лучше знает, что ей нужно. Так уж между ними повелось.

— Мне очень не хотелось тебе говорить, но он принял еще одно волевое решение. Новости просочились с Олимпа как раз перед твоим приходом.

Грег явно чувствовал себя не в своей тарелке. Привлекательный африканец, худощавый и стройный, с небрежно-элегантными манерами, он с детства мечтал стать танцором. Однако в конце концов оказался на телевидении и нисколько не жалел об этом.

— Ты о чем? — встревожилась Мэдди.

— Он изъял целый раздел из нашей передачи — политический комментарий в семь тридцать.

— Что?! Но почему?

— Он хочет, чтобы в семь тридцать звучало больше экстренных новостей. Говорят, его решение основано на изучении рейтинга. Хочет, чтобы мы попробовали строить программу по-новому.

— Но почему он не обсудил это с нами?

— А когда он говорил с нами о таких вещах? Тебе ли его не знать, детка? Джек Хантер принимает решения самостоятельно, без консультаций с королями эфира.

— Черт! — Мэдлен со злостью налила себе чашку кофе. — Хорошенькое дело! Просто поразительно! Значит, теперь никаких комментариев? Но это же глупо!

— Я тоже так думаю, но папе лучше знать. Речь шла и о том, чтобы вернуть редакционный комментарий в пятичасовой передаче, если поступят жалобы, но не сейчас.

— Господи! Неужели он не мог нас предупредить!

— Оставь. Он всегда так делает. Нам остается только это проглотить. Мы ведь здесь работаем.

— Да... наверное, ты прав.

18

Некоторое время она еще кипела от возмущения, но потом с головой погрузилась в работу. Они с Грегом обсуждали, у кого из женщин-конгрессменок — список они уже составили — взять интервью в первую очередь. Закончили почти в одиннадцать часов. Мэдди вышла за сандвичами и по кое-каким делам. Вернулась в час дня и снова села за работу. В четыре она пошла делать грим и прическу. Они встретились с Грегом, обсудили то, что удалось отобрать за день. Пока не было ничего особенно интересного.

— Ну, ты уже намылила Джеку голову за нашу программу?

— Пока нет, но обязательно это сделаю.

В течение дня они с Джеком, как правило, не виделись, хотя уезжали с работы вместе. Если только у него не было назначено на вечер какое-нибудь мероприятие, на котором ей было необязательно присутствовать.

Пятичасовой выпуск новостей прошел нормально. Потом они с Грегом, как обычно, сидели и болтали в ожидании следующей программы, в семь тридцать. В восемь они закончили. Появился Джек. Мэдди попрощалась с Грегом, сняла микрофон, взяла сумочку и вышла. Сегодня вечером они обещали заглянуть на вечеринку с коктейлями в Джорджтауне.

— Какого черта! Что ты сделал с нашей программой? — спросила она в машине.

— Рейтинги показывают, что зрители от нее устали.

— Чепуха! Она им очень нравится.

— Мы услышали совсем другое.

— Почему ты мне утром не сказал ни слова?

— Тогда еще не все было окончательно решено.

— Ты даже не спросил моего мнения. Мне кажется, в данном случае ты принял ошибочное решение.

— Лучше посмотри, что показывают рейтинги.

Они уже подъехали к дому, где проходила вечеринка, и вскоре потеряли друг друга в толпе гостей. Два часа спустя он ее разыскал и спросил, готова ли она ехать домой. После долгого рабочего дня и предыдущего позднего приема в Белом доме оба чувствовали себя усталыми.

По дороге домой они почти не разговаривали. Джек напомнил Мэдлен, что утром едет в Кэмп-Дэвид на ленч с президентом.

— Встретимся у самолета в половине третьего, — рассеянно проговорил он.

На уик-энд они обычно уезжали в Виргинию, где Джек купил ферму за год до знакомства с Мэдди. Он очень любил эти места, и Мэдди успела к ним привыкнуть. Их большой комфортабельный особняк стоял в окружении нескольких миль земельных владений. Джек держал конюшни с породистыми лошадьми. Однако несмотря на живописные окрестности, Мэдди чувствовала себя на ферме неуютно.

— Ты не хочешь провести этот уик-энд в городе? — с надеждой спросила она.

Они подъехали к своему дому. Шофер остановил машину.

— Это невозможно. Я пригласил на ферму сенатора Мак-Катчинса с женой.

Он ей об этом не говорил.

— Это что, тоже большой секрет?

Мэдди не могла скрыть раздражения. Она не выносила, когда Джек ее не спрашивал или хотя бы не предупреждал заранее о приглашаемых гостях.

— Извини, Мэдди, я просто заработался. Столько вещей надо держать в голове. Столько всяких проблем...

Наверное, его беспокоит предстоящая встреча с президентом в Кэмп-Дэвиде, решила Мэдди. И все равно он мог бы ее предупредить о том, что пригласил Мак-Катчинсов на уик-энд.

Джек нежно ей улыбнулся:

— Извини, малыш, я просто забыл.

Когда он так говорил, невозможно было сердиться. В нем появлялось что-то обезоруживающее, и весь ее гнев моментально улетучивался. Она хотела рассердиться, и не могла.

— Ничего страшного. Мне просто хотелось бы знать заранее.

Она не стала ему говорить о том, что не выносит Пола Мак-Катчинса. Джек об этом знал. Этот толстый, надменный, высокомерный сенатор всех подавлял, даже, по-видимому, собственную жену, которая, похоже, перед ним трепещет. Даже их дети повышенно возбудимы. Общество троицы бледных хнычущих ребятишек не доставляло Мэдди никакого удовольствия, хотя она детей любила.

— Они приедут с детьми?

— Я сказал, чтобы детей не брали, — усмехнулся Джек. — Знаю, что ты их не выносишь. И не могу тебя в этом винить. И кроме того, они пугают лошадей.

— Уже легче.

Они вошли в дом. Прошедшая неделя для обоих была трудной. Мэдди чувствовала сильную усталость. В эту ночь она заснула в объятиях Джека, а утром даже не слышала, когда он встал. К тому времени, когда она спустилась к завтраку, он уже сидел полностью одетый и просматривал газеты. Поспешно поцеловал жену и через несколько минут уехал в Белый дом, откуда президентский вертолет должен был доставить его в Кэмп-Дэвид.

— Желаю удачи.

Улыбаясь, Мэдди налила себе кофе. Джек, похоже, в приподнятом настроении. Ничто его так не возбуждает, как власть. Это подобно наркотику.

Позже, когда они встретились в аэропорту, он буквально но сиял от радости.

— Ну что, вы разрешили все ближневосточные проблемы или запланировали где-нибудь небольшую победоносную войну?

21

При одном взгляде на довольное лицо мужа она снова влюбилась в него. Джек так красив, так чертовски привлекателен...

— Что-то вроде этого, — загадочно улыбнулся он.

Они прошли к самолету, который он купил зимой. Они пользовались им в выходные дни. Иногда Джек летал на нем и по делам.

— Ты можешь мне об этом рассказать?

Мэдди умирала от любопытства. Однако Джек только рассмеялся и покачал головой. Он любил ее поддразнивать, когда ему было известно что-то такое, чего она не знала.

— Пока нет. Потерпи еще немного.

Через двадцать минут они поднялись в воздух. Самолет вели два пилота. Сидя в удобных креслах в задней части салона, Мэдди с Джеком оживленно беседовали. Однако прибыв на ферму, Мэдди, к своему великому огорчению, увидела, что Мак-Катчинсы уже там и ждут их. Они приехали на машине из Вашингтона еще утром.

Как обычно, Пол Мак-Катчинс звонко хлопнул Джека по спине, а потом с такой силой стиснул Мэдди в объятиях, что едва не задушил. Его жена не проронила ни слова, лишь на мгновение встретилась с Мэдди глазами. Как будто боялась, что Мэдди раскроет какую-то ее мрачную тайну, если чуть дольше задержит на ней взгляд. Что-то в Дженет Мак-Катчинс всегда вызывало у Мэдди неловкость, какое-то беспокойное чувство, хотя она не могла бы точно определить, что это такое, да и не думала об этом.

Однако на этот раз Джеку понадобилось поговорить с Полом наедине о каком-то законопроекте, кажется, по поводу контроля над применением огнестрельного оружия. Вечно актуальная тема. Мужчины удалились, а Мэдди осталась наедине с Дженет. Пригласила ее пройти в дом, предложила лимонаду и пирожков, приготовленных кухаркой — замечательной итальянкой, проработавшей у них много лет. Джек нанял ее перед женитьбой на Мэдди. В сущности, это была скорее его ферма, чем семейная. Он с большим удовольствием проводил здесь время. Мэдди же это место казалось слишком удаленным от мира. К тому же она никогда не увлекалась лошадьми. Джек же нередко использовал загородный дом для приема нужных людей, вроде Пола Мак-Катчинса.

Женщины сидели за столом в гостиной. Мэдди расспрашивала Дженет о детях. Покончив с лимонадом и пирожками, она предложила гостье прогуляться по саду. Время в ожидании мужчин тянулось бесконечно. Мэдди без умолку болтала о погоде, о ферме и ее истории, о новых розовых кустах, высаженных садовником. Внезапно, кинув взгляд на Дженет, она, к своему ужасу, заметила, что та плачет. Никто не мог бы назвать полноватую бледную Дженет привлекательной. Кроме того, в ее облике постоянно ощущалась какая-то печаль. Особенно сейчас, когда по ее щекам безудержно текли слезы.

— Что с вами? Я могу вам чем-нибудь помочь?

Дженет отрицательно покачала головой. Слезы полились ручьем.

— Простите, — наконец выговорила она. — Мне так неловко.

— Все в порядке. — Мэдди остановилась у садовой скамейки. — Принести вам воды?

Она старалась не смотреть на Дженет. Та снова покачала головой. Высморкалась. Подняла глаза на Мэдди. Их взгляды встретились. Мэдди показалось, что в глазах гостьи она прочла мольбу о помощи.

— Я не знаю, что мне делать. — Голос Дженет дрогнул.

— И все же могу я вам чем-нибудь помочь?

Что это с Дженет? Возможно, она больна или кто-нибудь из детей? Она выглядит такой расстроенной, такой несчастной. Мэдди терялась в догадках.

— Никто здесь не поможет. Я не знаю, что мне делать. Пол... он меня ненавидит.

— Да нет же, я уверена, это не так.

Мэдди чувствовала себя полной идиоткой. Она абсолютно ни о чем не догадывалась. Однако похоже, Пол действительно ненавидит жену.

— За что ему вас ненавидеть?

— Это продолжается уже давно. Он меня мучает. Ему пришлось на мне жениться, потому что я забеременела.

— Никто не смог бы заставить его это сделать, если бы он не захотел.

Их старшему двенадцать. После этого у них родились еще двое. Кто их заставлял это делать... Приходится признать, что она, Мэдди, ни разу не видела, чтобы Пол был ласков или хотя бы приветлив с женой. Одна из причин, по которой она его не любила.

— Мы не можем себе позволить развестись. Пол говорит, это повредит его карьере политика.

Вполне вероятно, но ведь другие как-то это переживают...

И тут Дженет сказала нечто такое, отчего у Мэдди перехватило дыхание.

— Он меня избивает.

От этих слов кровь застыла в жилах у Мэдди. Дженет приподняла рукав платья и показала синяки на руке. За последние годы Мэдди слышала немало неприятных рассказов о несдержанности и дурном характере Мак-Катчинса, и вот наглядное тому подтверждение. Она не знала, что сказать. Ее сердце рванулось навстречу несчастной женщине, ей захотелось обнять Дженет.

— Уйдите от него. Не позволяйте ему над вами издеваться. Я девять лет прожила с таким человеком.

Она хорошо помнила свою прежнюю жизнь, хотя и пыталась о ней забыть.

— Как вам удалось вырваться?

Внезапно они почувствовали себя подругами по несчастью.

— Я сбежала.

Это прозвучало очень храбро, совсем не так, как было на самом деле. Нет, с этой женщиной надо быть честной.

— Я боялась до ужаса. Джек мне помог.

Но ведь у этой женщины нет Джека Хантера, она немолода и некрасива, и карьеры ей уже не сделать. Вообще надеяться ей почти не на что. Да еще трое детей, которые останутся на ней. Да, сравнивать их положение нельзя.

— Пол говорит, что убьет меня, если я уйду и заберу детей. А если кому-нибудь расскажу о его издевательствах, он поместит меня в психиатрическую больницу. Пол уже так сделал однажды, после рождения моей малышки. Меня там лечили электрошоком.

При одной мысли о том, что приходится выносить Дженет, при взгляде на ее синяки Мэдди показалось, что ее сердце вот-вот разорвется.

— Вам нужна помощь. Почему бы вам не уехать в какое-нибудь безопасное место?

— Он меня найдет. Я знаю, он убьет меня. — Она разрыдалась.

— Я вам помогу.

Мэдди больше не колебалась. Она должна помочь этой несчастной. Теперь она чувствовала себя виноватой в том, что прежде не любила Дженет. Но сейчас ей срочно нужна помощь. Мэдди, пережившая нечто подобное, чувствовала, что просто обязана это сделать.

— Я попробую найти место, куда вы могли бы уехать с детьми.

Дженет продолжала плакать:

— Это сразу попадет во все газеты.

— Если он убьет вас, это тоже попадет во все газеты. Обещайте мне, что попытаетесь вырваться. Скажите, детей он тоже бьет?

Дженет покачала головой. Однако Мэдди понимала: все гораздо сложнее. Если Пол и не причиняет детям физической боли, он уродует их души, он их терроризирует. И его дочери в один прекрасный день выйдут замуж за таких же тиранов, как их отец. А сын, возможно, вырастет с уверенностью, что бить женщин вполне допустимо. В доме, где бьют мать, ни у кого не может быть здоровой психики. Мэдди попала из такого же дома прямо в руки Бобби Джо, да еще с сознанием того, что тот имеет право ее бить.

Она взяла Дженет за руку. В этот момент послышались голоса мужчин. Дженет поспешно вырвала руку. Ее лицо застыло, словно никакого разговора между ними не было.

Ночью Мэдди рассказала Джеку о том, что произошло.

— Он ее бьет.

— Кто? Пол?! Сомневаюсь. Он, конечно, не из нежных мужей, но вряд ли позволит себе такое. Откуда ты узнала?

— Его жена мне рассказала.

Дженет внезапно превратилась в ее близкую подругу. У них теперь было нечто общее.

— Я бы не стал принимать это всерьез. Пол говорил мне еще несколько лет назад, что у его жены не все в порядке с психикой.

— Я сама видела синяки на ее руке. Я верю ей, Джек. Я ведь сама через это прошла.

— Знаю. Но нам неизвестно, откуда у нее синяки. Может, она все выдумала. Я знаю, что он уже давно встречается с другой женщиной. Может, Дженет просто хочет ему отомстить?

Мэдди, однако, ни секунды не сомневалась в правдивости Дженет. Пола же она теперь просто возненавидела.

— Не понимаю, почему ты ей не веришь.

— Потому что хорошо знаю Пола. Он не может так себя вести.

Мэдди едва удержалась, чтобы не закричать. Они проспорили полночи, пока не заснули. Она так разозлилась на Джека за то, что тот не поверил Дженет, что даже почувствовала облегчение оттого, что он не стал заниматься с

26

ней любовью. Сейчас ей казалось, что у нее гораздо больше общего с Дженет Мак-Катчинс, чем с собственным мужем.

На следующий день перед тем, как Мак-Катчинсы уехали, Мэдди успела шепнуть Дженет, что попробует ей помочь. Дженет никак на это не прореагировала, по-видимому, из страха перед мужем. Лишь едва заметно кивнула и села в машину.

Вечером в самолете по дороге в Вашингтон Мэдди сидела молча, смотрела в окно и вспоминала свою жизнь с Бобби Джо. Вспоминала отчаяние, которое ощущала постоянно в те далекие одинокие годы в Ноксвилле. Она вспомнила синяки на руках Дженет, которая сейчас казалась ей узницей, не имеющей ни сил, ни мужества, чтобы вырваться на свободу. Более того, она сама убеждена, что не сможет этого сделать.

В тот момент, когда самолет коснулся земли в Вашингтоне, Мэдди дала себе безмолвную клятву, что сделает все возможное, чтобы помочь Дженет.

Глава 3

В понедельник утром, придя на студию, Мэдди сразу столкнулась с Грегом. Прошла за ним в его закуток. Налила себе чашку кофе.

— Ну, как самая блистательная телеведущая Вашингтона провела уик-энд? — Грег любил иногда поддразнить ее. — Встречались с президентом или просто ходили по магазинам с первой леди?

— Очень остроумно! — Она сделала глоток дымящегося кофе. Воспоминания о признаниях Дженет Мак-Катчинс все еще преследовали ее. — Вообще-то Джек действительно встречался с президентом на ленче в Кэмп-Дэвиде.

— Ну вот, я же знаю, что ты никогда меня не подведешь. Я бы не пережил, скажи ты, что целый день простояла в очереди на мойку машины, как мы, простые смертные. Я живу только благодаря твоим рассказам, как и все тут на студии. Надеюсь, ты об этом знаешь.

— Поверь, моя жизнь не так увлекательна, как вам кажется. — Кроме того, ее не оставляло чувство, что это вовсе и не ее жизнь. Она живет в отсвете прожекторов, направленных на мужа. — Мы провели этот уик-энд в Виргинии, в компании Мак-Катчинсов. Господи, какой же он отвратительный...

— Ну что ты, сенатор — красавец мужчина. И такой внушительный, импозантный.

После долгого молчания Мэдди решилась посвятить Грега в тайну Дженет Мак-Катчинс. Они очень сблизились с тех пор, как начали работать вместе. Теперь они как брат и сестра. В Вашингтоне у нее не так много друзей — всегда не хватает времени на то, чтобы завязать прочные отношения. А те, с кем ей случалось сойтись, как правило, не нравились Джеку, и в конце концов он ее заставлял прекратить с ними встречи. Она не возражала отчасти потому, что он всегда загружал ее работой, так что времени на друзей практически не оставалось. В начале их совместной жизни, если Мэдди случалось сблизиться с кем-нибудь из женщин, Джек всегда находил в ней изъяны: либо чересчур толста, либо уродлива, либо не их уровня, либо слишком болтлива. Иногда он говорил, что новая подруга завидует успеху Мэдди. Он следил за каждым движением жены и неизменно изолировал ее от любого общества. Она могла общаться с другими людьми только на студии. Она понимала, что муж старается защитить, уберечь ее, и поэтому не протестовала. В конце концов, у нее остались лишь два близких человека — муж и в последнее время Грег Моррис.

— В эти выходные произошло нечто ужасное, — осторожно начала Мэдди.

Она ощущала крайнюю неловкость, выдавая тайну Дженет. Вряд ли та пришла бы в восторг оттого, что посторонние люди обсуждают ее секреты.

— Что, ноготь сломала?

Однако Мэдди, всегда с готовностью смеявшаяся над шутками Грега, на этот раз даже не улыбнулась.

— Дело касается Дженет.

— Она какая-то бесцветная... невзрачная. Правда, я видел ее всего пару раз, на приемах в сенате.

Мэдди тяжело вздохнула и наконец решилась. Грегу можно довериться.

— Он ее бьет.

— Кто? Сенатор?! Ты уверена? Это ведь серьезное обвинение.

— Все очень серьезно. Я ей верю. Она показала мне синяки.

— У нее ведь, кажется, не в порядке с психикой. — Грег произнес это скептическим тоном, совсем как Джек накануне.

Мэдди не могла сдержать раздражения:

— Почему мужчины всегда так говорят о женщинах, которых бьют мужья? А что, если бы я сказала тебе, что она ударила его клюшкой для гольфа? Тогда бы ты поверил? Или сказал бы, что этот жирный подонок выдумывает?

— К стыду своему, должен признать, что скорее поверил бы ему. Потому что о таких вещах мужчины врать не станут. Редко случается, чтобы женщина избила мужа.

— Так вот, женщины тоже не лгут! Но из-за мужчин вроде тебя и моего мужа у них возникает чувство, что в этом их вина, поэтому они хранят тайну. Да, она лечилась в психиатрической больнице. Но на меня она произвела впечатление вполне нормального человека. И синяки вовсе не плод ее больного воображения. Она панически боится мужа.

Я много слышала о том, как этот сукин сын обращается с подчиненными, но мне не приходило в голову, что он может бить жену. — Мэдди никогда не рассказывала Грегу о своем прошлом. Как и многие женщины, она считала, что сама во всем виновата, поэтому хранила это в тайне. — Я пообещала найти для нее безопасное убежище. Есть какие-нибудь идеи? С чего можно начать?

— Как насчет «Женской коалиции»? У меня там знакомая заправляет. И прости меня за то, что я сказал. Не подумал.

— Да... не подумал. Спасибо за совет. Я ей позвоню.

Он написал на листке бумаги имя и фамилию. Фернанда Лопес. Мэдди смутно помнила, что когда-то, в самом начале работы на студии, делала передачу об этой женщине. С тех пор прошло лет пять или шесть, но она до сих пор не могла забыть, какое впечатление произвела на нее Фернанда.

Однако на этот раз ее ждала неудача. На ее звонок в офисе Фернанды ответили, что мисс Лопес в длительном отпуске, а ее заместительница тоже в отпуске — по беременности. Новая руководительница появится только недели через две и сразу ей позвонит. Мэдди рассказала, в чем проблема, и ей дали несколько телефонов. Однако повсюду она натыкалась на автоответчики. Попробовала позвонить по телефону доверия для женщин. Номер оказался занят. Придется повторить попытку позже, сказала она себе и занялась подготовкой материалов к эфиру. До самой передачи в пять часов она об этом не вспомнила. Что ж, придется снова все начать завтра с утра. Дженет столько времени терпела, проживет еще один день. Но завтра надо обязательно что-то предпринять. Сама Дженет настолько парализована страхом, что не способна действовать, и это тоже не редкость в подобной ситуации.

В пятичасовой информационной передаче они с Грегом выдали обычный набор местных и международных ново-

30

всегда следила за собой — никогда не знаешь, с кем можно случайно встретиться, а ее все узнают.

Они ехали в полном молчании. Мэдлен не хотелось больше спорить с мужем, и в то же время она не могла простить ему некоторые его высказывания.

В телестудии ее ждал Грегори. Он уже видел газеты и сейчас выглядел подавленным.

— Не расстраивайся, Мэдди. Я знаю, ты хотела ей помочь. Боюсь, что все равно ничего бы не получилось.

По-видимому, он просто хотел ее утешить, но Мэдди восприняла его слова иначе. Она резко вскинула голову:

— Это почему же? Потому что она ненормальная? Ей просто захотелось вскрыть себе вены, так, что ли?

— Нет, я только хотел сказать... возможно, она была слишком напугана, чтобы попытаться спастись. — И все же он не мог удержаться от вопроса: — Как ты сама считаешь, почему она это сделала? Потому что он над ней издевался или это психоз?

Мэдди снова пришла в ярость:

— Джек тоже так думает. И многие другие считают, что женщины, находящиеся в таком положении, ненормальные, независимо от того, что делают с ними мужья. Никто не может понять, почему они не уходят от таких мужей. Просто... для некоторых женщин это невозможно... они просто не могут...

Она разрыдалась.

Грег обнял ее.

— Я знаю... знаю, малыш... Прости... Ты все равно вряд ли смогла бы ее спасти.

— Я хотела... хотела ей помочь... — Подумав о том, сколько должна была выстрадать Джанет, прежде чем решиться на такое, и вспомнив о ее детях, она зарыдала еще сильнее.

— Как мы будем это освещать? — спросил Грег, когда она наконец успокоилась.

— Я хочу дать комментарий о женщинах, подвергающихся насилию.

— У нас ведь это изъяли из программ, ты что, не помнишь?

— Я скажу Джеку, что все равно это сделаю. Хочу вывести мерзавца Мак-Катчинса на чистую воду.

Грег покачал головой:

— На твоем месте я бы не стал этого делать. И Джек не позволит тебе выступить с таким материалом. Не имеет значения, что ты с ним спишь каждую ночь. Поступило указание свыше: никаких комментариев, только голые факты. Новости, и больше ничего. Мы их сообщаем, ничего не добавляя от себя.

— Что он мне сделает? Уволит? Разве это не голые факты? Жена сенатора покончила с собой, потому что не вынесла побоев мужа!

— Джек все равно не позволит это сказать и не даст сделать такой материал. Уж настолько-то я его знаю. Тебе придется захватить телестудию с оружием в руках, чтобы получить такую возможность. В любом случае Джеку это не понравится, Мэдди.

— И все равно я это сделаю. Мы же вещаем в прямом эфире, черт возьми! Они не смогут меня отключить, это вызовет большой скандал. Расскажем о самоубийстве Дженет, а потом принесем свои извинения. Джек, конечно, придет в ярость, но я это переживу.

— А ты смелая.

Грег сверкнул белозубой улыбкой, сводившей с ума всех женщин. Он по праву считался одним из самых завидных холостяков в Вашингтоне. Красивый, элегантный, умный, приятный в обращении, обаятельный и удачливый. Такое сочетание встречается не часто. К тому же с ним необыкновенно приятно работать.

— А вот я, кажется, не горю желанием выступить против Джека Хантера и нарушить один из его строжайших запретов.

— Ничего, у меня есть связи.

Она улыбнулась впервые с тех пор, как прочла о самоубийстве Дженет Мак-Катчинс.

— Точно. И еще у тебя самые красивые ноги на телестудии. Это тоже не лишнее.

И все же во время пятичасового эфира — первого в этот день — Мэдди не могла сдержать волнения. Внешне она никак это не проявляла — такая же сдержанная, как всегда, элегантная в своем красном свитере, с безупречной прической и простыми бриллиантовыми сережками в ушах. Однако Грег достаточно хорошо ее знал, чтобы не заметить, как она нервничает.

— Ты все-таки собираешься это сделать? — шепотом спросил он перед самым началом эфира.

Мэдди кивнула. Улыбнулась в нацеленные на нее камеры, представилась. Представила и своего напарника. Как обычно, они поочередно прочитали новости, работая слаженно, в полной гармонии. Потом Грег ушел из кадра вместе со своим вертящимся креслом. Он знал, что сейчас произойдет.

Лицо Мэдди стало серьезным. Теперь она осталась перед камерами одна.

— В сегодняшних газетах есть сообщение, которое не может не задеть всех нас в той или иной степени. Я имею в виду сообщение о самоубийстве Дженет Мак-Катчинс, оставившей сиротами троих детей. Трагедия произошла у нее дома в Джорджтауне. Это действительно трагедия. Никто не может знать наверняка, что заставило миссис Мак-Катчинс покончить с собой. Но есть вопросы, которые невозможно оставить без внимания, хотя вполне вероятно, что ответа на них мы так и не получим. Почему она это сделала? Какая боль оказалась непереносимой? И почему никто не захотел ее услышать, заметить ее отчаяние? В недавней беседе со мной миссис Мак-Катчинс упомянула, что некоторое время назад ее лечили от депрессии в психиатрической клинике. Однако источник, близкий к миссис Мак-Катчинс, сообщил, что причиной ее самоубийства могли послужить избиения. Если это так, то Дженет Мак-Катчинс не первая женщина, которая предпочла покончить с собой, даже не попытавшись вырваться из трясины издевательств. Трагедии, подобные этой, случаются, увы, слишком часто. Возможно, у Дженет Мак-Катчинс были и другие причины для самоубийства. Возможно, кто-то из ее семьи знает о них. Может быть, об этом знают ее друзья, или муж, или дети. Но для нас это еще одно напоминание о том, что приходится выносить многим женщинам. Боль, страх, унижение, отчаяние... Я не могу с уверенностью сказать вам, отчего погибла Дженет Мак-Катчинс, и не мое дело гадать об этом. Говорят, она оставила письмо, адресованное детям, но мы, конечно, никогда его не увидим. И тем не менее мы не можем не задаваться вопросом, почему весь мир глух к слезам женщин. В подобных случаях мы обычно говорим: «С ней не все ладно... она, наверное, не в себе». А если это не так? Каждый день гибнут женщины — либо сами накладывая на себя руки, либо от рук своих мучителей. А мы не верим, когда они пытаются рассказать нам о невыносимых издевательствах, или просто проходим мимо, оставаясь глухими к их словам. Может, нам просто слишком тяжело их слушать? Женщины, доведенные до самоубийства, — не умалишенные, не невротички и не идиотки. Неверно думать, будто они слишком ленивы для того, чтобы уйти, попытаться спастись. Они просто не могут этого сделать, они слишком запуганы. А многие предпочитают самоубийство. Ведь иначе они остаются в руках мучителей, пока те в конце концов их не убивают. Такое тоже случается, и это реальность. Мы не должны отворачиваться от этих несчастных женщин. Мы должны найти способ им помочь. Я прошу вас, не забывайте о Дженет Мак-Катчинс. В следующий раз, услышав о чем-нибудь подобном, спросите себя, почему это произошло. А потом постарайтесь внимательно вслушаться в ответ, каким бы ужасающим он вам ни показался. Это была Мэдди Хантер. Всего доброго и благодарю за внимание.

Сразу после этого пустили рекламу. Студия, казалось, взорвалась. Никто не решился остановить Мэдди во время ее монолога, пустить раньше рекламу. Грег смотрел на нее улыбаясь. Поймал ее взгляд и нарисовал в воздухе пятерку.

— Ну как? — спросила она, задохнувшись.

— Динамит! Если я что-нибудь понимаю, через четыре секунды сюда ворвется твой муж.

Джек появился через две секунды. Ворвался словно ураган. Подошел прямо к Мэдди, дрожа от ярости:

— Ты что, совсем спятила? Пол Мак-Катчинс меня вышвырнет из бизнеса!

Он стоял к ней почти вплотную и орал прямо ей в лицо. Мэдди побледнела, но не отступила назад, хотя ее тоже трясло. Ее всегда пугало, когда Джек или кто бы то ни было приходил в ярость. Но сейчас дело того стоило.

— Я же сказала только, что близкий к Дженет источник сообщил об избиениях как о возможной причине самоубийства. Какого черта, Джек, я сама видела синяки. Она сказала мне, что Пол ее бьет. А на следующий день покончила с собой. Какие еще выводы можно из этого сделать? Я всего-навсего предложила телезрителям подумать о женщинах-самоубийцах. По закону Катчинс не может привлечь нас к ответственности. Если понадобится, я могу под присягой повторить все, что она мне сказала.

— Очень даже может понадобиться, черт тебя побери! Ты что, глухая или читать разучилась? Я же сказал: никакой отсебятины, только новости. Я это ясно сказал.

— Прости, Джек. Но я была обязана это сделать. Это мой долг перед Дженет и другими несчастными женщинами.

— Да прекрати ради Бога...

Он нервно провел рукой по волосам, не в состоянии поверить в то, что случилось. И эти тупоголовые в аппаратной ее не остановили! Им, наверное, понравилось то, что она тут наговорила. А у Пола Мак-Катчинса и так уже репутация грубияна, оскорбляющего подчиненных. В молодости он постоянно ввязывался в пьяные драки в барах. В Вашингтоне его ненавидят, и есть за что. Его буйный нрав часто проявляется на людях. Никто не попытался сказать хотя бы слово в его защиту. Похоже, многим понятно, хотя Мэдди напрямую об этом не сказала, что он был способен избивать жену.

Джек продолжал рвать и метать. В этот момент в студию вошел режиссер Раф Томпсон с сообщением, что звонит сенатор Мак-Катчинс и хочет говорить с Джеком.

— Черт! — Он обернулся к жене: — Ну, на сколько хочешь поспорить, что он подаст на меня в суд?

— Мне очень жаль, Джек.

Однако на самом деле раскаяния она не испытывала.

Вошел ассистент режиссера. Звонит первая леди, хочет поговорить с Мэдлен Хантер. Мэдди и Джек подошли к разным аппаратам. Мэдди сразу узнала голос Филлис Армстронг. Ее охватила дрожь.

— Я горжусь вами, Мэдлен. Это очень мужественный поступок. Великолепная передача!

— Благодарю вас, миссис Армстронг.

Мэдди старалась говорить спокойно. Ничего не сказала о реакции Джека.

— Я собиралась предложить вам поработать в Комитете по борьбе с насилием над женщинами. Вообще-то я просила Джека поговорить с вами об этом.

— Да, он мне передал. Меня это очень интересует.

— Он и меня в этом заверил, но мне хотелось получить согласие от вас лично. Наши мужья имеют обыкновение загружать нас тем, что нам вовсе не хочется делать. И мой супруг не исключение.

Мэдди улыбнулась. Может, не стоит сердиться на Джека за то, что он распоряжается ее временем по своему усмотрению? Иногда ей казалось, что он ее совсем не уважает.

— В данном случае он оказался прав. Я с удовольствием этим займусь.

— Рада слышать. Наше первое собрание в эту пятницу, в моем офисе в Белом доме. Позже мы подберем более подходящее место. Нас пока совсем немного, всего человек десять. Мы хотели бы привлечь внимание общественности к вопросу о жестоком обращении с женщинами, мне кажется, сегодня вы сделали первый шаг в этом направлении. Примите мои поздравления.

— Благодарю вас, миссис Армстронг. — Мэдди так и сияла.

— Похоже, у миссис Армстронг ты получила самый высокий рейтинг, — заявил Грег.

Он действительно испытывал гордость за Мэдлен. Для ее поступка требуется немалое мужество, даже если глава телестудии ее муж. Теперь все шишки повалятся на ее голову. На студии все знали, что Джек Хантер вовсе не такой уж душка, особенно если кто-то пытается ему перечить. И Мэдди Хантер от этого не застрахована, хоть он ей и муж.

Она начала рассказывать Грегу о разговоре с первой леди. В это время к ним подошел Джек, еще более разъяренный. Казалось, он был готов задушить Мэдди собственными руками. В эту минуту он испытывал непреодолимую потребность найти виноватых.

— Вы об этом знали? — заорал он на Грега.

— Не совсем точно, но, в общем, да. Я знал, что Мэдди собирается что-то сказать.

Грег не боялся Джека. Более того, хотя он никогда никому об этом не говорил, он не выносил Хантера. Считал его надменным, высокомерным, слишком властным. Кроме того, ему не нравилось, как Джек обращается с Мэдди, хотя ей он никогда об этом не говорил. У нее и без того достаточно забот.

— Вы могли бы остановить ее! Просто перебили бы ее и остановили эфир.

— Я слишком уважаю Мэдди, чтобы пойти на такое, мистер Хантер. Кроме того, я согласен с тем, что она говорила. Сначала я не поверил ее рассказу о Дженет Мак-Катчинс накануне, в понедельник. Для нас случившееся должно послужить тревожным сигналом. Такие вещи происходят вокруг ежедневно, но мы не хотим ни видеть, ни слышать этого. О Дженет Мак-Катчинс мы узнали лишь потому, что ее муж — известный человек. Если сегодня достаточно много людей услышали Мэдди, возможно, смерть Дженет Мак-Катчинс поможет кому-нибудь избежать той же участи. При всем моем уважении к вам я считаю, что Мэдди поступила правильно. — На последних словах его голос дрогнул.

Джек Хантер не сводил с Грега яростного взгляда.

— Наши спонсоры придут в восторг, когда против нас возбудят судебное дело!

— Это Мак-Катчинс тебе сказал?

Мэдди вовсе не жалела о содеянном, но ей не хотелось доставлять мужу неприятности. И все же как она могла промолчать, когда своими глазами видела последствия издевательств Мак-Катчинса над женой. Если понадобится, она готова засвидетельствовать это под присягой. Да, она самовольно захватила эфир. Возможно, это дорого обойдется и ей, и телестудии. Но дело того стоило.

— Намекнул, и достаточно прозрачно. Сказал, что сразу после нашего разговора будет звонить своему адвокату.

— Не думаю, что у него что-нибудь получится, — задумчиво произнес Грег. — Слишком явные свидетельства против него. И Дженет Мак-Катчинс говорила с Мэдди лично. Для спасения нашей шкуры этого достаточно.

— «Нашей шкуры»? Ах как благородно, Грег! Насколько я понимаю, речь идет лишь о моей шкуре. В общем, большего идиотизма, большей безответственности и вообразить невозможно!

С этими словами Джек удалился наверх, в свой кабинет.

— Ты в порядке? — обернулся Грег к Мэдди.

Она кивнула:

— Я знала, что это расстроит Джека. Надеюсь, до суда дело все-таки не дойдет.

Тем не менее она не на шутку встревожилась. Оставалось только уповать на то, что Мак-Катчинс не станет доводить дело до суда, чтобы не выносить свою семейную жизнь на публичное разбирательство.

— Ты рассказала ему о разговоре с Филлис Армстронг?

— Не успела. Расскажу дома.

Однако вечером ей пришлось возвращаться домой в одиночестве. Джек вызвал своих адвокатов, чтобы прослушать запись передачи и обсудить с ними ее выступление. Домой он вернулся после полуночи. Мэдди его ждала, но он демонстративно прошел в ванную в комнату, даже не взглянув на нее.

— Как дела? — осторожно спросила она.

Джек подошел к ней, яростно сверкнув глазами.

— Не могу поверить, что ты оказалась способна на такое. Идиотка!

Ей показалось, он ее ударит. Однако он лишь осыпал ее оскорбительными словами и обжигал яростными взглядами. Очевидно, для Джека то, что она сделала, выглядело предательством.

— Сразу после эфира позвонила первая леди. Ее эта передача очень взволновала. Она сказала, что это мужественный поступок. На этой неделе я буду на первом собрании ее комитета.

Мэдди произнесла это извиняющимся тоном. Ей хотелось хоть как-то загладить вину перед мужем. Не может же он возненавидеть ее из-за разногласий по работе.

Однако он снова пронзил ее яростным взглядом.

— Я ведь уже принял решение за тебя.

— Нет, я сама его приняла. Я имею на это право, Джек.

— Ты что, собираешься теперь защищать не только женщин, с которыми жестоко обращаются, но и женские права? Может, мне завтра ждать репортаж на эту тему? В таком случае давай создадим для тебя собственное шоу, и болтай, к чертям собачьим, хоть целый день. А про новости забудь!

— Но если это понравилось первой леди, с нами ничего плохого не случится.

— Все зависит от адвокатов Мак-Катчинса.

— Думаю, через несколько дней все утихнет.

Он снова подошел к кровати, едва сдерживая себя.

— Если ты еще хоть раз позволишь себе такое, я тебя тут же выгоню. Наплевать на то, что ты моя жена! Понятно?

Мэдди молча кивнула. Ей уже не казалось, что она поступила правильно. Она предала мужа. За девять лет совместной жизни Джек никогда не приходил в такую ярость. Может статься, что он ей этого так и не простит, особенно если против его телесети возбудят судебное дело.

— Я считала, это просто необходимо сделать...

— Мне плевать на то, что ты считала! И плачу я тебе не за то, чтобы ты выражала свое мнение, а за то, чтобы ты хорошо выглядела и правильно преподносила текст новостей. Больше мне от тебя ничего не нужно.

С этими словами он прошел в ванную и захлопнул за собой дверь. Мэдди разрыдалась. День оказался для нее слишком трудным. И все же она поступила правильно, как бы дорого ей это ни обошлось.

Выйдя из ванной, Джек молча лег, выключил свет и повернулся к ней спиной. Они долго лежали молча. Наконец он захрапел. Впервые за все время их совместной жизни Мэдди ощутила страх. Джек выглядел таким разъяренным... Хотя он и пальцем ее не тронул, его ярость пробудила в ней давние воспоминания, а с ними вернулся и прежний ужас. В эту ночь, впервые за долгое время, ее мучили кошмары.

За завтраком Джек не сказал ей ни слова. Молча спустился вниз, вышел из дома и сел в машину.

— А как же я? — спросила Мэдди, не веря своим глазам, когда он захлопнул дверцу перед ее носом.

Он взглянул на нее, как на чужую:

— Возьми такси.

Глава 4

Похороны Дженет Мак-Катчинс назначили на пятницу. Джек сообщил Мэдди через секретаршу, что собирается поехать туда вместе с ней. Они отправились в его машине. Он в черном костюме с черным в полоску галстуком, она в полотняном черном костюме от Шанель и темных очках.

Церковная служба оказалась долгой и утомительной, с заупокойной мессой. Хор пел «Аве Мария». Весь передний ряд заняли родственники и дети Дженет. Казалось, здесь собрались все самые известные политики города. Сам сенатор плакал. Мэдди смотрела на него, не веря своим глазам. Ее сердце рванулось навстречу детям. В конце службы она, не думая о том, что делает, взяла Джека под руку. Он кинул на нее мгновенный взгляд и так же мгновенно отстранился. Все еще не может ее простить. С самого вторника они не обменялись и парой слов.

Вместе с остальными они вышли из церкви. Гроб понесли к катафалку. Члены семьи сели в машины, чтобы ехать на кладбище. После похорон в доме Мак-Катчинсов должен был состояться поминальный обед. Мэдди и Джек об этом знали, но им обоим не хотелось на нем присутствовать. Мак-Катчинсы не были их друзьями. В полном молчании они поехали обратно на студию. Мэдди почувствовала, что больше не выдержит.

— Как долго это будет продолжаться, Джек?

— До тех пор, пока не изменится мое отношение к тебе. Ты меня подвела, Мэдди! Ты меня подставила.

— Нет, Джек. Женщина, которую избивали и которая из-за этого покончила с собой, ушла бы из жизни и из памяти людей как умалишенная. Я просто хотела восстановить справедливость, ради нее и ее детей. И попытаться привлечь внимание к тому, кто довел ее до самоубийства.

— А мимоходом лягнула меня. Что бы ты там ни наговорила, она все равно останется в памяти людей как психопатка. Факты говорят сами за себя. Полгода ее лечили в психушке электрошоком. И после этого ты можешь утверждать, что она нормальная? Ради нее ты меня подставила?

— Прости меня, Джек. И все равно я должна была это сделать.

— Ты такая же чокнутая, как и она.

Эти слова ее обожгли, так же как и его тон в последние три дня.

— Может быть, заключим перемирие хотя бы на уик-энд?

Если он собирается вести себя так и впредь, в Виргинии в эти выходные будет невыносимо. В таком случае она туда не поедет.

— Я не собираюсь на ферму, — холодно ответил он. — К тому же у меня в городе дела. Кое-какие встречи в Пентагоне. Ты можешь делать все, что хочешь. Я буду занят.

— Но это же абсурд, Джек! Мы повздорили на работе, а наша жизнь — совсем другое дело.

— В данном случае все тесно связано. Тебе следовало подумать об этом, прежде чем открывать рот.

— Прекрасно! В таком случае накажи меня. Но это же ребячество.

— Если Мак-Катчинс обратится в суд, сумма, которую придется заплатить, не покажется тебе ребяческой.

— Не думаю, что он решится на это, особенно после того, как первая леди одобрительно отозвалась о моем выступлении. Кроме того, он не сможет себя защитить. Если дело дойдет до суда, в судебном отчете будет сказано о синяках.

— Не думаю, что отзыв первой леди значит для него так же много, как для тебя.

— Джек, ну почему ты не можешь об этом забыть хотя бы на время? Что сделано, то сделано. Даже если бы могла, я не стала бы ничего менять. Давай попробуем просто забыть об этом и продолжать жить дальше.

Он обернулся к ней, прищурившись:

— Может, освежить твою память, дорогая Жанна д'Арк? Прежде чем ты начала свои крестовые походы в защиту униженных и оскорбленных, а попросту неудачников, ты сама была никем и ничем, пока я тебя не подобрал. Ты была ноль без палочки! Так бы и прожила всю жизнь на трейлерной стоянке, среди пустых пивных банок, под градом побоев. Кем бы ты сейчас себя ни воображала, не забывай, что это я тебя создал. Ты всем обязана мне! Меня тошнит от идеалистической чепухи, от твоего нытья по поводу кончины жирного безобразного куска дерьма, каким была Дженет Мак-Катчинс. Да она доброго слова не стоила, не говоря уж о неприятностях для моей телесети!

Мэдлен смотрела на мужа и не узнавала его. Чужой человек... По-видимому, он всегда был чужим, только она этого не замечала...

— А меня тошнит от тебя! — Она постучала по стеклу, отделявшему их от водителя. — Остановите. Я здесь выйду.

Джек встревожился:

— Я думал, ты собиралась вернуться на работу.

— Лучше пойду пешком, чем сидеть рядом и выслушивать твою брань. Я все поняла, Джек. Ты меня создал, я перед тобой в долгу. Что я тебе должна? Свою жизнь? Свое достоинство? Свои принципы? Какова цена за спасение занюханной никчемной девчонки? Когда определишься, скажи. Мне бы не хотелось оставаться твоей должницей до конца дней!

Она вышла из машины и быстро пошла по направлению к студии. Джек молча поднял стекло и уехал. На работе он ей так и не позвонил.

Она сидела с Грегом пятью этажами ниже кабинета Джека и ела сандвичи.

— Ну, как прошли похороны?

— Тягостное впечатление.

Грег обеспокоенно смотрел на Мэдди. Заметил, что она выглядит измученной и напряжена как струна.

— Этот мерзавец плакал на протяжении всей службы.

— Сенатор?

Мэдди с полным ртом кивнула.

— Неужели он чувствует себя виноватым?

— И поделом. Он, можно сказать, ее убил. Джек уверен, она была не в себе.

— Он все еще злится?

— Не то слово. Убежден, что я это сделала ему назло.

— Все пройдет. Он успокоится.

Грег откинулся на стуле, не сводя глаз с Мэдди. Какая красивая, изящная, элегантная... И порядочная. И всегда готова сражаться за то, во что верит. Но сейчас она кажется встревоженной и несчастной.

Мэдди не выносила, когда Джек на нее сердился. И еще никогда за все семь лет их брака он не приходил в такую ярость.

— Почему ты так уверен, что у него это пройдет?

— Потому что он тебя любит. Кроме того, ты ему нужна. Он же не сумасшедший — знает, что ты одна из лучших телеведущих в стране. Если не самая лучшая.

— Не уверена, что за это можно любить. Для меня важнее другое.

— Скажи спасибо за то, что имеешь, дорогая. Вот увидишь, он успокоится. Может, в эти выходные вы помиритесь.

— У него в этот уик-энд какие-то встречи в Пентагоне.

— Ого, что-то затевается!

— Это началось довольно давно. Он несколько раз встречался с президентом.

— Может, мы собираемся сбросить бомбу на Россию?

Ни один из них в это не верил. Мэдди улыбнулась:

— Рано или поздно все станет известно. — Она взглянула на часы и поднялась. — Я должна идти. В два часа собрание комитета у первой леди. Постараюсь не опоздать к пятичасовому эфиру. Еще успею и макияж сделать.

— Ты и так прекрасно выглядишь. Желаю приятно провести время. Передай от меня привет первой леди.

Она улыбнулась, помахала Грегу рукой, вышла из телестудии и подозвала такси. Дорога до Белого дома заняла не больше пяти минут. Первая леди со своим кортежем подъехала только что, после траурного обеда в доме Мак-Катчинсов. Они вместе вошли в Белый дом в окружении агентов службы безопасности. Миссис Армстронг спросила Мэдди, присутствовала ли она на похоронах. Заметила, что это ужасная трагедия для детей Мак-Катчинсов.

— Пол, по-видимому, тоже тяжело это переживает. Вы верите, что он ее избивал? — спросила она, понизив голос, уже в лифте.

Она до сих пор так и не поинтересовалась, откуда стало известно о побоях. Мэдди некоторое время колебалась. Но она по опыту знала, что на первую леди можно положиться. Миссис Армстронг умела хранить секреты.

— Да, верю. Она говорила, что муж ее бьет. Дженет его панически боялась. Показывала мне синяки. Я не сомневаюсь в том, что она говорила правду. И Пол Мак-Катчинс это знает. Сейчас он наверняка хочет, чтобы все поскорее забыли о моей передаче.

«Потому и не будет возбуждать дело против телестудии», — подумала она. Первая леди тяжело вздохнула и сокрушенно покачала головой.

На выходе из лифта их встретили секретарша миссис Армстронг и несколько агентов президентской охраны.

— Да... все это очень печально.

Жена президента сразу поверила тому, что сказала Мэдди, в отличие от Грега и Джека Хантера. Поверила, будучи женщиной. К тому же она никогда не питала теплых чувств к Полу Мак-Катчинсу. Он ей казался слишком грубым и властным.

— Поэтому-то мы и собрались здесь сегодня. Смерть Дженет Мак-Катчинс — яркий пример безнаказанной жестокости по отношению к женщине. И я так рада, что вы сказали об этом на всю страну, Мэдди. Есть ли отзывы на ваше выступление?

— Мы уже получили тысячи писем от женщин, но ничтожно мало от мужчин. А мой муж, кажется, готов со мной развестись.

— Джек?! Какая ограниченность! Мне очень жаль это слышать.

Миссис Армстронг, так же как и президент, очень тепло относилась к Джеку Хантеру.

— Он боится, что сенатор подаст в суд на его телекомпанию.

— Не думаю, что он на это решится. Особенно если то, что вы сказали, правда. Ведь вы сможете это доказать. Нет, вряд ли он захочет рисковать. Кстати, Дженет ничего не оставила? Никакой записки?

— Говорят, она оставила письмо детям, но я не знаю, видел ли его кто-нибудь. Полицейские отдали его Полу.

— Думаю, никаких последствий это иметь не будет. Скажите Джеку, пусть успокоится. Вы поступили правильно.

Пролили хотя бы немного света на темные закоулки жизни нашего общества, где издеваются над женщинами.

— Я передам ему ваши слова.

Мэдди обвела глазами комнату, где собрались семь женщин и четверо мужчин. Она восьмая. Среди мужчин она узнала двух федеральных судей, среди женщин — судью апелляционного суда и журналистку. Первая леди представила остальных женщин — двух учительниц, юриста, психиатра и врача-терапевта. Один из мужичин тоже оказался врачом. В четвертом Мэдди узнала Билла Александра, бывшего посла в Колумбии, потерявшего там жену. Первая леди сообщила, что сейчас он удалился от дел и пишет книгу. Все эти люди показались Мэдди необыкновенно интересными. Некоторые совсем молодые, другие постарше, но все первоклассные профессионалы, достаточно известные. Она оказалась среди них самой молодой и, пожалуй, самой известной, если не считать первой леди.

Филлис Армстронг без долгих проволочек объявила собрание открытым и отослала агентов службы безопасности. Секретарша приготовилась записывать. На большом старинном столе на серебряном подносе стояли чай, кофе и пирожные. Первая леди обращалась к каждому из присутствующих по имени и смотрела на всех с материнской теплотой. Она уже рассказала о выступлении Мэдди на телевидении в минувший вторник. Некоторые члены комитета его слышали и горячо поддерживали.

— Вы точно знаете, что он ее бил? — спросила одна из женщин.

Мэдди помолчала, прежде чем ответить:

— Да, она сама мне об этом говорила. — Она повернулась к первой леди: — Я могу надеяться, что все сказанное здесь останется в тайне от публики?

— Да, разумеется.

— Я не сомневаюсь в искренности Дженет, хотя первые же два человека, которым я об этом рассказала, мне не поверили. Это мой муж и коллега, ведущий со мной программы на телестудии.

— Мы собрались здесь для того, чтобы обсудить проблему преступлений против женщин, — начала миссис Армстронг. — Каковы наиболее эффективные подходы к ее разрешению? И что мы можем сделать? А теперь я хочу предложить вам нечто необычное. Пусть каждый из вас скажет, почему он сегодня здесь, какие причины — профессиональные или личные — привели его сюда. Конечно, если вы настроены об этом говорить. Секретарша не будет записывать. Я думаю, это будет интересно для всех. Если не возражаете, начнем с меня.

Все с молчаливым уважением ждали, пока она снова заговорит, расскажет о том, чего до сих пор не знал никто.

— Мой отец был алкоголиком. Каждую пятницу, после получки, он избивал мать. Они прожили вместе сорок девять лет, пока она не умерла от рака. Для нас, детей, еженедельные избиения стали своего рода ритуалом. Я, трое моих братьев и сестра воспринимали это как неизбежность, как, например, посещения церкви по воскресеньям. Я обычно пряталась в своей комнате, чтобы ничего не слышать. Но все равно слышала. А потом мама плакала у себя в спальне. Но она так и не попыталась уйти от отца, или остановить его, или дать сдачи. Мы с трудом это терпели. Когда мои братья подросли, они тоже стали уходить из дома и напиваться. Старший брат избивал свою жену, средний — трезвенник — стал министром, младший умер в тридцать лет от алкоголизма. У кого-то из вас может возникнуть вопрос, не было ли и у меня проблем с пьянством. Нет, я пью очень мало, мне алкоголь никогда не нравился. Проблема для меня в другом — почему столько женщин в мире терпят побои от своих мужей и не пытаются от них избавиться? Я поклялась себе, что в один прекрасный день займусь этим, сделаю что-нибудь, чтобы изменить положение. Изо дня в день женщин избивают, насилуют, на них нападают на улицах, их убивают мужья, сожители и любовники, а мы принимаем это как должное. Конечно, нам это не нравится, мы скорбим при известии о подобных случаях, особенно если хорошо знали жертву. Но мы ничего не делаем для того, чтобы остановить насилие. Мы не отводим в сторону нацеленный на жертву пистолет, или нож, или замахнувшуюся для удара руку, как я ни разу не остановила отца. Может быть, мы не знаем, как это сделать, а может, нам кажется неудобным лезть в чужую жизнь. И все же хочется надеяться, что нам это небезразлично. Просто не слишком приятно об этом думать. Я надеюсь заставить людей задуматься и начать что-то делать. Давно пора. Я призываю вас помочь мне начать борьбу с насилием над женщинами ради нас самих, в память о моей матери, ради наших дочерей, сестер и подруг. Благодарю вас за то, что вы сегодня здесь, за то, что вы не остались равнодушны к судьбе несчастных женщин, за то, что хотите мне помочь.

В ее глазах стояли слезы. Все долго молчали. История, которую они услышали, была, в общем, не такая уж необычная, но, поведав о сокровенном, Филлис Армстронг предстала перед всеми обычным человеком, таким же как все.

Врач-психиатр из Детройта рассказала похожую историю, с той лишь разницей, что ее отец в конце концов убил мать и отправился за это в тюрьму. Ее же в пятнадцать лет изнасиловал и избил мальчик, с которым она вместе выросла. После этого она стала лесбиянкой, живет с одной женщиной уже четырнадцать лет. Сама она, кажется, оправилась от травм, полученных в детстве, однако ее очень тревожит усиливающаяся тенденция к насилию над женщинами даже в среде лесбиянок, так же как и склонность окружающих закрывать на это глаза.

Не все из собравшихся могли поделиться личным опытом. Двое судей сказали, что их отцы били матерей. Пока они не выросли и не увидели другие семьи, они считали это нормальным. Потом наступила очередь Мэдди. Какой-то момент она колебалась, прежде чем поведать собравшимся свою историю. Ведь она никому еще не рассказывала о своей прежней жизни и сейчас почувствовала себя словно раздетой на людях.

— Думаю, что моя история не слишком отличается от остальных. Я выросла в Чаттануге, штат Теннесси. Мой отец постоянно бил мать. Иногда она давала сдачи, но чаще покорно сносила побои. Как правило, он бил ее под пьяную руку или же когда злился — на нее, или на кого-то еще, или просто на жизнь. Мы были страшно бедны, ему почти никогда не удавалось найти постоянную работу. Он злился на мать и за это. Что бы с ним ни случалось, виновата была она. А когда ее не оказывалось рядом, отец бил меня. Правда, это случалось не часто. Все мое детство прошло в такой обстановке. Я выросла среди потасовок, они, словно знакомая музыка, сопровождали мою жизнь. — Она остановилась перевести дыхание. Осознала, что впервые за много лет в ее речи снова проявился южный выговор. — Больше всего мне хотелось убежать из дома. Я ненавидела отца. Ненавидела постоянные драки между родителями, то, как они относились друг к другу, вообще всю их жизнь. В семнадцать лет я вышла замуж за своего школьного друга, в которого была влюблена. Как только мы поженились, он начал меня бить. Его звали Бобби Джо. Он много пил, не слишком утруждал себя работой. А мне говорил, что я сама во всем виновата. И я ему верила. Он говорил, что, не будь я такой плохой женой, тупой, никчемной, неряхой, ему бы «не понадобилось» меня бить. А так вот «приходится». Однажды он перебил мне обе руки. В другой раз столкнул с лестницы, так что я сломала ногу. Я тогда работала на телевидении в Ноксвилле. Телестудию купил один человек из Техаса, который потом приобрел кабельную телесеть в Вашингтоне и забрал меня с собой. Думаю, эта часть моей жизни всем известна. Человек этот — Джек Хантер. Я оставила обручальное кольцо на кухонном столе, убежала к Джеку на автобусную станцию с сумкой, в которой лежали всего два платья. Я уехала с ним в Вашингтон, получила развод, а через год вышла замуж за Джека. С тех пор ни один мужчина меня пальцем не тронул. Да я бы и не позволила. Мне выпало большое счастье, даже не знаю за что. Джек спас мне жизнь, он сделал меня тем, что я есть сейчас. Если бы не он, может быть, меня уже не было бы в живых. Когда-нибудь ночью Бобби Джо убил бы меня. Столкнул бы с лестницы, так что я сломала бы шею, или избил бы до смерти. А может быть, в конце концов я и сама захотела бы умереть. Я никогда никому ничего об этом не рассказывала, но сейчас я хочу помочь другим женщинам, которым не так повезло, как мне, тем, кто чувствует себя в западне и которых не ждет никакой Джек Хантер в лимузине, чтобы увезти в другой город, в другую жизнь. Я хочу протянуть им руку. — Ее глаза наполнились слезами. — Мы перед ними в долгу.

— Спасибо, Мэдди, — тихо произнесла Филлис Армстронг.

Последним заговорил Билл Александр. Его история оказалась необычной. Впрочем, Мэдди этого и ожидала.

Он вырос в приличной семье, в Новой Англии. Родители любили друг друга и сына. В студенческие годы он познакомился с девушкой, которая стала его женой. Он получил докторскую степень, стал известным политологом. Несколько лет преподавал в Дартмуте, потом в Принстоне и Гарварде. В пятьдесят лет началась его дипломатическая карьера. Он сказал, что у него трое взрослых детей — врач, юрист и банкир. Все трое очень образованные и уважаемые люди. Он вел спокойную, «нормальную» жизнь, как он выразился, временами немного скучную, но, в общем, приносившую удовлетворение.

Колумбия, где он был послом США в последнее время, показалась ему интересным местом, требовавшим недюжинных дипломатических способностей. Политическая ситуация диктовала предельную осторожность. По всей стране процветала торговля наркотиками. Она каким-то причудливым образом переплеталась со всеми видами бизнеса и политической жизни. Пышным цветом цвела коррупция. Александр чувствовал, что, несмотря на все трудности, он в состоянии справиться со своими задачами. До тех пор, пока у него не похитили жену. При этих словах его голос дрогнул. Ее продержали в неволе целых семь месяцев, рассказывал он, стараясь сдержать слезы. Сидевшая рядом врач-психиатр положила руку ему на плечо. Все собравшиеся теперь чувствовали себя близкими друзьями.

— Мы пытались сделать все возможное, чтобы ее вернуть.

Ему, наверное, сейчас шестьдесят, прикинула Мэдди, судя по тому, сколько лет он проработал американским послом в Кении, Испании и, наконец, Колумбии. Тем не менее при совершенно седых волосах у него ясные голубые глаза, моложавое лицо, крепкое атлетическое сложение.

— Госдепартамент послал специальных людей к террористам, державшим в плену мою жену. Они требовали за ее жизнь освободить сто политических заключенных. Госдепартамент не соглашался. Я все понимал, но не мог потерять жену. ЦРУ тоже пыталось помочь. Они даже сделали попытку ее выкрасть, но потерпели неудачу. После этого ее перевезли куда-то в горы, и мы потеряли ее след. В конце концов я сам заплатил выкуп, которого требовали террористы. А после этого сделал большую глупость. — Его голос снова дрогнул. Мэдди почувствовала, как ее сердце рванулось к нему. — Я сам попытался вести с террористами переговоры, делал все возможное. Чуть не лишился рассудка. Но они оказались умнее и проворнее нас. Через три дня после того, как мы заплатили выкуп, они убили мою жену.

Бросили тело на ступенях посольства. Они отрезали ей руки...

Александр больше не мог сдерживаться. Разрыдался, не скрывая ручьем хлынувших слез. Никто не двинулся с места, не проронил ни слова. В конце концов Филлис Армстронг коснулась его руки. Он судорожно вздохнул. Остальные забормотали слова сочувствия. Как ему вообще удалось пережить эту ужасную трагедию...

— Я чувствовал свою вину. Это я все провалил. Зачем я решил сам вести с ними переговоры! Это их только еще больше озлобило. Предоставь я это опытным специалистам, может быть, ее продержали бы в плену год или два, но потом в конце концов отпустили бы. Я ее погубил.

— Какая чепуха, Билл! — прервала его Филлис. — Вы и сами это знаете. Как вы могли предугадать, что произойдет? Террористы — бессердечные, аморальные подонки. Человеческая жизнь для них ничего не значит. Очень может быть, что они в любом случае ее бы убили. Я в этом почти уверена.

— Боюсь, что я никогда не перестану думать, что это я виновен в ее гибели. И в прессе на это намекали.

Внезапно Мэдди вспомнила слова мужа о том, какой идиот Билл Александр. Как Джек мог быть таким бессердечным...

— Прессе нужны только сенсации, — вставила она. — В большинстве случаев они сами не знают, о чем пишут.

Билл поднял на нее глаза, полные неизбывного горя. Она никогда не видела такой боли в человеческих глазах. Ей неудержимо захотелось его коснуться, успокоить, утешить. Не сиди он так далеко от нее, она бы это сделала.

— Газетчикам лишь бы состряпать сенсацию. Я вам это говорю по собственному опыту. Мне так горько за вас, господин посол.

— Благодарю вас, миссис Хантер.

Он вынул из кармана белоснежный носовой платок и вытер глаза.

— У нас у всех за плечами тяжелые истории, поэтому мы здесь, — сказала первая леди. — Но я пригласила вас сюда потому, что все вы умные, тонкие, образованные и отзывчивые люди, которым небезразлично то, что происходит с другими. Мы все, или почти все, извлекли тяжелые жизненные уроки, у всех за плечами горький опыт. Мы знаем, о чем идет речь, не понаслышке. Теперь мы должны осознать, что мы можем сделать, как помочь многим женщинам выбраться из черной пропасти отчаяния. Мы, счастливцы, выжили. Они могут погибнуть. Мы должны достучаться до них как можно скорее, подключить общественное мнение и средства массовой информации, пока эти несчастные еще живы. Время не ждет. Каждый день женщин убивают, насилуют, похищают и мучают, доводят до смерти, и очень часто в их гибели виновны их мужья или любовники. Мы должны просветить людей, показать несчастным женщинам, куда им обратиться за помощью, пока не поздно. Следует ужесточить законы, карающие за насилие над женщинами. Насилие, издевательства над женщиной, как над любым человеком, не должны оставаться безнаказанными. Это будет своего рода война, которую мы обязаны выиграть. Сегодня мне в основном хотелось, чтобы вы познакомились друг с другом. Я многих из вас знаю, некоторых довольно хорошо. А теперь и вы познакомились с теми, с кем вам придется работать. Нас всех привело сюда одно — желание изменить существующее положение. И мы в состоянии это сделать. Каждый из нас способен на это. Вместе мы окажемся силой, которой никто не сможет противостоять. Я вам полностью доверяю. Перед нашей следующей встречей я хочу многое обдумать. — Она встала с теплой улыбкой, обращенной, казалось, к каждому из присутствующих. — Спасибо за то, что пришли. Если хотите, можете еще остаться и поговорить. А меня, к сожалению, ждут другие дела.

Часы показывали почти четыре. Невозможно поверить, что их встреча продолжалась всего два часа. Они столько услышали, столько перечувствовали, столько выплеснули эмоций... Казалось, будто они провели вместе много дней.

Перед уходом Мэдди подошла к Биллу Александру:

— Еще раз хочу выразить вам сочувствие, господин посол. Я слышала сообщение о вашей истории, но только сейчас поняла, что это была настоящая трагедия для вас.

— Боюсь, что я никогда не смогу оправиться от пережитого.

Он рассказал о своих ночных кошмарах, о том, что лечился несколько месяцев у психиатра, но сейчас пытается справиться самостоятельно. Он выглядел вполне нормальным, в здравом уме и твердой памяти. Чувствовалось, что это очень тонкий и интеллигентный человек. Мэдди снова спросила себя, что помогло ему все пережить, и решила, что Александр, по-видимому, личность необыкновенная.

— Буду с нетерпением ждать нашей следующей встречи.

— Благодарю вас, миссис Хантер, — улыбнулся он ей в ответ.

— Пожалуйста, называйте меня Мэдди.

— А я — Билл. Я слышал ваше выступление о Дженет Мак-Катчинс. Меня оно просто потрясло.

— Муж мне этого не простил. Он очень опасается нежелательных последствий для телестудии.

— Иногда надо иметь мужество для того, чтобы поступить так, как велит сердце. Вы это знаете не хуже меня. Ваш муж наверняка это тоже понимает. Вы сделали то, что следовало.

— Думаю, он бы с вами не согласился. Но я все равно рада, что решилась на это.

— Люди должны слышать о таких вещах.

Его голос окреп, он словно помолодел. Этот человек произвел на Мэдди сильное впечатление и своей внешностью, и тем, как он себя держал. Теперь она понимала, почему Филлис пригласила его участвовать в работе комитета.

— Вы правы, люди должны это слышать.

Мэдди взглянула на часы. Начало пятого. Надо ехать на студию, загримироваться и причесаться перед эфиром.

— Простите, я должна бежать. У меня передача в пять часов. До следующей встречи.

Мэдди поспешно попрощалась, вышла из Белого дома и поймала такси. Когда она приехала на студию, Грег уже гримировался.

— Ну как?

Грега распирало любопытство. Что за комитет создавала первая леди? Об этом может получиться неплохой материал.

— Было очень интересно! Присутствовал Билл Александр, бывший посол в Колумбии, жену которого убили террористы. Ужасная трагедия!

— Я что-то смутно об этом помню. Я видел хронику о том, как тело его жены вернули в посольство. Он там выглядел просто ужасно. И неудивительно. Как он, бедняга?

— Держится хорошо, хотя все еще не оправился от потрясения. Он пишет об этом книгу.

— А кто еще там был?

Мэдди назвала несколько имен, но даже не упомянула о том, что эти люди о себе рассказывали. Она знала, что обязана хранить их тайну. Закончив гримироваться, она пошла в эфирную студию и просмотрела текст новостей. Ничего экстремального, никаких ужасов, все спокойно. Они вышли в эфир, ровно прочитали новости, после чего Мэдди отправилась к себе в кабинет. Перед вечерним эфиром она собиралась просмотреть кое-какие материалы и кое-что уточнить. В восемь часов они закончили. Позади остался долгий день, полный волнующих событий. Перед уходом она позвонила Джеку. У него заканчивалось какое-то совещание.

— Меня довезут или ты хочешь, чтобы я шла до дома пешком? — Мэдди невольно улыбнулась. Как бы он на нее ни злился, не может же это продолжаться вечно.

— Я хочу, чтобы ты побегала за машиной еще с полгода, в наказание за свои грехи и для возмещения моих издержек.

— Филлис Армстронг считает, что Мак-Катчинс не будет подавать в суд.

— Будем надеяться, что она окажется права. А если нет, президент согласится оплатить мои расходы? Немалые, предупреждаю.

— Надеюсь, это не понадобится. Кстати, на заседании комитета было невероятно интересно. Там присутствовали несколько выдающихся людей.

Впервые за последние дни они, можно сказать, мирно беседовали. Похоже, Джек понемногу оттаивал.

— Встретимся внизу через десять минут, — быстро сказал он. — Мне надо тут кое-что закончить.

Внизу он ее встретил довольно холодно, но уже не выглядел таким разъяренным, как последние три дня после ее «проступка». По дороге домой оба старательно обходили в разговоре эту тему. Остановились, чтобы поесть пиццы. Мэдди рассказала мужу о заседании комитета, снова опустив все подробности, касавшиеся личной жизни каждого из присутствовавших.

— У вас всех есть что-то общее или же вы просто интеллигентные люди, увлекшиеся одним делом?

— И то и другое. Просто поразительно, что каждый человек в те или иные моменты жизни сталкивается с жестокостью. Все говорили об этом очень откровенно.

Больше она ему ничего не скажет, решила Мэдди.

— Но ты ведь не стала рассказывать им свою историю?

— Вообще-то рассказала. Мы все там говорили в открытую.

— Это глупо, Мэд. Что, если кому-то вздумается продать это газетчикам? Ты хочешь, чтобы у публики создалось о тебе такое представление? Зачем им знать о том, что

Бобби Джо давал тебе под зад коленкой и сталкивал с лестницы? — Он говорил, не скрывая раздражения. Мэдди это совсем не понравилось, но она промолчала.

А может, и неплохо, если кто-то осознает, что избивать могут и таких, как она. Может, оно того стоит, если удастся сохранить кому-то жизнь или указать путь к спасению.

— Все, что тебе удастся, — это получить постоянную головную боль. И еще вернуть зрителям образ девчонки из трейлера. Я угробил целое состояние, чтобы похоронить его навсегда. Как ты можешь этого не понимать!

— Я просто говорила откровенно, как и все остальные. У некоторых истории еще почище моей. Даже первая леди не стала скрывать безобразных подробностей своей прошлой жизни... Все говорили не таясь, и в этом заключалась основная ценность нашего общения. Билл Александр тоже там присутствовал. Он рассказал нам историю похищения и убийства его жены. Об этом по крайней мере все уже знают, так что можно не скрывать.

Джек пожал плечами, по-видимому, абсолютно не испытывая сочувствия к Биллу Александру.

— Он, можно сказать, убил ее своими руками. Большей глупости и придумать нельзя. Взялся вести с ними переговоры лично! Весь госдепартамент пытался его отговорить, но он и слушать ничего не хотел.

— Он не знал, что делать. Метался в отчаянии, возможно, не мог трезво обдумать создавшееся положение. Террористы ведь продержали ее семь месяцев. Он просто не мог больше ждать.

Ее слова, по-видимому, нисколько не тронули Джека. Он остался глух к переживаниям Александра... Мэдди не могла сдержать гнева.

— Что ты против него имеешь? У меня такое ощущение, что ты его за что-то не любишь.

— Некоторое время после Гарварда он был советником президента. Постоянно носился со средневековыми идеями о принципах и морали.

Мэдди просто не могла этого слушать.

— Он очень тонкий, интеллигентный, чувствительный и порядочный человек.

— Ну, в общем, мне он не нравится, и все. Хлипкий он какой-то. Не мужик, а размазня.

Как странно, что Джек так говорит... Билл Александр очень импозантный мужчина. И кроме того, в нем чувствуется необыкновенная прямота и открытость. Чего не скажешь о тех, с кем общается Джек. А вот ей Билл понравился, хоть муж и считает его слабаком и хлюпиком.

Домой они приехали в десять часов. Вопреки обыкновению Мэдди сразу включила телевизор... и застыла на месте. Войска Соединенных Штатов снова оккупировали Ирак. Она резко обернулась к мужу и заметила в его взгляде что-то странное.

— Ты об этом знал.

— Я не советник президента по таким вопросам, Мэд. Я его консультирую во всем, что касается средств массовой информации.

— Чепуха! Ты все знал! Вот почему ты ездил в Кэмп-Дэвид на прошлой неделе! И в Пентагон в этот уик-энд. Почему ты ничего мне не сказал?

Иногда муж делился с ней секретной информацией, однако на этот раз он предпочел промолчать. Он ей не доверяет? Мэдди почувствовала себя уязвленной.

— Это слишком деликатная тема. И слишком важная.

— Мы же там опять потеряем столько ребят, Джек!

У нее голова шла кругом. В понедельник надо будет дать материал об этом в эфир.

— Иногда приходится идти на жертвы, — холодно ответил ее муж. Он считал, что президент принял правильное решение.

Они дослушали новости. Диктор сообщил, что девятнадцать солдат морской пехоты уже погибли в схватке с иракцами. Джек выключил телевизор, и они пошли в спальню.

— Любопытно, что президент посвятил тебя в эти дела. Почему, Джек?

— А почему бы нет? Он мне доверяет.

— Он тебе доверяет или хочет использовать, для того чтобы ты заставил американцев проглотить эту новость, без урона для его репутации?

— Он вправе консультироваться со мной по вопросам освещения в прессе тех или иных событий. Это не преступление.

— Не преступление, верно. Но это нечестно — пытаться заставить публику принять то, что может в конечном счете принести стране большой вред.

— Избавь меня от разговоров на политические темы, Мэд. Твое мнение меня не интересует. Президент знает что делает.

Мэдди возмутил его ответ. И тем не менее любопытно, как Джек приобрел такой вес в высших политических кругах. Может, этим отчасти и объясняется его ярость по поводу ее выступления о Дженет Мак-Катчинс. Не боится ли он, как бы это не нарушило его шаткое положение в высших эшелонах власти? Джек всегда держал руку на пульсе и тщательно просчитывал, во что ему обойдется то или иное событие, действие или поступок.

В постели он сразу потянулся к ней. Она почувствовала, как он изголодался.

— Мне очень жаль, что эта неделя выдалась такой тяжелой, — пробормотала она.

— Никогда больше так не делай, Мэд. Больше я тебе такого не прощу. А ты знаешь, что с тобой будет, если я тебя уволю? — Его голос зазвучал жестко и холодно. — Тебе придет конец на следующий же день. Твоя карьера зависит только от меня. Поэтому не играй с огнем, Мэд. Я могу моментально погасить твою карьеру, как свечку. Ты вовсе не та звезда, какой кажешься самой себе. Ты взошла только потому, что я на тебе женился.

Его слова вызвали в ней какое-то болезненное чувство. Не потому, что она боялась потерять свое теперешнее положение, а из-за тона, каким он это говорил. Он резко, даже больно сжал ее грудь. Потом схватил в объятия и показал, кто в постели хозяин. Джек, всегда только Джек. Главное для него — могущество, власть над людьми, внезапно осознала Мэдди с болезненной ясностью.

Глава 5

Проснувшись в субботу, Мэдди увидела мужа одетым. Он собирался уходить.

— Совещание в Пентагоне продлится целый день, — сказал Джек, — я вернусь скорее всего только к ужину.

Лежа в постели, Мэдди залюбовалась мужем. До чего же он хорош в этих молодежных брюках, серой водолазке и блейзере. Хотя погода стояла теплая, Джек предполагал, что придется провести целый день в прохладном кабинете с кондиционером.

— Зачем ты туда едешь?

— Мне предложили участвовать в некоторых брифингах. Это даст возможность получить более полное представление о происходящем. Мы не сможем дать в эфир то, что я услышу, но это будет очень полезная информация. Кроме того, президенту потребуются мои рекомендации по поводу освещения событий в прессе и на телевидении. Думаю, что смогу помочь ему в этом.

То есть все в точности так, как она и предполагала. Джек становится президентским рупором. Ему предстоит подтасовывать факты в угоду президенту.

— По-моему, самый интересный метод изложения информации — это говорить правду, тебе не кажется?

Мэдди давно уже не нравилась готовность Джека вольно обращаться с фактами, с тем чтобы, как он говорил, «придать им нужную окраску». Что же до нее самой, то она предпочитала описывать белое как белое, а черное как черное. Либо говорить правду, либо нет. Для Джека правда имела тысячи всевозможных вариантов, смыслов и оттенков. Этакая многоцветная радуга неисчерпаемых возможностей.

— Существует множество версий правды, Мэд. Мы хотим понять, какая из них окажется наиболее предпочтительной для формирования мнения избирателей.

— Что за чушь! Мы говорим не о взаимоотношениях с общественностью, а об изложении фактов.

— Вот поэтому я и еду туда сегодня, а ты нет. Кстати, что ты собираешься делать?

Он попросту вычеркнул из памяти все, что она сказала, а заодно и все, что она имела в виду.

— Пока не знаю. Наверное, посижу дома, отдохну. Может быть, пройдусь по магазинам.

Ходить по магазинам хорошо с подругой, но у нее давно не осталось подруг. Муж занимал все ее время — и рабочее, и свободное. Тех же, с кем они иногда встречались по выходным, вроде Мак-Катчинсов, связывали деловые отношения с Джеком.

— Почему бы тебе не взять самолет и не слетать в Нью-Йорк за покупками? Для разнообразия.

Она задумчиво кивнула:

— Да, пожалуй. Там сейчас выставка в галерее Уитни. Может быть, я смогу попасть. Ты действительно не против, если я возьму самолет?

Да, у нее поистине фантастическая жизнь... Как можно об этом забывать! Он окружил ее такой роскошью, предоставил ей такие возможности, о каких она в Ноксвилле не могла и мечтать. Она вспомнила его слова прошлой ночью о том, что без него ей бы не видать никакой карьеры. Как ни больно это признавать, но Джек сказал правду. Все, что у нее есть, все, что с ней произошло, случилось лишь благодаря ему.

Перед уходом он позвонил своему пилоту, велел ждать Мэдлен в десять часов, оформить полет до Ла-Гуардиа и вечером вернуться в Вашингтон.

— Желаю хорошо провести время, — с улыбкой обернулся он к жене.

Да, в очередной раз осознала Мэдди, иногда ей приходится кое-чем жертвовать, но взамен Джек столько ей дает. Как можно на него сердиться?

Она надела белый полотняный брючный костюм, убрала наверх волосы. В четверть одиннадцатого приехала в аэропорт. Пилот ждал ее. Через полчаса они поднялись в воздух. Приземлились в аэропорту Ла-Гуардиа в половине двенадцатого. В полдень она уже была в городе. Прошлась сначала по Мэдисон-авеню, заглянула в свои любимые магазины. Наскоро проглотила ленч и в половине четвертого вошла в галерею Уитни. Сказочная жизнь! Что может быть лучше! Джек уже возил ее в Лос-Анджелес и в Сан-Франциско, в Новый Орлеан и в Майами. Иногда они летали на уик-энд в Лас-Вегас. Он, конечно, ее избаловал, но все это приятно. И все это у нее есть только потому, что она миссис Джек Хантер. Джек прав. Без него она так бы и осталась ничем и никем. При этой мысли ее снова охватило странное чувство покорности судьбе, которое многие находили в ней привлекательным. Да, сама по себе она ничего не значит. Джеку даже удалось убедить ее в том, что все завоеванные ею награды и призы — тоже его рук дело.

В пять часов она вернулась в аэропорт. Было получено разрешение на вылет в шесть. В половине восьмого она вошла в свой дом, усталая после прекрасного, интересно проведенного дня. Она купила себе два брючных костюма, несколько купальников и великолепную шляпу. Вошла в гостиную в приподнятом настроении и увидела, что Джек уже дома. Сидит на диване с бокалом вина и смотрит вечерние новости. Говорили в основном об Ираке. Джек напряженно слушал.

— Привет, дорогой! — радостно воскликнула Мэдди.

Слава Богу, враждебность последних дней после вчерашней ночи, кажется, исчезла.

Джек обернулся к ней с улыбкой:

— Ну, как провела день?

Он налил себе еще вина.

— Очень хорошо. Походила по магазинам, накупила кучу вещей, побывала в галерее Уитни. А у тебя как? — Мэдди знала, как он захвачен своей ролью советника президента.

— Отлично. Кажется, мы нашли нужный тон подачи информации.

Он выглядел как человек, крайне довольный собой и сознающий собственную значимость. Важная персона... Впрочем, он таковым и является на самом деле. Никто из окружающих в этом не сомневается, включая и ее, Мэдди.

— Ты уже можешь мне что-нибудь рассказать или это все еще государственная тайна?

— В общем, да.

Она узнает только то, что ей позволят сообщить в новостях. Истинная, не завуалированная версия так и останется тайной для непосвященных.

Джек выключил телевизор.

— Что у нас на ужин?

Мэдди поставила пакеты. Хороша, снова отметил Джек. Выглядит просто безупречно после целого дня хождения по магазинам и выставкам.

— Я могу что-нибудь приготовить на скорую руку, если хочешь. Или давай закажем что-нибудь на дом.

— А почему бы нам не пойти куда-нибудь? Я целый день просидел взаперти в мужской компании. Хорошо бы сейчас оказаться среди обычных нормальных людей. — Джек взял телефон и зарезервировал столик в «Цитронелл», самом фешенебельном ресторане Вашингтона. — Пойди надень что-нибудь посимпатичнее.

— Слушаю, сэр.

Мэдди исчезла наверху со своими покупками. Через час она появилась после ванны, надушенная, заново причесанная, в простом черном платье для коктейлей, в босоножках на высоких каблуках, с бриллиантовыми сережками в ушах и жемчужным ожерельем на шее. Джек время от времени покупал ей изящные вещички, и она их с удовольствием носила. Бриллиантовые сережки и обручальное кольцо она считала самым ценным своим достоянием. Неплохо для девчонки со стоянки трейлеров в Чаттануге. Она нередко это повторяла при Джеке, а он в шутку называл ее голодранкой. Ей это не нравилось, но вместе с тем она не могла не признавать, что это чистая правда. Хотя она и ушла от этого ох как далеко. Ему это казалось смешным, она же каждый раз морщилась при этом слове, которое у нее сразу вызывало не очень приятные воспоминания.

— Недурно, — одобрил он, окинув ее внимательным взглядом.

Мэдди улыбнулась. Она любила ходить куда-нибудь по вечерам с Джеком, чтобы все в очередной раз могли убедиться, что она всецело принадлежит ему. Она до сих пор все еще не могла прийти в себя от этого восхитительного события: она замужем за Джеком Хантером, — даже теперь, даже несмотря на то что сама стала звездой первой величины. Теперь, пожалуй, ее известность была даже больше, чем у Джека, или, во всяком случае, не меньше. Он — влиятельный магнат за сценой, человек, с которым советуется президент. Она же, Мэдди, — женщина, на которую хотят походить сотни других женщин и девушек, о которой грезят сотни мужчин. Она и ее голос присутствуют в каждом доме, в каждой квартире. Ей доверяют. Она сообщает им правду о том, что происходит вокруг, причем старается делать это как можно лучше. Это от нее люди узнали о Дженет Мак-Катчинс и о десятках других женщин. Цельность ее натуры проявлялась во всем, придавая еще больше прелести ее привлекательной внешности. Как любит повторять Грег, она «великолепна». Так она сейчас и выглядела, отправляясь в ресторан с мужем.

Джек сам вел машину, что теперь случалось крайне редко. По дороге они болтали о Нью-Йорке. Мэдди поняла, что о разговоре с президентом он ничего не расскажет. В ресторане их усадили за лучший столик. Почти все головы повернулись в их сторону. Посетители оживленно их обсуждали. Женщины поглядывали на Джека. Красивый мужчина с сексапильной улыбкой и глазами, которые впитывали в себя окружающее, ничего не упуская. Казалось, эта пара излучает ауру успеха, власти, могущества. В Вашингтоне это очень высоко ценится. Многие останавливались у их столика, перекинуться парой слов. В основном политики и даже один из президентских советников. И еще беспрестанно подходили люди, со смущенной улыбкой обращаясь к Мэдди — просили автограф. Она расписывалась с теплой улыбкой, а с некоторыми даже успевала поболтать.

Джек налил ей еще бокал вина, которое официант оставил в ведерке со льдом.

— Тебе это еще не осточертело, Мэд?

— Да нет. Я рада, что они меня узнают и что не постеснялись подойти.

Она всегда вела себя в высшей степени любезно с телезрителями. Люди отходили от нее с ощущением, что приобрели нового друга. После личной встречи в нее еще больше

70

влюблялись. Джек держался с посторонними довольно холодно, поэтому к нему подходить не решались.

Они покинули ресторан около полуночи, а назавтра утром полетели на один день в Виргинию. Джек не любил пропускать ни одного уик-энда. Он немного покатался верхом, потом они съели ленч на открытом воздухе. День стоял жаркий. Лето, наверное, будет великолепное, заметил Джек.

— Поедем куда-нибудь в отпуск? — спросила Мэдди на обратном пути.

Она знала, что муж не любит строить планы заранее. Обычно он все решал в последнюю минуту. То поставит ее в какую-нибудь программу, то вдруг неожиданно уберет. Ей хотелось бы знать хоть немного заранее, что он задумал, но она не протестовала. В конце концов, детей у нее нет, он ее босс, так что она обязана повиноваться ему по первому знаку.

— Я еще не думал о лете.

Он никогда не спрашивал, куда бы ей хотелось поехать, но в конце концов всегда выбирал места, приводившие ее в восторг. С Джеком жизнь полна неожиданностей. И кто она такая, чтобы протестовать или жаловаться? Без него ей бы никогда в жизни не повидать этих мест.

— Скорее всего поедем в Европу.

Мэдди знала, что больше он ничего не скажет. Да ей больше ничего и не нужно знать.

— Не забудь меня предупредить, когда надо будет укладывать вещи, — поддразнила она его.

Иногда так и получалось. Ей приходилось бросать все дела и срочно собирать чемоданы.

— Обязательно.

Он достал из кейса бумаги. Это означало, что разговоры окончены, пока во всяком случае.

Мэдди открыла книгу, которую рекомендовала ей первая леди. Исследование преступлений и насилия над женщинами содержало прискорбную, но тем не менее любопытную статистику.

— Что это? — спросил Джек.

— Это мне дала Филлис. О преступлениях против женщин.

— Каких, например? Лишение их кредитных карточек?

Эти слова больно отозвались в ней, как всегда, когда он пытался намеренно умалить, принизить то, что ей казалось важным.

— Ты не очень увлекайся этим комитетом, Мэд. Он полезен для твоего имиджа, потому я и предложил, чтобы ты включилась в его работу, но не увязни в ней с головой. Тебе нет никакой необходимости становиться главной защитницей угнетаемых женщин.

Самолет приземлился и сейчас выруливал на посадочную полосу.

— Но мне нравится то, что там делают, их планы на будущее. Меня эта проблема действительно волнует, ты же знаешь.

— Знаю. И знаю тебя. Ты увлекающаяся натура. Это все нужно только для имиджа, Мэд. Мне вовсе не улыбается, чтобы ты превратилась в Жанну д'Арк. И многое из того, что болтают об избиении женщин, сущая чепуха.

Холодок пробежал у нее по спине. Что он такое говорит?!

— Что ты имеешь в виду?

— Всю эту чушь по поводу сексуальных домогательств на работе или изнасилований девушек на свиданиях с дружками. А из тех, кого, как утверждают, бьют или даже убивают мужья, половина ничего другого не заслуживают.

Джек проговорил все это с полной убежденностью. Мэдди смотрела на него во все глаза:

— Ты это серьезно?! Не могу поверить. А как же я? Ты считаешь, что я тоже заслужила от Бобби... то, что он со мной делал?

— Он мозгляк, мелкая сошка. К тому же пьяница. Один Бог знает, что ты могла ему наговорить, как ты его провоцировала. Во многих семьях супруги дерутся, Мэд. Одни ограничиваются парой тычков или зуботычин, другие наносят друг другу серьезные увечья. Но это вовсе не национальное бедствие и не повод для крестового похода. Поверь, если ты спросишь Филлис с глазу на глаз, окажется, что она это делает по тем же причинам, по которым я рекомендовал тебе участвовать в ее комитете. Для имиджа. Это хорошо выглядит со стороны.

Мэдди слушала мужа с болезненным чувством.

— Не могу поверить в то, что слышу, — прошептала она. Голос ей не повиновался. — Ее отец постоянно бил мать. Филлис с этим выросла. Так же как и я. Так же как и сотни других, Джек. Иногда насильникам этого недостаточно. Им надо убить женщину, чтобы показать, какие они крутые и какая она никчемная. Это что, по-твоему, обыкновенная семейная драка? Когда ты в последний раз сталкивал женщину с лестницы, бил ее стулом, прижигал горячим утюгом или горящей сигаретой? Ты имеешь хоть малейшее представление о том, что это такое?

— Не заводись, Мэд. Это крайности. Разумеется, есть чокнутые, но они убивают не только женщин. Никто не говорит, что в нашем мире нет психов.

— Но многим женщинам приходится жить с насильниками, которые их бьют, а в конце концов иногда даже убивают, многие годы и терпеть все это.

— Значит, эти женщины на самом деле ненормальные, разве не так? Они же могут прекратить все это, уйти. Но почему-то этого не делают. А может, им даже нравится такая жизнь?

Мэдди давно не испытывала такого отчаяния. Ей казалось, что Джек говорит от имени большинства обитателей Земли. Как же до них достучаться? Как ей убедить собственного мужа?

— В большинстве случаев женщины слишком напуганы даже для того, чтобы уйти. Многие мужья, которые грозятся убить жену, в конце концов приводят угрозу в исполнение. Статистика просто ужасающая, и многие женщины об этом знают, пусть даже инстинктивно. Они напуганы до такой степени, что не могут бежать, не могут двинуться с места. И потом, у них дети. Многим идти некуда, работы у них, как правило, нет, денег тоже. Они чувствуют себя в тупике из-за постоянных угроз разделаться с ними и с их детьми. Что ты советуешь делать в таких случаях? Что бы ты сам сделал? Позвонил бы своему адвокату?

— Нет, я бы убрался оттуда, бросил все к черту, как сделала ты.

Она все еще пыталась убедить его:

— Такие побои входят в привычку. Ты с ними растешь, видишь это постоянно, начинаешь считать это нормой. А тебе постоянно твердят, что ты никуда не годная дрянь, что ты это заслужила. И ты веришь. Это гипнотизирует, парализует волю. Ты забита, запугана, одинока, отрезана от мира, идти тебе некуда. И в конце концов тебе захочется умереть, потому что это представляется единственным выходом. — Ее глаза наполнились слезами. — Как ты думаешь, почему я позволяла Бобби избивать меня? Потому что мне это нравилось? Да я просто не видела выхода. Мне даже казалось, что я это заслужила. Родители твердили, что я плохая, Бобби постоянно повторял, что во всем виновата я сама. Ничего другого я не знала, пока не встретила тебя.

Джек ее ни разу пальцем не тронул. В ее представлении этого было достаточно, чтобы считать его хорошим мужем.

— Вот и не забывай об этом, когда тебе в следующий раз захочется выкинуть что-нибудь этакое, Мэд. Я тебя никогда пальцем не тронул. И не трону. Тебе крупно повезло, миссис Хантер.

Он с улыбкой встал, по-видимому, утратив всякий интерес к теме, которая ей казалась такой важной. Самолет наконец остановился.

— Поэтому я, наверное, и чувствую себя в долгу перед другими, не такими везучими, как я.

Мэдди не могла понять, почему ей стало не по себе от слов Джека. Однако он, как видно, устал от этой темы. По дороге домой они больше к ней не возвращались.

Вечером она приготовила спагетти. Они провели тихий вечер за чтением. Потом занимались любовью, но Мэдди не вкладывала в это душу, чувствуя какую-то отстраненность и подавленность. Потом она долго лежала без сна, все время возвращаясь мыслями к тому, что говорил Джек. Его слова, а главное, тон больно ее задели. В эту ночь ей снова привиделся Бобби Джо. Она проснулась среди ночи с пронзительным криком ужаса. Она ясно видела глаза Бобби Джо, полные ненависти. Он снова и снова набрасывался на нее с кулаками. Джек стоял рядом и наблюдал за ними, покачивая головой. Ее же все время не покидала мысль, что она сама во всем виновата.

Глава 6

На следующий день на студии работы было невпроворот. Сводки новостей из Ирака сообщали о тяжелых боях, о потерях со стороны Соединенных Штатов за день. Убиты были еще пятеро морских пехотинцев, сбит самолет, два пилота погибли. Как президент с помощью Джека ни пытался приукрасить картину военных действий, прискорбные факты говорили сами за себя: в войне с обеих сторон гибли люди.

Мэдди напряженно работала до конца их последнего эфира. Вечером они с Джеком собирались на прием у бразильского посла, поэтому Мэдди принесла с собой вечернее платье, чтобы переодеться на работе. Она переодевалась, когда зазвонил телефон внутренней связи. Джек.

— Я буду готова через пять минут.

— Тебе придется поехать без меня. У меня совещание. Мне только что об этом сообщили.

На этот раз Мэдди сразу поняла, что это за совещание. Президент явно озабочен реакцией общественности на гибель людей в Ираке.

— Как я понимаю, совещание состоится в Белом доме?

— Да, кажется.

— Но ты потом приедешь?

Мэдди уже случалось бывать на приемах без мужа, но она предпочитала приезжать вместе с ним.

— Вряд ли. Нам нужно будет кое-что обдумать. Встретимся дома. Если удастся, я приеду попозже, но вообще-то я уже позвонил и сказал, что скорее всего у меня ничего не получится. Извини, Мэдди.

— Ничего. В Ираке дела не очень хороши?

— Все будет в порядке. Придется нам научиться с этим жить.

А если Джек справится со своей задачей, то сумеет и других убедить принимать все как должное. Но только не Мэдди и не Грега. Они уже обсуждали это сегодня, но не позволили себе никаких комментариев в эфире. Только факты.

— До встречи.

Мэдди закончила одеваться. На этот раз на ней было бледно-розовое вечернее платье, великолепно оттенявшее ее кремовую кожу и темные волосы, на плечах — розовый атласный палантин, в ушах — сверкающие серьги с бледно-розовым топазом.

Джек оставил ей машину, а сам поехал в Белый дом на служебном автомобиле.

В посольстве Бразилии Мэдди показалось, что там собралось не менее сотни людей. Слышалась испанская, португальская и французская речь. Где-то звучала мелодичная самба. Бразильский посол и его жена умели развлекать гостей, в Вашингтоне их любили.

Мэдди оглядела зал и увидела Билла Александра. Какой приятный сюрприз...

Он подошел к ней с теплой улыбкой:

— Здравствуйте, Мэдди! Как дела?

— Прекрасно. А как вы провели уик-энд?

Теперь, когда они столько узнали друг о друге, у Мэдди появилось ощущение, что они друзья.

— Без особых приключений. Съездил в Вермонт, повидался с детьми. У сына там дом. Интересное у нас получилось собрание в пятницу, верно? Просто поразительно, как много людей в той или иной мере сталкиваются с бытовыми преступлениями, жестокостью, насилием. И что самое удивительное — каждый полагает, что у других нормальная жизнь. А ведь это вовсе не так.

Мэдди смотрела в его голубые глаза, почти такие же, как у нее, только чуть темнее. Залюбовалась густой массой седых, аккуратно причесанных волос. Александр прекрасно выглядит в смокинге. И какой он высокий... По сравнению с ним она просто малышка.

— Я давно это поняла. Раньше я все время чувствовала себя виноватой, да и теперь иногда испытываю то же чувство. Но сейчас я по крайней мере знаю, что и с другими это случается. Даже первую леди не миновала та же участь. И все равно ощущение собственной вины не проходит.

— Главная трудность, по-моему, состоит именно в том, чтобы осознать, что это не твоя вина, по крайней мере в вашем случае. После возвращения в Вашингтон первое время мне казалось, что все, с кем я встречался, либо шушукаются у меня за спиной, либо думают, что это я убил Маргарет.

— Почему вам так казалось?

— Просто я был уверен, что это так и есть. С каждым днем я все сильнее осознавал, какую непростительную глупость совершил.

— Скорее всего в любом случае окончилось бы тем же. Террористы никогда не играют по-честному, Билл.

— Это нелегко воспринять, особенно когда ценой становится жизнь любимого человека. Вряд ли я когда-нибудь смогу с этим смириться. И понять тоже не смогу.

Мэдди подкупала его открытость и прямота. И в то же время чувствовалось, что он очень мягк по натуре.

— Не думаю, что жестокость вообще можно понять. В моем случае все обстояло гораздо проще, и все равно я так и не смогла в этом разобраться. Почему один человек обращается так с другим? И почему я это допускала?

— Не было выбора, не было выхода, не было никого, кто мог бы помочь, не к кому было обратиться, некуда идти. Так?

Мэдди кивнула. Он моментально разобрался в ее ситуации куда лучше, чем муж и многие другие.

— Да, все верно, — улыбнулась она. И переменила тему: — Что вы думаете об Ираке?

— На мой взгляд, просто позор, что мы снова туда вторглись. В этой ситуации не может быть победителей. Очень скоро люди начнут задавать нелегкие вопросы. Особенно если мы будем пачками терять наших ребят, как это произошло в конце недели. Мне просто невыносимо это видеть. И думаю, большинство людей считают, что даже если мы выиграем в этой кампании, никакие победы не стоят этих потерь.

Мэдди не могла с ним не согласиться. Она едва не открыла ему, что за такой поворот событий он может поблагодарить Джека. Тот настроен слишком уж оптимистично. Считает, что может заставить людей проглотить все, что угодно президенту. Хорошо, что Билл думает так же, как она.

Они поболтали еще немного. Билл спросил ее о планах на лето.

— Я пока не знаю, — ответила она. — Мне нужно закончить один материал. А Джек никогда не строит планы заранее. Обычно он говорит, чтобы я укладывала вещи, в самый день отъезда.

— Это, наверное, придает жизни еще больший интерес.

На самом деле Билл поразился тому, как ей это удается. Большинству людей, как правило, нужно время, чтобы подготовиться к отъезду. Интересно, как относятся к этому ее дети?

— У вас есть дети?

Какую-то долю секунды она колебалась, прежде чем ответить:

— Вообще-то... нет.

Его это не очень удивило. Она еще молода, наверняка хочет сделать карьеру. Она все успеет, и детей вырастить тоже.

— У вас впереди еще достаточно времени. Успеете и о детях подумать.

Он вспомнил то, что она рассказывала о себе. Может быть, это последствие психологической травмы, полученной ею в детстве. Может, поэтому Мэдди не хочет пока иметь детей. Он вполне мог это понять.

Мэдди не могла ему сказать, что никогда не сможет иметь детей, что таково условие, которое поставил ей Джек. Это неподходящий предмет для светской беседы на званом вечере. Она переменила тему:

— А у вас какие планы на лето, Билл?

— Обычно мы отправляемся на ферму. Но думаю, в этом году мне там будет тяжело. Я отдал дом на лето своей дочери. У нее трое детей, им там очень нравится. А если мне захочется приехать, я всегда смогу остановиться в комнате для гостей.

Какой приятный человек... И по-видимому, очень привязан к своим детям.

Через некоторое время к ним присоединилась молодая пара из Франции, потом аргентинский посол остановился перекинуться парой слов с Биллом. Оба свободно говорили по-испански. Еще через некоторое время Мэдди с удивлением узнала, что Билл ее сосед по столу за обедом.

— Я и не знала, что наши места рядом.

— Мне бы очень хотелось сказать, что это я устроил. Но увы, я не настолько всемогущ. Кажется, мне просто повезло.

— Мне тоже.

Он взял ее под руку и повел к столу.

Вечер прошел на редкость приятно. Другим ее соседом оказался сенатор-демократ из Небраски, с которым она никогда до этого лично не встречалась, но которым уже давно восхищалась. Билл развлекал ее интересными историями о том времени, когда он преподавал в Принстоне и Гарварде. Ему там, по-видимому, очень нравилось. Его непродолжительная карьера дипломата до трагической гибели жены также оказалась необыкновенно интересной и плодотворной.

— И что же вы собираетесь делать дальше? — спросила Мэдди за десертом.

Ей было известно, что он пишет книгу, и, по его словам, она уже почти закончена.

— Откровенно говоря, пока не знаю. Я подумывал о том, чтобы вернуться к преподавательской работе... но этим я уже занимался. Некоторые академические учебные заведения, включая Гарвард, уже обращались ко мне с предложениями. Есть искушение поехать на некоторое время на запад, например, в Стэнфорд, преподавать. Или провести год в Европе. Мы с Маргарет любили Флоренцию. Еще мне предлагали в Оксфорде годичный курс по американской внешней политике. Но я не уверен, что это будет мне интересно. Да и зимы там суровые. Колумбия меня, кажется, избаловала, там чудесный климат.

— У вас такой богатый выбор!

Мэдди понимала, почему все хотят заполучить Александра. Интеллигентный, мягкий, открытый новым идеям и оригинальным концепциям. Такой человек просто клад.

— А как насчет Мадрида? Вы свободно говорите по-испански.

— Вот об этом я даже не думал. Наверное, сначала надо освоить искусство корриды.

Оба рассмеялись, представив Билла Александра в несвойственной ему роли матадора. Когда обед подошел к концу, Мэдди огорчилась, что пришла пора расстаться с таким приятным собеседником. Билл предложил довезти ее до дома, но она сказала, что у нее машина с шофером.

— С нетерпением буду ждать встречи с вами на нашем следующем собрании. У нас подобралась интересная группа. Правда, я не очень хорошо знаю этот вопрос. Бытовая жестокость мне, в сущности, незнакома. Я столкнулся с более необычным случаем. Тем не менее мне польстило, что Филлис меня пригласила.

— Она знает, что делает. Думаю, из нас получится неплохая команда. Надо только решить, в каком направлении двигаться. Надеюсь, нам удастся привлечь к проблеме внимание средств массовой информации.

— А вы будете нашим рупором. У вас это отлично получается.

На этом они расстались.

Джека Мэдди застала в постели. Он спокойно читал книгу и выглядел умиротворенным.

— Ты пропустил прекрасный вечер.

Мэдди вынула из ушей сережки и сбросила туфли. Подошла к мужу, наклонилась для поцелуя.

— К тому времени, как мы закончили свои дела, ваш обед, наверное, подошел к концу. Что там было?

— Много интересных людей. Я встретила Билла Александра. Очень приятный человек.

— А мне он всегда казался страшным занудой.

Джек закрыл книгу. Окинул жену одобрительным взглядом. Хороша, ничего не скажешь... даже босиком, без сережек... просто потрясающе хороша.

— Отлично выглядишь, Мэд.

Она видела, что он говорит искренне. Снова наклонилась его поцеловать:

— Спасибо.

— Давай ложись скорее.

В его глазах зажегся знакомый огонек. Через несколько минут она легла, и он доказал ей, что она действительно хороша. А ведь это к лучшему, что у них нет детей, пришло ей в голову. Не надо думать ни о ком другом. В свободное время они могут полностью сосредоточиться друг на друге.

Потом Мэдди лежала в его объятиях, чувствуя полное удовлетворение и наслаждаясь покоем.

— А как в Белом доме? — спросила она, уже засыпая.

— Кажется, мы выработали кое-какие разумные решения. Конечно, последнее слово за президентом. Я только высказываю свое мнение, так же как и остальные. Он сводит все воедино и решает, что делать. Он у нас умница. Должность у него, прямо скажем, нелегкая.

— Худшая должность в мире, вот что я думаю. Я бы ни за какие деньги не согласилась.

— А зря, — поддразнил он ее. — У тебя бы здорово получилось. В Белом доме все ходили бы прекрасно одетые, разговаривали бы вежливо, помогали бы друг другу, думали о том, что говорят. А у всех членов кабинета ты бы разбила сердца, и они бы кровоточили. Ах какой идеальный мир, Мэд!

Казалось бы, это комплимент, однако в его словах звучала ирония. Мэдди ничего не ответила. Решила не думать об этом и сразу заснула. Проснулась только утром. В этот день они с Джеком поехали на работу пораньше.

К восьми часам оба уже были в своих офисах. Мэдди некоторое время помогала Грегу делать его специальный выпуск об американских танцорах. Она еще раньше обещала ему это. Они проработали до полудня, не замечая ничего вокруг, пока шум и суета за дверью не привлекли их внимания.

— Что это? — удивленно посмотрел на нее Грег.

— Вот черт! Может, что-то произошло в Ираке? Джек вчера целый вечер провел с президентом, они что-то затевают.

Они с Грегом вышли в коридор. Мэдди остановила одного из режиссеров:

— Что случилось?

— Двадцать минут назад в аэропорту Кеннеди взорвался самолет, вылетавший в Париж. Говорят, взрыв был страшной силы. Погибли все.

Мэдди и Грег бросились в отдел новостей, однако там им сообщили ненамного больше. Никто не взял на себя ответственность за взрыв. Тем не менее Мэдди не сомневалась в том, что тут дело не чисто.

— Нам позвонил неизвестный, — сказал режиссер. — Анонимный звонок, но, похоже, человек знает достаточно. Сказал, что в авиакомпании еще до взлета знали об опасности, чуть ли не со вчерашнего дня. И ничего не сделали, чтобы предотвратить взрыв.

Грег и Мэдди переглянулись. Безумие какое-то... Разве можно было допустить такое!

— Кто он, этот ваш источник? — нахмурился Грег.

— Неизвестно. Но он рассказал нам все достаточно подробно, так что можно легко проверить. Но главное, в авиакомпании еще вчера получили предупреждение и ничего не предприняли для предотвращения диверсии. Так это выглядит, во всяком случае.

— Кто будет заниматься этим делом? — заинтересовался Грег.

— Вы, если хотите. У кого-то уже есть список людей, которых надо обзвонить. Аноним дал нам несколько интересных имен и подкинул парочку версий.

Грег обернулся к Мэдди.

— Включите и меня тоже, — отозвалась она.

Они вместе направились к ассистенту режиссера, у которого предположительно находился список имен. Мэдди не могла успокоиться.

— Не могу поверить... На самолеты, в которых может быть бомба, людей не сажают.

— А может, сажают. Просто мы об этом не знали.

Они получили список имен и вернулись в офис Мэдди. Два часа спустя они сидели напротив друг друга, не в состоянии поверить тому, что узнали. Каждый из тех, с кем они связались по телефону, подтвердил: да, предупреждение было, но очень неопределенное, якобы в какой-то из самолетов, вылетающих из аэропорта Кеннеди в течение ближайших трех дней, будет заложено взрывное устройство. Больше ничего не было известно, поэтому на самом высоком уровне приняли решение усилить охрану, но не отменять полеты, пока не получат подтверждение или какую-нибудь дополнительную информацию. Больше никаких звонков не последовало.

— Да, все звучит довольно туманно, — согласилась Мэдди. — Может быть, в компании решили, что это пустые угрозы?

Но с другой стороны, угроза могла исходить от какой-либо из двух террористических групп, совершавших подобные зверские акции и раньше, так что были все основания поверить этому предупреждению.

— За этим что-то кроется, я нюхом чую, — поднял голову Грег. — Нам надо найти какой-нибудь компетентный источник и все раскопать.

Они уже исчерпали практически все возможности и теперь сидели в глубокой задумчивости. Внезапно Мэдди с решительным видом поднялась с места. Ей пришла в голову одна мысль:

— Я сейчас вернусь.

На персональном лифте она поднялась в офис к мужу. Ведь Джек был накануне вечером в Белом доме. Предостережение об угрозе такого масштаба не могло пройти мимо президента. Возможно, Джеку что-то известно.

Секретарша сказала, что у Джека совещание. Мэдди попросила вызвать его на минуту по важному делу. Через некоторое время он вышел, встревоженно глядя на нее.

— Что случилось? Ты в порядке?

— Да, со мной все нормально. Я сейчас работаю над материалом о взорвавшемся самолете. Нам сообщили, что якобы поступило не очень ясное предостережение о бомбе на борту, но на каком из рейсов она может оказаться, никто не знал.

Она вкратце объяснила ему, что произошло. Джека, судя по всему, не слишком потрясло ее сообщение.

— Такое время от времени случается, Мэд. И тут уж ничего не попишешь. Предостережение звучало довольно неопределенно. Оно вполне могло оказаться вымышленным.

— Ты ничего не слышал вчера вечером?

— Да, в общем, нет.

Она напряженно смотрела на мужа. Ей показалось, будто в его глазах что-то мелькнуло. Судя по всему, история с самолетом не такая уж большая новость для него.

— Что за ответ, Джек? Это очень важно! Если компанию предупредили, администрация была обязана отменить все рейсы. Кто принимал решение о продолжении полетов?

— Я, в сущности, ничего об этом не знаю. Но если предупреждение было туманным, что можно было сделать? Отменить полеты? Все вылеты из аэропорта Кеннеди в течение трех дней?! Да это все равно что оставить на земле всю авиацию Соединенных Штатов. Это невозможно.

— А откуда ты знаешь, что имелись в виду полеты из аэропорта Кеннеди, откуда тебе известно про три дня? Значит, ты знал об этом?

Так вот зачем Джека вызывали в Белый дом так срочно, внезапно поняла она. Посоветоваться о том, как сообщить общественности, а может быть, даже спросить его совета, как поступить и как потом спасать свое лицо, если какой-нибудь самолет и вправду взорвется. Пусть даже это не его решение, но его голос наверняка был не последним в числе тех, кто решал, предупреждать пассажиров об опасности или нет.

— Мэдди, невозможно отменить все рейсы из аэропорта Кеннеди в течение трех дней, просто невозможно. Ты представляешь себе, что это такое? В таком случае следовало бы не сажать и все прибывающие рейсы, потому что взрыв мог задеть и их. Вся экономика полетела бы к черту, а с ней и вообще вся страна.

Мэдди побелела от ярости.

— Не верю! Ты и бог знает кто еще вместе с тобой приняли решение сделать вид, что нет никакой опасности, и даже никого не предупредили. И все только для того, чтобы не срывать график полетов и не повредить нашей экономике?! Скажи мне, что это не так, Джек. Скажи, что я тебя неправильно поняла. Что четыреста двенадцать человек погибли не из-за того, что вы решили не нарушать графика полетов. То есть решение было принято из чисто деловых соображений, так? И кто же его принимал?

— Наш президент, дурочка. А ты что думала? Что я принимаю решения такого рода? Угроза была слишком неопределенной, сделать можно было только одно — прочесать каждый самолет перед вылетом. Но если ты сошлешься на меня, я тебя убью к чертям собачьим!

— Мне плевать, что ты со мной сделаешь. Речь идет о человеческих жизнях, о детях, о ни в чем не повинных людях, которых посадили в самолет с подложенной бомбой только потому, что ни у кого из вас не хватило мужества закрыть на три дня аэропорт Кеннеди. Это необходимо было сделать, Джек!

— Ты не понимаешь, о чем говоришь. Невозможно закрыть главный международный аэропорт страны на три дня! Это нарушило бы все наши деловые контакты.

— Но ведь его же закрывают во время снегопадов, черт возьми! И никто не умирает. Почему же не сейчас, когда существовала угроза взрыва?

— Потому что администрация бы выглядела по-идиотски и, кроме того, началась бы паника.

— Прекрасно, значит, чтобы избежать паники, стоило заплатить жизнями более четырехсот людей! Господи, я не могу поверить своим ушам. Не могу поверить, что ты знал обо всем и ничего не сделал!

— А что я мог, по-твоему? Поехать в аэропорт Кеннеди и раздавать там листовки?

— Кретин, у тебя же есть собственная телевизионная сеть! Ты мог подать сигнал тревоги, хотя бы анонимный. Тогда пришлось бы закрыть аэропорт!

— И тогда дверь Белого дома захлопнулась бы передо мной навсегда. Ты думаешь, они бы не поняли, кто автор утечки информации? Не говори ерунды... и никогда больше, — он схватил ее за руку, — слышишь, никогда больше не смей называть меня кретином. Я знаю, что делаю.

— Ты и парни, с которыми вы резвились вчера вечером, сегодня в полдень убили более четырехсот человек. — Ее голос дрожал, она все еще не могла смириться с мыслью, что Джек причастен к случившемуся. — Почему бы тебе не купить пистолет и не начать стрелять в людей? Это чище и честнее. Для тебя же важнее всего бизнес. Это означает, что каждый раз, когда какая-нибудь женщина садится со своим ребенком в самолет, она может не знать, что там заложена бомба, но ее никто об этом не предупредит, потому что бизнес важнее таких мелочей. Она и ее дети — потенциальные жертвы. Бизнес не должен страдать из-за каких-то там детишек!

— По большому счету так оно и есть. Не будь наивной, Мэд. Ты просто не понимаешь. Иногда приходится жертвовать людьми ради высших интересов.

Мэдди показалось, что ее сейчас вырвет прямо здесь, перед ним.

— А теперь слушай меня внимательно. Если ты кому-нибудь скажешь хотя бы слово об этом, я сам лично отвезу тебя обратно в Ноксвилл и брошу на ступенях дома Бобби Джо. Если скажешь хоть слово, будешь отвечать перед президентом Соединенных Штатов. Тебя посадят в тюрьму за измену. Это вопрос строжайшей государственной тайны, он находится в руках людей, которые знают что делают и считаются самыми благонадежными в этой стране. Это тебе не ноющая истеричка домохозяйка или пузатый жлоб сенатор. Если ты растревожишь этот гадюшник, тебе придется иметь дело с президентом, ФБР и другими организациями. А я посмотрю, как ты будешь катиться вниз и гореть ярким пламенем. Не лезь ты в это дело, Мэд. Ты ни черта в этом не смыслишь, а скрутят тебя так быстро, что и рта не успеешь раскрыть. Тебе не выиграть.

Она сознавала, что в словах Джека есть доля правды. Все будут изворачиваться и лгать, это будет самая большая фальшивка со времен Уотергейта. Да и публика скорее всего ей не поверит. Ее слабый голос потонет в хоре других, гораздо более мощных голосов, и уж они позаботятся о том, чтобы ей никто никогда больше не верил. Может быть, ее даже попытаются убить. Страшно... Но еще страшнее промолчать, подвести тысячи людей, которые ее слушают каждый день. Это настоящее предательство. Они имеют право знать, что пассажирами рейса № 263 пожертвовали из деловых соображений. И что для людей, ответственных за принятие решения, эта жертва ничего не значила.

— Ты меня слышала?

В его глазах появилось угрожающее выражение. Он ее боится. Он будет первым из тех, кто на нее набросится, если почувствует опасность для своей телекомпании.

— Слышала. Я тебя ненавижу!

— Мне плевать на то, что ты думаешь или чувствуешь. Меня интересует лишь то, что ты делаешь. Попробуй совершить хоть один неверный шаг, и тебе конец. Понятно, Мэд?

Она долго смотрела на него, потом быстро отвернулась и пошла к лестнице, не дожидаясь лифта.

Появилась на пороге офиса бледная и дрожащая.

— Что с тобой? Что случилось? Джек что-нибудь знал?

Грег сразу догадался, куда она ходила. Такой он ее никогда еще не видел. Мертвенно-бледная, и кажется, что ее сейчас стошнит.

— Нет, не знал, — едва выговорила она.

Взяла три таблетки аспирина и запила кофе.

Через десять минут на пороге появился с весьма суровым видом главный режиссер. С подозрением оглядел обоих.

— Сегодня вечером, перед выходом в эфир, дадите мне свой текст для проверки. Если начнете пороть отсебятину, вас сразу прервут и пустят рекламу. Ясно?

— Ясно, — ответил Грег.

И он, и Мэдди сразу поняли, откуда ветер дует. Грег, хотя и не знал точно, о чем Мэдди говорила с мужем, почти все прочел по ее лицу. Дождавшись, когда режиссер ушел, он обернулся к Мэдди:

— Значит, он все знал. Можешь ничего не говорить, если не хочешь.

Она долго смотрела на него напряженным взглядом. Наконец кивнула:

— Я не могу ничего доказать. Поэтому поднимать шум бесполезно. Те, кто в этом замешан, все будут отрицать.

— Думаю, нам лучше этого не касаться, Мэд. Можно здорово погореть. Это нам не по зубам. Если они знали, можешь быть уверена, что у них есть крыша. Тут наверняка все решали большие шишки.

И Джек Хантер теперь тоже в их числе. Грег уже не раз слышал, что муж Мэдди стал президентским рупором и советчиком. Похоже, Джек Хантер теперь играет в высшей лиге.

— Он сказал, что выгонит меня, если я затрону эту тему. Мне плевать. Терпеть не могу врать людям.

— Иногда приходится... Хотя я тоже этого не люблю. Важные шишки сотрут нас в порошок.

— Джек сказал, что меня посадят в тюрьму. Или что-то в этом роде.

— Он что, тронулся?

Мэдди невольно рассмеялась. Но в следующий момент вспомнила, как Джек схватил ее за руку и сильно тряхнул. Вспомнила выражение его лица. Она еще никогда не видела его таким разъяренным и одновременно напуганным.

Режиссер внимательно просмотрел текст вечернего эфира и вернул его отредактированным. О воздушной катастрофе осталось лишь несколько сдержанных строк. К этому прилагалась инструкция — пользоваться в основном видеоматериалом с места катастрофы.

Они заняли места в студии, готовясь к эфиру. Начался отсчет секунд.

— Будь осторожна, Мэд, — шепнул Грег.

Он слишком хорошо ее знал. Она может рвануться в опасную зону, как камикадзе. Известная воительница за правду.

Мэдди прочитала материал о взрыве на борту рейса номер двести шестьдесят три. В одном месте ее голос едва заметно дрогнул. Скорбным тоном она сообщила о погибших, в том числе и о бывших на борту детях. Видеопленка, показанная вслед за этим, только усилила впечатление от трагедии. Они показали последние кадры, потом еще пленку, снятую каким-то очевидцем взрыва с Лонг-Айленда. Приготовились заканчивать эфир. Внезапно Мэдди положила руки на стол, сцепив пальцы, и отвернулась от монитора с текстом.

— Мэдди... не надо... — беззвучно, одними губами выговорил Грег.

Но она его уже не видела. Она смотрела прямо в камеру, в лица своих сограждан, пытаясь пробиться в их сердца.

— Ходит немало слухов по поводу сегодняшней катастрофы, — осторожно начала она. — Некоторые очень тревожные.

Режиссер, сидевший в аппаратной за пультом, вскочил. В его глазах появилось паническое выражение. Но он не отключил Мэдди.

— Ходят слухи о том, что руководство компании заранее предупреждали о готовящемся взрыве на одном из рейсов из аэропорта Кеннеди. Эти сведения не подтверждены и не опровергнуты. Мы знаем лишь, что четыреста двенадцать человек погибли. Нам остается только предполагать, что если бы действительно было подозрение о готовящемся взрыве самолета, эта информация была бы обнародована. — Грег затаил дыхание. Мэд подошла к опасной черте... Но не перешагнула ее. — Мы все здесь, на телестудии, выражаем искренние соболезнования родственникам и друзьям погибших. С этой трагедией ничто не может сравниться. Всего вам доброго. Это была Мэдди Хантер.

Моментально пошла реклама. Мэдди сняла наушники. Грег, бледный как смерть, перевел дыхание.

— Черт, ну и напугала же ты меня! Я уж было решил, что сейчас ты выдашь все, что думаешь. Ты была на волосок от этого.

— Я сказала все, что могла. — То есть очень немного, подумала она и встала с места. Увидела на пороге режиссера, разговаривавшего с ее мужем.

В ту же секунду Джек направился к ней:

— Ты дошла до опасной черты, Мэдди. Мы были готовы отключить тебя в любой момент.

Он уже не выглядел разъяренным. Все-таки она его не предала, хотя могла это сделать. Вернее, могла бы попытаться.

— Я знаю, — холодно ответила она.

Ее глаза сверкали, как голубые льдинки. Нет, никогда ей не забыть того, что произошло между ними сегодня.

— Ты удовлетворен? — спросила она ледяным тоном.

— Ты спасла свою шкуру, а вовсе не мою.

Режиссер уже вышел, и Грег вернулся к себе в офис, так что его никто не мог слышать.

— Людей обманули.

— Да они бы всех разорвали в клочья, если бы мы отменили все полеты в аэропорту Кеннеди.

— Ну что ж, прекрасно, что вы их не рассердили. И те, с рейса № 263, наверное, очень довольны. Лучше убить людей, чем их сердить. Не так ли?

— Не переступай черты, Мэдди.

Она больше не произнесла ни слова. Прошла мимо него в свой офис. Грег в этот момент выходил оттуда.

— С тобой все в порядке? — шепотом произнес он: Джек задержался в студии.

— Не совсем. Я сама не понимаю, что со мной. У меня душа болит. Я продалась, Грег.

Она с трудом сдерживала слезы. В эту минуту она себя ненавидела.

— У тебя не было выбора. Забудь. С этим тебе все равно не справиться. А как Джек? Очень злится? Вроде бы не должен. Ты все так здорово преподнесла.

— Кажется, я его все-таки напугала. — Мэдди улыбнулась сквозь слезы.

— Да Бог с ним! Ты меня напугала до чертиков. Я уж было подумал, что придется заткнуть тебе рот, пока тебя кто-нибудь не убил. Они вполне могли это сделать. Сказали бы, что у тебя случился нервный срыв, что ты уже несколько месяцев жила в состоянии стресса, что ты чокнутая, лечилась у психиатра, а они сделали все, что могли. Я очень рад, что ты не совершила этой глупости.

Она не успела ответить. В офис вошел Джек.

— Собирайся, мы уезжаем.

На коллегу жены он даже не взглянул. Рейтинги у Грега вполне удовлетворительные, но Джек его не любил и никогда этого не скрывал. С Мэдди он теперь разговаривал как со служанкой, обязанной выполнять все его приказания. Она почувствовала, что их прежним отношениям пришел конец. Каждый из них считал, что другой его предал.

Не говоря ни слова, она взяла сумочку и вышла. Они молча подошли к лифту, молча спустились вниз. Джек заговорил только в машине:

— Сегодня твоя карьера была на волосок от гибели. Надеюсь, ты это понимаешь?

— Ты и твои друзья убили четыреста двенадцать человек! Я даже не могу себе представить, что может испытывать виновник такой катастрофы. По сравнению с этим моя карьера ничего не значит.

— Очень рад, что ты это понимаешь. Сегодня ты играла с огнем. Тебе было дано четкое указание прочитать текст и ничего больше.

— Мне казалось, гибель четырехсот двенадцати человек заслуживает хотя бы короткого комментария. Я не сказала ничего такого, против чего ты мог бы возразить.

Снова повисло тяжелое молчание. Лишь когда они доехали до дома, он бросил на нее презрительный взгляд, словно желая еще раз показать, что она ничтожество:

— Собирай вещи, Мэд. Завтра мы уезжаем.

— Куда? — спросила она без всякого интереса.

— В Европу.

Как всегда, никаких подробностей. Он даже ни о чем ее не спросил.

— Я не поеду.

— Я тебя не спрашиваю. Просто сообщаю. Ты снята с эфира на две недели. Тебе надо остыть и вспомнить об основных правилах, прежде чем ты снова сядешь к микрофону. Элизабет Ваттс тебя заменит. Она может остаться насовсем, если ты захочешь.

Значит, это не шутки. Элизабет Ваттс работала телеведущей до прихода Мэдди, которая заняла ее место. И сейчас подменяла Мэдди во время отпусков. У нее это записано в контракте. Тем не менее в глубине души она не могла простить Мэдди, что та лишила ее места в эфире.

— Меня это действительно сейчас не волнует, Джек. Если хочешь меня уволить, валяй.

Произнося эти слова, она ощутила страх. Хотя Джек никогда не причинял ей физической боли, она его боялась. Ощущение власти и могущества, которое он излучал, распространялось не только на других, но и на нее тоже.

— Если я тебя уволю, тебе придется пойти в посудомойки в какую-нибудь дыру. Подумай об этом, прежде чем открывать рот. Ты едешь со мной. Мы отправляемся на юг Франции, в Париж и Лондон. А если ты не уложишь чемоданы, я это сделаю за тебя. Тебя надо увезти отсюда. Никаких комментариев, никаких интервью, вообще ни слова. Кстати, ты официально считаешься в отпуске.

— Чья это идея, президента или твоя?

— Моя. Здесь я командую парадом. Ты работаешь у меня. Ты моя жена. Ты принадлежишь мне, — добавил он с такой угрожающей интонацией, что у нее перехватило дыхание.

— Я тебе не принадлежу! Да, я работаю на тебя, я твоя жена, но я не твоя вещь. — Она произнесла это тихо, но твердо. Тем не менее страх не покидал ее. Она с детства ненавидела всякие конфликты и ссоры.

— Так что, ты сама соберешь вещи или это сделать мне?

Поколебавшись несколько минут, она прошла через спальню в свою гардеробную. Достала чемодан. Ее глаза наполнились слезами. Ничего не видя, она бросала в чемодан шорты, майки, купальные костюмы, кроссовки. А ведь ничего не изменилось... Бобби Джо мог столкнуть ее с лестницы, а Джек сегодня сделал примерно то же самое, хотя и пальцем ее не коснулся. Что же в ней внушает мужчинам, что она им принадлежит? Она выбирает таких мужчин или что-то заложено в ней самой?

Она уложила четыре полотняных платья и три пары туфель на высоких каблуках. Через двадцать минут закрыла чемодан и пошла принять душ. Джек в своей ванной комнате укладывал вещи.

— В котором часу мы уезжаем? — спросила она его в спальне.

— Выезжаем из дома в семь утра. Летим в Париж.

Больше он ей ничего не сказал. Но это ее и не волновало. Он дал ей понять, кто глава семьи, и она это приняла. Несмотря на все свои смелые высказывания, она показала и ему, и себе, что действительно принадлежит ему. Как вещь.

— Есть по крайней мере одно преимущество в том, что имеешь свой самолет, — произнесла она сквозь зубы, ложась в постель.

— Какое же?

— Можно быть уверенным, что там не окажется бомбы. Это, конечно, большой плюс.

Она отодвинулась от него и повернулась спиной. Джек ничего не ответил. Выключил свет. В эту ночь он не попытался дотронуться до нее.

Глава 7

В Париж они прилетели в десять часов вечера по среднеевропейскому времени. В аэропорту их ждал автомобиль. Стоял чудесный теплый вечер. В одиннадцать они подъехали к отелю «Ритц». Вандомская площадь сияла яркими огнями. Швейцар сразу их узнал. Однако Мэдди ничто не радовало в этот вечер. Впервые за много лет она чувствовала себя невольницей. Джек переступил черту. Не говоря ни слова, почти ничего не чувствуя, она вошла за ним в отель.

Обычно она с большим удовольствием ездила с мужем в Париж. Но сейчас ощущала лишь душевный холод и боль. Впервые за многие годы ей выкрутили руки. Он не избивал ее, но... все равно что избил. А ведь такое случилось не впервые. Он унижал ее часто, по разным поводам. А она не сопротивлялась. Более того, раньше она не позволяла себе даже задумываться над этим. Теперь же внезапно осознала, что чувствует, в сущности, то же самое, что в Ноксвилле после побоев Бобби Джо. Она снова попала в ловушку. Слова Джека прошлой ночью все еще звучали у нее в ушах: «Ты принадлежишь мне»... И она подтвердила это тем, что все-таки поехала вместе с ним.

Номер в «Ритце» выглядел, как всегда, великолепно. Гостиная, спальня, две ванные комнаты. Окна выходили на Вандомскую площадь. Все обито атласом в бледно-желтых тонах. Три вазы полны желтых роз на длинных стеблях. Она могла бы почувствовать себя здесь счастливой, если бы не тупая боль в душе.

Джек налил бокал шампанского и подал ей.

— Есть какая-то особая причина, по которой мы здесь? — безжизненным голосом спросила Мэдди. — Или это все только для того, чтобы убрать меня с эфира?

— Я решил, что нам пора отдохнуть. Я знаю, как ты любишь Париж, вот и подумал, что мы сможем здесь развлечься.

Она взяла у него хрустальный бокал с шампанским просто для того, чтобы хоть как-то притупить боль. Пить ей вовсе не хотелось.

— После всего, что ты мне наговорил за последние два дня?!

Сама мысль о том, чтобы «развлекаться»... с ним!.. показалась ей абсурдной.

— Забудем о том, что произошло. Ты решила вмешаться в дела национальной безопасности. Тебе это не положено. Я хотел защитить тебя, Мэдди.

— Все это ерунда!

Она сделала глоток шампанского. Нет, она еще не могла простить ему его слова, его угрозы, то, что он назвал ее своей вещью. Но и спорить с ним ей сейчас не хотелось. Слишком измученной и подавленной она себя ощущала.

— Почему бы нам не забыть обо всем и просто наслаждаться Парижем? Нам обоим необходим отдых.

Ей необходима лоботомия... или другой муж, внезапно пришло в голову Мэдди. Никогда за все годы совместной жизни не испытывала она такого ощущения предательства. Вряд ли они смогут восстановить прежние отношения.

Джек подошел к ней вплотную. Чувственным движением погладил жену по руке, которую только вчера так сильно тряхнул. Она еще не забыла то ощущение и, наверное, никогда не забудет.

— Я люблю тебя, Мэд.

— Не знаю, что на это ответить. Мне больно, я сердита на тебя... и даже немного боюсь. Я не могу забыть о том, что произошло. — Она всегда вела себя с ним честно, гораздо честнее, чем он с ней.

— Поэтому мы здесь, Мэд. Чтобы забыть о работе, о наших проблемах и разногласиях. — Он поставил бокал на столик в стиле Людовика XV. — Мы приехали сюда, чтобы насладиться любовью. Давай будем просто любовниками.

Однако Мэдди не ощущала никакого желания заниматься с Джеком любовью. Ей хотелось укрыться где-нибудь и зализать раны. Побыть одной, разобраться в своих чувствах.

Но и этого он ей не позволил. Он уже целовал ее. Незаметно для нее расстегнул молнию на платье, снял с нее бюстгальтер.

— Пожалуйста, Джек... не надо... не торопи меня... я так не могу.

— Можешь.

Он закрыл ей рот поцелуем так, словно хотел ее проглотить. Его губы двинулись вниз, к ее груди. Через секунду платье куда-то полетело вместе с нижним бельем. Он целовал ее, ласкал, гладил, возбуждал с такой страстью, что она не могла противиться. А через несколько секунд, к своему собственному изумлению, почувствовала, что и она хочет этого. Он взял ее прямо на полу. Этот момент оказался неожиданно стремительным и настолько мощным, что у нее перехватило дыхание. Задыхаясь, она лежала в его объятиях, ничего не понимая. Она снова принадлежит ему. Как это произошло? Почему? Их соединение было чисто чувственным актом. Словно мощная волна катилась по ее телу. Однако любовью здесь и не пахло. Их соитие было еще одним доказательством того, что она принадлежит ему...

— Ну что ж, это один из способов начать отдых, — произнесла Мэдди, и сама почувствовала, что ее слова прозвучали по-дурацки. Она не может ему противостоять... — Сама не знаю, как это получилось.

— Могу показать, если хочешь. Еще немного шампанского? Это поможет.

Джек приподнялся на локте. Смотрел на нее улыбаясь. Теперь она сама не могла понять, ненавидит его или нет. Все-таки он просто чертовски красив. И она никогда не могла ему противиться. Он не оставлял ей выбора. Мэдди печально смотрела на мужа. Он подал ей бокал с шампанским, которого ей совсем не хотелось. Тем не менее она его взяла и сделала глоток.

— Вчера я тебя ненавидела. Раньше я никогда такого не чувствовала.

Его это признание, казалось, абсолютно не взволновало.

— Я знаю. Ты играла в опасную игру. Надеюсь, ты извлекла урок.

Так, это, кажется, угроза...

— И какой же урок я, по-твоему, должна была извлечь?

— Не совать нос куда не следует. Быть умницей. От тебя требуется только одно — читать новости. Судить о них — не твоего ума дело.

— Ах, вот как...

Мэдди почувствовала, что опьянела. Но ничего не имела против этого ощущения.

— Да, вот так. Твое дело быть привлекательной и хорошо читать текст с монитора. О том, как он туда попал и что именно в нем говорится, пусть заботятся другие.

— Звучит слишком просто.

Неожиданно для себя она хохотнула, однако в следующий миг ее горло свело судорогой. Похоже, ее не только понизили в должности, но и унизили.

— Это действительно просто, Мэдди. И между нами тоже все просто. Я тебя люблю. Ты моя жена. К чему нам с тобой ссориться? И не вызывай меня больше на такое. Обещай мне.

— Не могу, Джек.

Она не хотела лгать, хотя и ненавидела любое противостояние.

— Вчера речь шла о профессиональной этике и морали. Я чувствую ответственность перед людьми, которые меня смотрят и слушают.

— Ты должна чувствовать ответственность только передо мной!

На какой-то миг она снова ощутила безотчетный страх. Сейчас Джек вовсе не выглядел угрожающе. Наоборот, он снова начал ее ласкать, да так, что мысли путались в голове.

— Я сказал тебе, чего хочу. Пообещай мне, что будешь послушной девочкой.

Его язык, в промежутках между словами, ласкал самые интимные уголки ее тела, и это совершенно сбивало ее с толку.

— Я и так послушная девочка. — Она снова невольно усмехнулась.

— Нет, Мэд... вчера ты вела себя очень плохо. Если ты еще раз такое себе позволишь, мне придется тебя наказать. Может, наказать тебя прямо сейчас? Но я не хочу тебя наказывать, Мэд, я хочу доставить тебе удовольствие.

Он действительно старался доставить ей удовольствие, пожалуй, даже слишком. Однако она не чувствовала в себе сил его остановить. Слишком устала, слишком растеряна, да еще это шампанское... От него все мысли путаются. И все же сейчас она не имела ничего против небольшого опьянения. Так легче.

— Да... ты доставляешь мне удовольствие...

На мгновение она забыла о том, что сердилась на него. То было раньше, а сейчас они в Париже. Сейчас уже трудно вспомнить, что она его ненавидела, что он ее предал, что она его боялась. Она попыталась все вспомнить... и не смогла. Он овладевал ею. Его тело пылало. Ласки становились почти мучительно сладкими.

— Ну что, будешь послушной девочкой? Обещаешь?

— Обещаю, — выдохнула она.

— Скажи еще раз. Повтори свое обещание.

— Обещаю... обещаю... обещаю... Клянусь. Я буду хорошо себя вести.

Сейчас ей хотелось лишь одного — угодить ему. Где-то в глубине души она ненавидела себя за это. Она снова продалась. Снова отдалась ему. Он слишком могущественный, слишком властный, ей с ним не совладать.

— Кому ты принадлежишь, Мэд? Кого любишь? Кто любит тебя? Ты принадлежишь мне... Я люблю тебя... Скажи... Повтори это, Мэдди.

— Я люблю тебя. Я принадлежу тебе.

Он буквально выворачивал ее наизнанку. В тот момент, когда она произносила эти слова, он проник в нее с такой силой, что ей стало больно. Она вскрикнула, попыталась

100

увернуться, но он пригвоздил ее к полу всей тяжестью своего тела и продолжал вонзаться в нее с той же силой и яростью. Она пробормотала, что ей больно, однако он не останавливался. Она попыталась сказать что-то еще, он с силой закрыл ей рот поцелуем. Наконец по всему его телу прошла судорога, он достиг пика. И вдруг потянулся ртом к ее груди и больно захватил зубами сосок, прикусив его. Из груди стала сочиться кровь. Мэдди ощущала такую растерянность, что даже не могла плакать. Она не понимала, что произошло. Он любит ее или ненавидит? Решил наказать или так сильно ее хотел, что не заметил, как причинил ей боль? И сама она не могла понять, что за чувство испытывает к нему — любовь, желание, ненависть?

— Я сделал тебе больно? — встревоженно спросил Джек. — О Господи, Мэд... У тебя кровь!

Из надкушенного соска текла струйка крови. Мэдди казалось, что ее вывернули наизнанку. Так оно и есть. Может быть, он это и имел в виду, говоря о наказании... Однако Джек смотрел на нее с такой любовью... Он взял со стола влажную салфетку и приложил ее к кровоточащей груди Мэдди.

— Прости, малышка. Я слишком сильно тебя хотел. Просто голову потерял.

— Ничего...

У нее еще сильнее закружилась голова. Мысли совсем спутались. Джек помог ей подняться и повел в спальню, оставив одежду на полу. Ей хотелось только одного — лечь в постель и заснуть. Не было даже сил принять душ. Она почувствовала, что может потерять сознание.

Муж уложил ее в постель с такой нежностью, что голова у нее пошла кругом.

— Я люблю тебя, Мэдди.

Комната вокруг нее закружилась еще быстрее.

— Я тоже люблю тебя, Джек, — с трудом выговорила она.

Через минуту она уже спала. Джек выключил свет. Прошел в гостиную, налил себе стакан виски, выпил до дна. Подошел к окну, взглянул на Вандомскую площадь. Да, он может быть доволен собой. Мэдди получила урок. Хороший урок.

Глава 8

Каждый вечер Джек водил Мэдди обедать в какой-нибудь шикарный ресторан. На ленч они ездили в маленькие бистро на левом берегу Сены. Ходили по магазинам и галереям, приобретали антикварные вещи. Он купил ей браслет с изумрудами. Казалось, вернулся их медовый месяц. Мэдди еще чувствовала неловкость оттого, что в первый вечер напилась допьяна. О том вечере у нее сохранились странные, не совсем приятные воспоминания — чувственные и в то же время тягостные, с предчувствием какой-то неведомой опасности. После того вечера она пила очень мало. Ей совсем не хотелось спиртного. Джек окружил ее таким вниманием, осыпал такими дарами, что она опьянела от любви. Он соблазнял ее всеми возможными способами. К тому времени как они уехали на юг Франции, она снова полностью оказалась под его влиянием. Он вновь стал абсолютным хозяином положения.

В Антибе они остановились в отеле «Кап», в роскошном номере с видом на океан. Они сняли отдельную кабинку на пляже, достаточно уединенную, чтобы заниматься там любовью. Джек был неутомим. Он казался более влюбленным, чем когда бы то ни было. У Мэдди голова шла кругом. Все, что она испытывала раньше — гнев, ярость, ощущение предательства, — теперь казалось просто нереальным. Единственная реальность заключалась в их теперешних отношениях. Они пробыли в Антибе пять дней. Когда пришло время отправляться в Лондон, ей очень не хотелось уезжать. В этот последний день они наняли небольшой катер и поплыли в Сен-Тропез, ходили по магазинам в Каннах, обедали в ресторане, вечером вернулись к себе в отель. Он повел ее танцевать. Все было так мирно, так романтично, все дышало счастьем. И никогда еще он так часто не занимался с ней любовью. К тому времени как они прилетели в Лондон, она едва могла сидеть.

В Лондоне у Джека были дела, однако он старался как можно больше времени проводить с женой. Водил по магазинам, обедать в рестораны, на танцы. Купил ей колье с изумрудами в дополнение к браслету.

— Почему ты меня так балуешь? — смеясь, спросила она.

— Потому что я тебя люблю и еще потому, что ты моя лучшая ведущая, моя телезвезда.

— Ах, вот оно что... Выходит, ты меня подкупаешь, вместо того чтобы повысить в должности?

Несмотря на приподнятое настроение, в душе она все еще пребывала в растерянности. Он кажется таким любящим... а между тем перед отъездом во Францию вел себя так жестоко...

— Точно! Меня подослал наш инспектор, чтобы совратить тебя.

Мэдди от души рассмеялась. Ей так хотелось его любить, так хотелось чувствовать себя любимой.

— Тебе, наверное, что-то от меня нужно, Джек, — поддразнила она его.

Похоже, ему было беспрестанно необходимо ее тело, днем и ночью. Она начала ощущать себя какой-то секс-машиной. Несколько раз в разгаре их любви он ей напомнил, что она ему принадлежит. Ей очень не нравилось это слово, но его оно, по-видимому, еще больше распаляло, поэтому она промолчала. Пусть говорит, если для него это имеет такое значение. Но неужели он в это действительно верит... Нет, она ему не принадлежит. Она не его вещь. Просто... они любят друг друга. Он ее муж.

— Я чувствую себя настоящей леди Чаттерлей, — смеясь, заметила она однажды, когда он начал срывать с нее одежду, как только они вошли в номер. — Может, ты принимаешь какие-нибудь возбуждающие средства? Не слишком ли много?

— Секса не может быть слишком много, Мэд. И для нас это полезно. Мне нравится заниматься с тобой любовью во время отпуска.

Ему и дома это нравилось не меньше. Он словно не мог ею насытиться. И она получала от этого удовольствие. Но иногда он становился слишком груб. Терял голову, как он говорил. Такое случилось в первый вечер в Париже.

И еще раз, в последнюю ночь в «Клэридже». После танцев они вернулись в отель. Едва закрыв за собой дверь номера, он больно ударил ее о стену, сорвал колготки и буквально изнасиловал. Она попыталась его остановить, увести в спальню, но он прижал ее к стене и никак не хотел останавливаться. Потом затащил в ванную и овладел ею на мраморном полу. Она чувствовала боль, умоляла оставить ее, однако Джек словно не слышал. Потом он просил прощения, с нежностью поднял ее с пола, уложил в ванну с теплой водой.

— Ты даже не представляешь себе, что со мной делаешь, Мэд. Это ты во всем виновата.

Он полез к ней в ванну. Она испугалась, что все начнется сначала. Но на этот раз он стал нежно ее ласкать и овладел очень осторожно и бережно. Да, жизнь с Джеком похожа на карусель с постоянной сменой боли и наслаждений, страха и страсти, бесконечной нежности и неясного намека на жестокость и бесчеловечность. Этого никому не объяснишь, да Мэдди никогда и не решилась бы кому-нибудь рассказать об этом. Порой он заставлял ее делать такие вещи, от которых потом ей становилось мучительно стыдно. Однако он уверял ее, что в этом нет ничего постыдного. Они ведь муж и жена, он ее любит. Всякий раз, после того как он причинял ей боль, он начинал повторять, что она сводит его с ума и сама в этом виновата. Мэдди это, конечно, льстило, но боль от этого не уменьшалась. И еще она чувствовала постоянную растерянность, не могла понять, что происходит.

Две недели пролетели как сон, и в то же время казалось, что они отдыхали целый месяц. Когда пришло время возвращаться, Мэдди почувствовала, что они с Джеком стали близки, как никогда. В течение всего отпуска он окружал ее неусыпным вниманием, не отпускал от себя ни на шаг, всячески баловал. Они так часто занимались любовью, что казалось, вернулся их медовый месяц.

И вот все позади. Они вошли в свой дом в Джорджтауне. Джек поцеловал ее и понес наверх все сумки и чемоданы. Она прослушала сообщения на автоответчике, а Джек спустился вниз за почтой. Четыре раза звонил Грег Моррис, ее напарник. Странно... Его голос звучал очень серьезно, без обычных шуточек. Мэдди взглянула на часы. Нет, звонить Грегу слишком поздно.

В корреспонденции не оказалось ничего интересного. Они перекусили, приняли душ и легли в постель.

Утром встали рано и отправились на работу. По дороге дружески болтали. Мэдди рассталась с Джеком в вестибюле и направилась к себе в офис. Ей не терпелось увидеться с Грегом, рассказать ему о поездке. К ее удивлению, Грега в его офисе не оказалось. Она пошла к себе. Прослушала сообщения, просмотрела почту. Как всегда, кипа восторженных посланий от почитателей. К десяти часам Грег так и не объявился. Мэдди начала волноваться. Прошла к секретарше, спросила, не болен ли Грег. Дебби смотрела на нее в растерянности:

— Я... он... вам, наверное, не сказали.

— Не сказали о чем? С ним что-нибудь случилось?

Может, с Грегом произошел несчастный случай? Может, они не хотели портить ей отдых?

— Он ушел.

— Куда? — Мэдди все еще ничего не понимала.

— Он у нас больше не работает, миссис Хантер. Я думала, вы знаете. Ваш новый напарник должен приступить к работе завтра. Сегодня вам придется работать одной. Грег уволился на следующий день после вашего отъезда в отпуск.

— Уволился?! Но почему? — Она все еще не могла поверить. — Он что, с кем-то не поладил?

— Подробностей я не знаю, — солгала секретарша. Нет уж, пусть Мэдди услышит это не от нее. Но та уже и не слушала. Помчалась по коридору к кабинету режиссера.

— Раф! Какого черта! Что произошло с Грегом?

Раф Томпсон, высокий, с утомленными глазами, постоянно выглядел так, словно держит на своих плечах всю тяжесть мира. Порой он так себя и чувствовал.

— Он от нас ушел.

— Это я уже знаю. Куда? Когда? И почему? Мне нужны ясные ответы на все вопросы.

Ее глаза сверкали.

— Он не вписывался в новый формат передач. Кажется, собирается делать спортивные новости на Эн-би-си. Подробностей я не знаю.

— Чепуха! Это я уже слышала от Дебби. Кто же знает, в чем дело?

Но она уже угадала ответ. Не теряя ни секунды, поднялась наверх, в офис Джека. Прошла прямо в кабинет, не дожидаясь, пока секретарша ему сообщит о ее приходе. Он только что положил телефонную трубку на стол, заваленный бумагами, накопившимися за двухнедельные каникулы.

106

— Это ты уволил Грега? — спросила она без обиняков.

Он долго смотрел на нее, прежде чем ответить.

— Мы приняли административное решение.

— Что это значит? И почему ты мне ни слова не сказал об этом?

Она почувствовала, что ее просто-напросто провели.

— Не хотел тебя расстраивать. Ты заслужила полноценный отпуск, Мэд.

— Я имела право знать, что ты увольняешь моего напарника!

Теперь она поняла, что означали четыре сообщения на ее автоответчике и мрачный тон Грега. Неудивительно, что он был расстроен.

— За что ты его уволил? Он же прекрасный ведущий. И рейтинги у него высокие.

— Мы считаем иначе. Он не мог сравниться с тобой, дорогая. Нам нужен кто-нибудь посильнее, для баланса.

— Что значит «посильнее»?

— Он выглядел слишком мягким, я бы даже сказал, женоподобным. Ты его затмевала. Ты профессионал более высокого класса, чем он. Мне жаль тебя огорчать, Мэд, но тебе нужен напарник с более ярким имиджем и с бóльшим опытом.

— И кого же вы взяли на место Грега?

— Брэда Ньюбери. Я не уверен, что ты его помнишь. В свое время он делал новости с Ближнего Востока для Си-эн-эн. Потрясающий парень. Вы с ним сработаетесь.

— Брэда Ньюбери?! — Мэдди не могла поверить своим ушам. — Да он даже с места военных действий не мог подать материал так, чтобы это взволновало людей! Чья это идея?

— Мы приняли коллегиальное решение. Он профессионал, бывалый репортер. Мы сочли, что для тебя он будет идеальным партнером.

Мэдди никогда не нравился ни сам Брэд Ньюбери, ни стиль его материалов. В те несколько раз, что они встречались, он вел себя с ней с уничижительной надменностью и превосходством.

— Да он же зануда и малосимпатичный. Господи, от него все зрители заснут. Он даже события на Ближнем Востоке умудрялся освещать так, что мухи дохли.

— Он очень опытный репортер.

— Так же как и Грег. Никогда еще наши рейтинги не были так высоки.

— Твои рейтинги, Мэд. А вот его начали падать. Я не хотел тебя волновать, но он бы и тебя потянул вниз.

— Я не могу этого понять. И все-таки почему ты ничего мне не сказал?

— Не хотел огорчать. Это бизнес, Мэдди, шоу-бизнес. Мы обязаны держать руку на пульсе.

Вернувшись к себе в офис, Мэдди сразу же позвонила Грегу:

— Я не могу поверить, Грег. Мне никто ничего не сказал. Когда ты не пришел на работу, я решила, что ты заболел, что с тобой что-то случилось. Что вообще произошло? Ты с кем-нибудь повздорил на студии?

— Вряд ли. Во всяком случае, я об этом не знаю.

Его голос звучал мрачно. Ему очень нравилось с ней работать. Они оба знали, что их программа проходит «на ура».

— На следующее утро, после того как ты уехала, Том Хенсли, исполнительный продюсер программы, вызвал меня к себе и сообщил об увольнении. Сказал, что мы стали слишком раскованными, слишком неофициальными и слишком сблизились друг с другом.

— Да откуда он это взял? Когда мы в последний раз позволяли себе шутить в эфире?

— Давно. Но я думаю, ключевое слово здесь «сблизились». Кто-то решил, что мы с тобой стали очень дружны, что наши отношения стали чересчур личными. Да черт побери, Мэдди, ты действительно мой лучший друг. Тому, кто контролирует твою жизнь, это не нравится.

Он решил не продолжать. Но она поняла.

— Ты имеешь в виду Джека?! Грег, но это же безумие...

Нет, она не могла в это поверить. Не было никаких причин увольнять Грега... и вместе с тем Джек никогда не стал бы подвергать опасности их программу из каких-то личных соображений. Но Брэд Ньюбери — это действительно странный выбор. Не ревнует ли ее Джек к Грегу?

Оказалось, что Грег думает иначе.

— Тебе это может показаться дикостью, Мэд, но это называется изоляцией. Ты когда-нибудь над этим задумывалась? У тебя есть друзья? Позволяет он тебе с кем-нибудь встречаться? Что касается меня, здесь у него не было выбора. Мы вместе работали. Но теперь и этому пришел конец.

— Но зачем ему меня изолировать?

Ее голос звучал растерянно. Грег не мог решить, до какой степени он может быть откровенен с Мэдди. Он давно замечал, что происходит, а вот она, по-видимому, даже ни о чем не догадывается. Значит, подсознательно это отвергает.

— Он хочет изолировать тебя, Мэд, для того, чтобы полностью контролировать твою жизнь. Ты и так в его власти, он принимает за тебя решения, никогда не советуется с тобой по поводу телепрограмм. Он даже не предупреждает тебя о том, что вы уезжаете в отпуск, до самого последнего момента. Он обращается с тобой как с тряпичной куклой, Мэд. А когда ему что-то не нравится, он напоминает тебе, что ты вышла из голытьбы и снова окажешься на стоянке для трейлеров, если он тебя бросит. Как часто он повторяет, что без него ты ноль? Но это же полная чушь, Мэд! Да без тебя его программы скатятся до самых низких рейтингов. Если ты когда-нибудь захочешь уйти из его телекомпании, за тебя будут бороться все лучшие студии. У тебя отбоя не будет от предложений. Ну, что скажешь? Похоже это на поведение любящего супруга? Или здесь что-то более для тебя знакомое?

Слушая Грега, Мэдди осознала, что раньше никогда не позволяла себе задуматься над отдельными фактами своей жизни, свести их воедино. Сейчас ее охватил ужас. Что, если Джек на самом деле решил ее изолировать... Ей вспомнилось, сколько раз за последнее время он повторял, что она принадлежит ему. При одной мысли об этом она содрогнулась.

— Похоже, он ведет себя как насильник...

— Ну вот, кажется, ты наконец прозрела. Неужели тебе это никогда не приходило в голову? Да, он тебя не избивает, но это, пожалуй, единственное, чего он не делает. Ему это и не нужно. Он и так крепко держит тебя в руках. А когда ему что-то не по вкусу, он хватает тебя в охапку и увозит в Европу, снимает тебя с эфира, увольняет меня. Я бы сказал, что ты замужем за психопатом, чей пунктик — власть над людьми.

Он не произнес слово «насильник», хотя для него это означало то же самое.

— Может, ты и прав...

Мэдди разрывалась между потребностью защитить Джека и симпатией к своему бывшему коллеге и другу. Да, Грег нарисовал мрачную картинку. Скорее всего это правда. Но что же ей теперь делать?

— Прости, если я огорчил тебя, Мэд.

Она слишком много для него значила. Он уже давно с трудом сдерживал гнев, наблюдая за тем, что проделывал с ней Джек. И хуже всего, что она, кажется, ничего не замечает. А вот он, Грег, все видит уже давно. Может быть, отчасти поэтому его и уволили. Опасно оставлять Мэдди рядом с человеком, которому все ясно.

— Он ведет себя с тобой как насильник, Мэд.

— Да, похоже на то, — печально признала она. — И все же я не уверена. Может быть, мы преувеличиваем... Ведь он же меня не бьет.

На самом деле она уже все поняла... только не хотела этого признавать, не хотела об этом слышать. Однако и закрывать глаза становилось все труднее.

— Как ты думаешь, он тебя уважает?

— Я думаю, он меня любит, — не задумываясь ответила Мэдди. — И хочет сделать как лучше для меня. Только он не всегда знает, как надо.

Грег не мог с ней согласиться. Но как ее заставить взглянуть на свою жизнь с Джеком другими глазами?

— Мне кажется, даже насильник любит свою жертву. Как ты считаешь, Бобби Джо тебя любил?

— Конечно, нет!

Как он может сравнивать Джека с Бобби Джо! Сама мысль об этом ее ужаснула. Она больше не хочет ничего слышать. Одно дело допустить, что Джек склонен к насилию, и совсем другое — слушать, как об этом рассуждает Грег. Ужас насилия становится слишком реальным.

— Ну, может быть, Бобби Джо тебя и не любил. Но прошу тебя, подумай о том, что проделывает с тобой Джек. Он таскает тебя за собой, переставляет с места на место, как какой-нибудь неодушевленный предмет, как вещь, которую он купил за деньги. А когда он убеждает тебя в том, что без него ты никто и ничто, это разве слова любящего человека? Хуже того, ему нужно, чтобы ты в это верила. — Грег знал, что она действительно в это верит. — Мэдди, он хочет, чтобы ты признала, что ты его вещь.

Холодок пробежал по спине Мэдди. Это же слова Джека...

— Почему ты так говоришь?

— Мэдди, я хочу попросить тебя кое о чем.

Она подумала, что он попросит ее поговорить с мужем, чтобы тот вернул его обратно на студию. Вряд ли Джек ее послушает, но попытаться можно.

— Сделаю все, что смогу.

— Ловлю тебя на слове. Обещай, что пойдешь к врачу, в группу психотерапии для женщин, живущих с насильниками.

— Что за глупость! Мне это не нужно.

— Решишь после того, как там побываешь. Мэд, мне кажется, ты не имеешь представления о том, что с тобой происходит и кто довел тебя до этого. Я найду тебе врача. Надеюсь, у тебя откроются глаза. Я сам могу пойти с тобой.

Найти врача-психиатра... Да ведь именно это она собиралась сделать для Дженет Мак-Катчинс. Но та была вся в синяках, а ее, Мэдди, никто не бьет.

— Хорошо... возможно... если ты найдешь врача. А что, если меня кто-нибудь узнает?

— Ты можешь сказать, что пришла вместе со мной, чтобы поддержать меня. Мэдди, моя сестра прошла через это. Она дважды пыталась покончить с собой, прежде чем поняла, что с ней происходит. Я ходил вместе с ней. А ведь она родила от мужа четверых детей.

— И что с ней сейчас?

— Она развелась с ним. Вышла замуж за отличного парня. Но ей понадобилось три года психотерапии. Тот, первый муж, казался ей героем только потому, что не бил ее так, как мой отец избивал нашу мать. Не всякое насилие оставляет после себя синяки, Мэд.

Да, она это знала. И все же отказывалась признавать. Ей хотелось верить, что Джек не такой. И себя она не считала жертвой насилия.

— По-моему, ты рехнулся, Грег, но я все равно тебя люблю. Что ты теперь собираешься делать?

Она старалась отвлечься от того, что он сказал про Джека. Слишком это страшно. Она непроизвольно уже пыталась себя убедить, что все не так, что Джек никакой не насильник. Грег просто расстроен из-за своего увольнения.

112

— Буду спортивным комментатором на Эн-би-си. Мне сделали отличное предложение. Приступаю через две недели. А ты уже знаешь, кто будет работать с тобой?

— Брэд Ньюбери.

Теперь Мэдди чувствовала себя расстроенной. Ей будет очень не хватать Грега, больше, чем она могла себе представить. Может, стоит походить в эту женскую группу хотя бы ради того, чтобы иметь возможность с ним встречаться. Джек, конечно, не позволит ей с ним общаться. Найдет способ полностью отрезать от нее Грега, «для ее же собственного блага». Настолько-то она своего мужа знает.

— Тот парень с Си-эн-эн?! Ты шутишь! Да он же просто дерьмо.

— Боюсь, наши рейтинги сразу полетят вниз.

— Не полетят. Ты ведь остаешься. Не горюй, девочка, все будет нормально. Но только обязательно подумай о том, что я сказал. Больше мне от тебя ничего не надо. Подумай об этом.

— Хорошо, я подумаю...

До конца рабочего дня она думала о словах Грега. Они затронули какую-то струнку в глубине ее души, и сейчас она всячески пыталась убедить себя в том, что это не так. Да, Джек постоянно твердит, что она ему принадлежит, но это означает только, что он ее страстно любит. Но... в последнее время даже их любовь стала какой-то странной. Он несколько раз причинял ей боль, когда они занимались любовью. Впервые тогда, в Париже. Грудь заживала целую неделю. И потом, в «Клэридже», когда он овладел ею на мраморном полу, она больно ушибла спину. Правда, все это он, конечно, делал ненамеренно. Просто слишком возбуждался и никак не мог удовлетворить свою страсть. И потом, он просто не любит ничего планировать. Ну какое же насилие в том, что он увез ее в Париж и поселил в «Рит-це»? И купил ей изумрудный браслет и колье. Нет, Грег просто был не в себе. Расстроился из-за того, что его уволили. Да еще вздумал сравнивать Джека с Бобби Джо! Что между ними может быть общего?! Джек спас ее от Бобби Джо.

И все же она никак не могла забыть о том, что говорил Грег. В душе поднималось какое-то болезненное ощущение. Впрочем, всякое насилие, направленное против кого бы то ни было, вызывало в ней такое чувство.

Все еще под влиянием слов Грега она отправилась на заседание комитета к первой леди. Села рядом с Биллом Александром. Он очень загорел. За то время, что они не виделись, он успел съездить к сыну в Вермонт и к дочери на ферму.

— Как продвигается книга? — шепотом спросила Мэдди.

— Хорошо. Правда, довольно медленно.

Он улыбнулся, с восхищением глядя на нее. Так же как и все остальные. В белых брючках и голубой рубашке мужского покроя она выглядела по-летнему привлекательной.

На это заседание первая леди пригласила психиатра Эугению Флауэрс, которая специализировалась на лечении женщин — жертв насилия и поддерживала любые начинания в их защиту. Мэдди о ней слышала, но ни разу еще не встречалась. Доктор Флауэрс обошла всех присутствовавших и с каждым поговорила с большой теплотой. Вообще она напоминала добрую бабушку, если бы не глаза — острые, проницательные. И для каждого у нее нашлись особые слова. Она всем задавала один и тот же вопрос: в чем, на их взгляд, заключается жестокое обращение мужчины с женщиной, как они могут это определить. Все отвечали примерно одно и то же: побои, избиение.

— Верно, — дружелюбно улыбнулась Флауэрс. — Это самые очевидные признаки. Однако есть и другие формы жестокого обращения. Насильники изобретательны. Они могут, например, контролировать каждый шаг своей жертвы, каждый ее поступок, каждое движение, даже ее мысли.

114

Иногда они последовательно и настойчиво подрывают ее уверенность в себе, изолируют от людей, держат в постоянном страхе, приводят в ужас неожиданными поворотами в поведении, выказывают неуважение, заставляют верить, что белое — это черное, а черное — это белое. Могут запутать свою жертву окончательно, так что она уже ни в чем не в состоянии разобраться. Могут не давать денег, постоянно твердить, что без них вы ничто, что вы всецело в их власти. Они отнимают у жертвы всякую волю к самостоятельным действиям, заставляют делать то, чего она не хочет. Например, вынуждают женщину рожать одного ребенка за другим либо, наоборот, постоянно делать аборты. Иногда даже вообще лишают женщину возможности иметь детей. Это самое настоящее насилие, в классической форме. И оно не менее болезненно, не менее опасно, чем физическое насилие, оставляющее следы на теле. Оно смертельно опасно.

Мэдди почувствовала, что ей трудно дышать. Билл Александр заметил, что она побледнела как полотно, но ничего не сказал.

— Существует множество различных форм насилия над женщиной, — продолжала доктор Флауэрс. — Некоторые слишком очевидны, другие почти незаметны, однако все одинаково опасны. Пожалуй, те, что поначалу незаметны, наиболее изощренные и наиболее опасные, потому что жертва не только верит всему, что ей внушают, но еще и винит во всем себя. Если насильник достаточно умен, ему удается полностью убедить свою жертву, что она ничтожество. Он может довести ее до самоубийства, нервного расстройства, жесточайшей депрессии, наркомании. Всякое насилие в любой его форме смертельно опасно для жертвы, но его скрытые, изощренные формы труднее всего остановить, потому что их непросто распознать. И что еще хуже, жертва, убежденная в том, что во всех несчастьях виновата она сама, постоянно возвращается за новыми оскорблениями. Она чувствует, что виновата перед насильником, что обязана ему, что без него она никто. Она постоянно ощущает свою никчемность, и ей кажется, что она заслужила его жестокое отношение.

Мэдди показалось, что она вот-вот потеряет сознание. Эта женщина с точностью до мельчайших деталей описывала их совместную жизнь с Джеком. Да, он действительно ни разу ее пальцем не тронул, за исключением того единственного случая, когда грубо схватил за руку. И тем не менее он проделывал с ней все, о чем говорила доктор Флауэрс. Мэдди хотелось вскочить, закричать, выбежать из комнаты. Но она осталась сидеть в своем кресле словно пригвожденная.

Доктор Флауэрс говорила еще с полчаса, потом отвечала на вопросы. В основном всех интересовало, как защитить женщину не только от насильника, но и от себя самой, как остановить насилие.

— Прежде всего женщины должны научиться распознавать насилие. В основном они, как напуганные дети, защищают своих мучителей и во всем винят себя. В большинстве случаев для них невыносимо осознать то, что с ними происходит, и еще невыносимее рассказать об этом другим. Их не покидает чувство стыда, потому что они во всем верят своему мучителю. Следовательно, в первую очередь необходимо помочь им понять, что происходит, а затем помочь вырваться из порочного круга. А это не просто. У каждой женщины своя устоявшаяся жизнь, свой дом, у многих есть дети. А вы предлагаете им бежать в неизвестность, спасаться от опасности, которую они не осознают и не уверены в том, что она действительно существует. Весь ужас в том, что эта опасность так же реальна, как нацеленное на них дуло пистолета, но большинство женщин этого не знают. Лишь очень немногие осознают, что дело неладно, однако они так же напуганы, как и остальные. Я сейчас говорю об умных, образованных женщинах, порой даже профессионалах высокого класса. Казалось бы, уж они-то должны понять, что происходит. Но никто из нас не застрахован от того, чтобы сделаться жертвой насилия. Это может произойти с каждой женщиной, независимо от ее образования и места работы, независимо от доходов.

Иногда такое случается с привлекательными, тонкими, интеллигентными женщинами, и невозможно поверить, будто они могли поддаться внушению насильника. Однако порой именно они оказываются самыми легкими жертвами. Более закаленные труднее поддаются на удочку, не обращая внимания на всю ту чушь, которую он пытается им внушить. Таких в конце концов начинают избивать. Других же мучают более изощренными способами.

Для насилия нет ни цвета кожи, ни расы, ни окружения, ни социально-экономических законов и правил. Оно может затронуть любую из нас, в особенности тех, чье прошлое и воспитание к этому предрасполагают. Например, если женщина в детстве постоянно видела, как отец бьет мать, она будет боготворить своего мужа, если он ее не избивает в обычном, физическом, смысле этого слова. Но этот человек может быть на самом деле гораздо хуже, чем ее отец, более изощренным и потому более опасным насильником. Он может контролировать каждый ее шаг, изолировать ее, угрожать ей, терроризировать, оскорблять и унижать, выказывать презрение, лишать внимания и тепла, не давать денег. Он может угрожать ей тем, что отберет у нее детей. Ни одного следа на теле от этого не остается. Более того, он может постоянно повторять, что ей крупно повезло.

И, что еще хуже, она этому верит. Такого нелегко уличить, его нельзя привлечь к ответственности, нельзя арестовать. Как только вы попытаетесь поймать его с поличным, он скажет, что его жена сошла с ума, что она психопатка, идиотка, лгунья, никчемная женщина. Повторяю, хуже всего то, что она сама этому верит. Таких женщин надо очень медленно и осторожно выводить из-под влияния мучителя, отводить от опасности. Они будут всячески с вами бороться, будут до последнего защищать своего тирана. У таких жертв глаза открываются очень медленно и трудно.

Мэдди с трудом сдерживала слезы, изо всех сил стараясь продержаться до конца собрания. Внешне она выглядела почти спокойной. Но когда все стали расходиться, она с трудом смогла подняться с места. Колени у нее дрожали. Билл Александр подумал, что это из-за жары и духоты. Полчаса назад он заметил, как она побледнела. Сейчас ее лицо стало землистым.

— Принести вам воды? Интересное собрание, правда? Хотя я не представляю, что мы можем сделать для несчастных женщин, оказавшихся в подобной ситуации. Разве что просветить их и поддержать.

Мэдди снова опустилась на стул. Молча кивнула. Все кружилось и плыло у нее перед глазами. К счастью, никто ничего не заметил. Билл пошел за водой. Пока она его ждала, к ней подошла доктор Флауэрс.

— Я ваша большая поклонница, миссис Хантер. Каждый вечер смотрю вашу программу. Только от вас и узнаю о том, что происходит в мире. Мне очень понравилось ваше сообщение о Дженет Мак-Катчинс.

Мэдди, не в состоянии встать, лишь слабо улыбнулась.

— Благодарю вас, — едва выговорила она пересохшими губами.

Подошел Билл с бумажным стаканчиком воды. Ему пришла в голову мысль, не беременна ли она. Доктор Флауэрс внимательно наблюдала за Мэдди. Наконец та допила воду и поднялась с места. Ноги едва ее держали. Как же она сможет выйти и дойти до такси... Билл, казалось, почувствовал ее растерянность.

— Может, вас подвезти?

Мэдди кивнула, не думая:

— Мне надо вернуться в офис.

Сможет ли она выйти в эфир сегодня вечером? А вдруг она что-нибудь не то съела? Да нет, все ясно, ни к чему себя обманывать. Виноват человек, за которым она замужем.

— Мне бы хотелось как-нибудь встретиться с вами, поговорить, — сказала она доктору Флауэрс.

Та подала Мэдди свою визитную карточку. Она поблагодарила и сунула ее в карман. После того, что она услышала, да еще припоминая слова Грега, она чувствовала себя словно оглушенной, не могла понять, реальность это или ночной кошмар. Слишком много сразу на нее навалилось... Будто на нее налетел тяжело груженный состав.

В полном молчании Мэдди последовала за Биллом к его машине. Он открыл ей дверцу, сел за руль. Встревоженно взглянул на нее. Выглядела она ужасно.

— С вами все в порядке? Мне показалось, вы едва не потеряли сознание.

Она молча кивнула. Сначала хотела скрыть от него правду, сказать, что у нее грипп. Но потом вдруг почувствовала, что не может. Она ощущала полную растерянность и страшное одиночество. Словно ее оторвали от всего, во что она верила, чему хотела верить. Никогда еще Мэдди не чувствовала себя такой потерянной и беззащитной, никогда не ощущала ужаса своего положения. Слезы полились у нее из глаз. Билл осторожно коснулся ее плеча. Неожиданно она громко всхлипнула... и уже не могла остановиться.

— Да, о таких вещах тягостно слышать.

Подчиняясь внезапному импульсу, Билл обнял ее за плечи. Он просто не знал, как ее утешить. Когда он был в полном отчаянии после трагедии с женой, его утешали так же. И своих детей он бы так же обнял в горе. В этом жесте не было ничего чувственного, ничего предосудительного.

Наконец рыдания Мэдди стихли. Она подняла на Билла глаза, и он увидел в них нескрываемый ужас.

— Я здесь, Мэдди. С вами ничего плохого не случится. Все будет хорошо.

Она покачала головой. Ничего хорошего уже не будет. И никогда не было. Внезапно она с ужасающей ясностью осознала, в какой опасности жила все эти годы, как ее унижали, как изолировали от всех, кто мог что-то заметить, кто мог бы попытаться ей помочь. Последовательно и методично Джек лишил ее всех друзей, даже Грега. Теперь она абсолютно беззащитна, она полностью в его власти. Все, что муж говорил все эти годы, особенно в последнее время, теперь приобрело зловещий, угрожающий смысл.

— Чем я могу вам помочь? — спросил Билл.

Не думая о том, что делает, она прижалась к нему и зарыдала еще сильнее.

— Мой муж проделывает со мной все то, о чем говорила эта женщина-психиатр. А несколько дней назад еще один человек говорил мне то же самое, но я ему не поверила. Джек действительно полностью меня изолировал. Все семь лет нашего брака он оскорблял и унижал меня, а я считала его идеалом только потому, что он меня не бил. — Она выпрямилась на сиденье. Смотрела на Билла с ужасом, сама не в силах поверить тому, что говорит.

— Вы в этом уверены?

— Абсолютно.

Теперь она поняла, что Джек действительно насильник. Он ее насиловал и причинял боль, когда они занимались любовью. И это происходило не случайно и не из страсти, как он ее уверял. Для него это еще один способ держать ее в руках и унижать. Он проделывал это все семь лет. Как она могла не видеть, не понимать, что это означает!

— Я не могу вам передать, что он со мной делает. Доктор Флауэрс обрисовала все до мельчайших деталей. — Ее губы задрожали. Она беспомощно смотрела на Билла. — Что же мне теперь делать? Он уверяет, что без него я никто и ничто. Иногда он называет меня голодранкой и говорит, что, не будь его, я снова окажусь на самом дне.

Билл изумленно посмотрел на нее:

— Это что, такая шутка? Да вы же самая известная телеведущая в стране. Вы можете оказаться на трейлерной стоянке только в одном случае — если ее купите.

Мэдди невольно рассмеялась. Потом долго сидела молча, глядя в окно. Ее охватило ощущение, будто дом, где она
жила, только что сгорел дотла и ей некуда идти. Она не
могла даже подумать о том, чтобы пойти домой, встретиться с Джеком после того, что она поняла. И все же до конца
она не могла в это поверить. Может, он все-таки не такой...
Может, она ошибается...

— Я не знаю, что мне делать. Не знаю, как ему сказать.
Больше всего мне хочется его спросить, почему он так себя
ведет.

— Наверное, он по-другому не умеет. Но это не оправ-
дание для того, что он с вами проделывает. Чем я могу помочь?

— Сначала я должна подумать о том, что мне делать.

Он повернул ключ зажигания. Снова обернулся к ней:

— Хотите, заедем куда-нибудь выпить чашку кофе?

Он просто не мог придумать, как ее успокоить.

— Да, это неплохо.

Мэдди чувствовала теплоту этого человека, его искрен-
ность. Рядом с ним так хорошо. С ним чувствуешь себя в
безопасности. Когда он обнял ее за плечи, она ощутила
покой и защищенность. Она инстинктивно знала, что он
никогда ее не обидит, не причинит боли. Представила себе
Джека и сразу поняла, в чем разница между ними. Джек
всегда как будто на грани, на пределе, и ей он всегда умудрялся сказать такое, от чего она терялась. Он заставлял ее
чувствовать себя ниже его, внушал, что осчастливил ее. Билл
Александр ведет себя так, будто он ей благодарен за возможность оказать помощь. Она не ошиблась, решив быть с
ним откровенной.

Они остановились у небольшого кафе. Нашли столик в
углу. Билл заказал чай, Мэдди — чашку капуччино.

— Простите меня. Я не собиралась вовлекать вас в свою личную драму. Сама не знаю, что на меня нашло. То, что говорила доктор Флауэрс, меня буквально потрясло.

— Думаю, она на это и рассчитывала. Это, наверное, судьба, что она сегодня там оказалась. Мэдди, что вы собираетесь делать дальше? Вы же не можете продолжать жить с человеком, который так с вами обращается. Вы слышали, что она сказала: это все равно что жить с приставленным к виску пистолетом. Вы сами, вероятно, этого не видите, но вы в большой опасности.

— Кажется, я начинаю это понимать. Но не могу же я просто так взять и уйти.

— Почему?

Для него все выглядело достаточно просто. Ей надо уйти, чтобы Джек не мог причинить ей еще больший вред. Это предельно ясно.

— Я обязана ему всем, что у меня есть, и даже тем, что я есть я. Он сделал меня тем, что я есть сейчас. Я работаю на него. И потом, куда мне идти? Что я буду делать? Если я уйду от него, мне придется оставить и работу. Куда идти... что делать... Есть и еще одно. — Ее глаза наполнились слезами. — Он меня любит.

— Я в этом не уверен. Любящий человек так себя не ведет. Вы в самом деле думаете, что он вас любит?

— Не знаю...

Она действительно уже ничего не знала, не могла разобраться в своих мыслях и чувствах. Ужас смешался с сожалением и раскаянием, с ощущением вины за то, что она так думает и говорит о Джеке. А что, если она ошибается? Что, если в ее случае все совсем не так, как описывала доктор Флауэрс?

— Я думаю, вы просто напуганы. Вам проще все отрицать. А вы, Мэдди, его любите?

— Мне казалось, люблю. Мой первый муж сломал мне обе руки и ногу. Как он только меня не мучил: столкнул с лестницы, прижег спину зажженной сигаретой... У меня до сих пор шрам. А Джек спас меня. Увез в Вашингтон в шикарном лимузине, дал работу, возможность начать новую жизнь, женился на мне. Как же я могу вот так просто взять и уйти от него!

— Можете. Потому что он вовсе не такой хороший парень, как вам кажется, а насильник, просто более изощренный. То, что он делает, не оставляет следов, как побои вашего первого мужа, но ведь вы слышали, что сказала доктор Флауэрс: это не менее опасно. Смертельно опасно. И не думайте, будто Джек оказал вам такую огромную услугу. Вы его самое ценное приобретение. Он вовсе не филантроп. Он бизнесмен и прекрасно знает, что делает. Вы же сами все слышали. Он контролирует всю вашу жизнь.

— А если я от него уйду?

— Он заменит вас другой ведущей и будет ее так же мучить. Вы его не исправите, Мэдди, вам надо спасать себя. Если он захочет измениться, пусть лечится. Но вам надо уйти от него, прежде чем он найдет еще какой-нибудь способ вас мучить, прежде чем он окончательно вас деморализует, так что вы уже не сможете уйти. Вы же сами все видите, Мэдди. Теперь вы знаете, что происходит. Спасайте себя, не думайте ни о ком другом. Вы рискуете своим благополучием, своей жизнью. Синяков у вас нет, но если он ведет себя так, как вы говорите, нельзя больше оставаться с ним ни минуты.

— Если я от него уйду, он меня убьет.

Последний раз она произнесла эти слова девять лет назад. И сейчас внезапно поняла, что это правда. Джек слишком много в нее вложил, чтобы позволить ей уйти.

— Вам надо найти надежное убежище. Родные у вас есть?

Она покачала головой. Ее родители давно умерли, а все связи с родственниками в Чаттануге давно оборвались. Можно пожить какое-то время у Грега, но именно там Джек и будет ее искать. Да еще обвинит во всем Грега. Нет, она не может подвергать приятеля такой опасности. А кроме Грега, друзей у нее нет. Джек об этом позаботился. И вообще... для такой знаменитости, как она, искать безопасное убежище... это же просто абсурд. Тем не менее очень может быть, что ей все-таки придется это сделать.

— Может быть, поживете в семье моей дочери? Она примерно одного с вами возраста, и места в их имении достаточно. И у нее такие чудесные дети.

Эти слова напомнили ей о том, что сделал с ней Джек, а до него — Бобби Джо. Живя с Бобби Джо, она сделала шесть абортов. Первые два — потому что он ее заставил, говорил, что она не готова иметь детей. Остальные — потому что не хотела иметь от него детей, не хотела вообще рожать детей при такой жизни, какую она вела. А Джек сразу настоял на ее стерилизации. В общем, оба ее мужа надежно позаботились о том, чтобы у нее никогда не было детей. Да еще и убеждали ее в том, что так лучше для нее же. И она им верила. Внезапно она почувствовала себя не только обездоленной, но еще и круглой идиоткой. Как она могла им верить!

— Не знаю, что делать, Билл. Не знаю, куда идти. Мне надо подумать.

— Боюсь, что у вас нет на это времени.

Он вспоминал все, что говорила доктор Флауэрс. Если дело обстоит именно так, Мэдди надо действовать немедля, иначе будет поздно.

— Не раздумывайте слишком долго, Мэдди. Если Джек вылечится, если что-нибудь изменится, вы всегда сможете вернуться потом, когда все как следует обдумаете.

— А если он не позволит?

— Это будет означать, что он не изменился, и, значит, он вам не нужен. — В точности то же самое Билл сказал бы своей дочери. Сейчас он чувствовал, что готов сделать все на свете, лишь бы помочь этой женщине. — Я хочу, чтобы вы как следует подумали, Мэдди, и немедленно начали дей-

124

ствовать. Джек ведь тоже может почувствовать, что вы изменились, что вы что-то заподозрили. Тогда он поймет, что ему угрожает опасность, и придумает еще что-нибудь, чтобы ухудшить ваше положение. Для вас это очень опасная ситуация, Мэдди.

Да, он, конечно, прав. Мэдди взглянула на часы. Как поздно! Через десять минут она должна быть у гримерши. Она с сожалением сказала Биллу, что ей пора вернуться на работу. Они вышли из кафе, сели в его машину. Он довез ее до студии и, прежде чем уехать, еще раз обернулся к ней.

— Я не успокоюсь до тех пор, пока вы не начнете действовать. Дайте мне слово, что не пустите дело на самотек, не будете делать вид, словно ничего не происходит. Вы уже очнулись, Мэдди, теперь надо действовать.

— Обещаю, — улыбнулась она, хотя представления не имела о том, что следует предпринять.

— Я позвоню вам завтра, и если не услышу ничего определенного, мне придется вас похитить и отвезти к своей дочери.

— Не имею ничего против. Как мне вас благодарить?

— Единственное, чем вы можете меня отблагодарить, Мэдди, — это сделать что-нибудь для своего спасения. Я очень на вас рассчитываю. И вы всегда можете рассчитывать на меня, если вам понадобится помощь.

Он написал на клочке бумаги свой номер телефона. Мэдди сунула его в сумку, еще раз поблагодарила Билла, поцеловала в щеку и побежала в студию. Сегодня ее первый день совместной работы с Брэдом Ньюбери. Надо еще переодеться, сделать прическу и макияж.

Билл еще долго сидел в машине, глядя вслед Мэдди, после того как она скрылась за дверью студии. Невозможно себе представить, чтобы с такой женщиной обращались подобным образом и чтобы она сама могла поверить в то, что, лишившись мужа, останется без работы, без друзей или, хуже того, вернется на трейлерную стоянку. Господи, какой абсурд! Но она этому верит... Она подтвердила все, о чем говорила доктор Флауэрс, описывая психологическое насилие. Билл никак не мог оправиться от потрясения.

Когда Мэдди пришла в студию, Брэда Ньюбери уже гримировали и причесывали. Она внимательно наблюдала за ним. Какой напыщенный и важный. Неужели Джек действительно хочет, чтобы они работали вместе? Правда, на этот раз Брэд пытался говорить ей любезности. Они болтали, пока она причесывалась и гримировалась. Он сказал, что счастлив с ней работать. Тем не менее вел он себя так, словно оказывает ей большое одолжение, снисходит до нее. Мэдди вежливо ответила, что с нетерпением ждет начала их совместной работы. На самом деле ей очень не хватало Грега. Что же ей все-таки делать с Джеком?..

Однако времени на раздумья уже не оставалось. Через три минуты эфир. Она едва успела сесть на свое место и набрать в легкие воздуха, как начался отсчет секунд. Выйдя в эфир, она прежде всего представила Брэда, и программа пошла своим чередом. Брэд вел ее в сухом техничном стиле. Мэдди не могла отказать ему в уме и знаниях, однако его стиль подачи новостей так отличался от ее собственного. Они абсолютно не сочетаются. Она — сердечная, доброжелательная, земная, он — сдержанный, отстраненный и холодный. Никакой гармонии. Совсем не то что с Грегом. Интересно, что покажут рейтинги?

Между вечерними эфирами они немного поговорили. Вторая передача прошла более гладко, но безлико и невпечатляюще. Покидая место у микрофона, Мэдди заметила, что режиссер нахмурился.

Джек передал ей, что задержится на совещании и оставляет ей машину. Однако Мэдди решила пройти несколько кварталов пешком, а потом взять такси. Вечер стоял теплый, еще не совсем стемнело.

Неожиданно у нее появилось странное ощущение, будто ее кто-то преследует. Она сказала себе, что это уже паранойя. Просто у нее разыгралось воображение, и неудивительно: день оказался слишком тяжелым. Может, и в отношении Джека это тоже игра ее разгоряченного воображения? Она уже раскаивалась в том, что наговорила Биллу о Джеке. Может быть, он вовсе не такой. Для того, что он проделывал, можно найти тысячи объяснений.

Около их дома она увидела двоих полицейских. На противоположной стороне улицы стоял автомобиль без опознавательных знаков. Что-то произошло... У дверей она остановилась и спросила об этом полицейских.

— Просто решили прочесать ваш район, — улыбнулся один из них.

Но два часа спустя, выглянув в окно, она снова их увидела. Джек вернулся домой около полуночи, и она рассказала ему об этом.

— Да, я тоже их видел. Наверное, что-то стряслось у кого-нибудь из соседей. Копы сказали, чтобы мы не волновались, они побудут здесь какое-то время. Может, кто-то кому-нибудь угрожал. Во всяком случае, нам всем так спокойнее.

Он ей выговорил за то, что она не воспользовалась его машиной с шофером, а поехала на такси. Сказал, чтобы всякий раз, когда едет без него, она пользовалась только их автомобилем с водителем.

— Я просто хотела пройтись. Что тут такого?

Внезапно Мэдди ощутила неловкость. Если он действительно такой, как она думает, то как ей себя с ним вести? Вернулось прежнее чувство вины. Муж так внимателен к ней. Вот и насчет машины тоже...

— Ну, как сегодня прошел эфир с Брэдом? — спросил Джек позже, ложась к ней в постель.

Мэдди содрогнулась. Неужели он собирается заниматься любовью... Внезапно она почувствовала, что не хочет этого.

— Мне показалось, никак. В общем, все в норме, но он совсем не впечатляет. Я просмотрела запись пятичасового эфира. Какой-то он безжизненный.

— Ну так вдохни в него жизнь.

Мэдди во все глаза смотрела на мужа. Он хочет переложить ответственность на нее! Она не знала, что ему ответить. Ей показалось, что с ней в постели чужой, незнакомый человек. Кто он — действительно тиран и садист или просто любит все контролировать и хочет держать ее в своей власти, потому что она ему небезразлична? В конце концов, что плохого он ей сделал? Дал ей блестящую карьеру, прекрасный дом, автомобиль с водителем, чтобы ездить на работу, красивую одежду, потрясающие драгоценности, путешествия в Европу и, наконец, собственный самолет, на котором она может летать в Нью-Йорк за покупками, когда захочет. Она что, сходит с ума? С чего это ей померещилось, будто он насильник?

Она почти убедила себя в том, что у нее больное воображение, что она несправедлива к нему, как вдруг Джек выключил свет и медленно повернулся к ней со странным выражением лица. Улыбаясь, протянул руку, коснулся ее груди... и неожиданно схватил ее с такой грубой силой, что у нее дыхание перехватило. Она попыталась его остановить.

— Что это вдруг? — засмеялся он с какой-то странной жестокостью. — Ты что, не любишь меня, крошка?

— Я люблю тебя, но ты делаешь мне больно.

Ее глаза наполнились слезами. Не обращая на это внимания, он задрал ее ночную сорочку, раздвинул ноги и вошел в нее так, что она застонала от возбуждения. Та же игра, чередование боли и наслаждения. Она попыталась сказать, что сегодня она не расположена к близости, но он ничего не слушал. Схватил Мэдди за волосы, откинул ее голову назад и приник к шее таким чувственным поцелуем, что она затрепетала. Потом вонзился в нее с такой силой, словно хотел проткнуть насквозь. Она вцепилась в него, пытаясь остановить, и разрыдалась от отчаяния. Внезапно он стал нежным и наконец с содроганием кончил.

— Я люблю тебя, крошка, — прошептал он.

Что же это такое? И что означает для него это слово? В его любви есть что-то зловещее. Для него это еще один изощренный способ внушать ей ужас. Теперь она это поняла, хотя подсознательно всегда ощущала опасность.

— Я люблю тебя, — повторил он сонным голосом.

— Я тоже тебя люблю, — прошептала она в ответ.

Слезы ручьем полились из ее глаз. Самое ужасное, что это правда.

Глава 9

На следующее утро двое полицейских снова стояли у их дома. На телестудии еще больше ужесточили пропускной режим. У всех проверяли пропуска. Мэдди пришлось трижды пройти через детектор металла, прежде чем охранники убедились, что причиной сигнала является ее браслет.

— Что происходит? — спросила она Джека.

— Обычное дело, я думаю. Наверное, от кого-нибудь поступила жалоба, что мы подраспустились.

Больше она об этом не задумывалась. Пошла к себе наверх, чтобы встретиться с Брэдом. Они решили поработать вместе над своим общим имиджем. Мэдди решила провести несколько репетиций перед эфиром, чтобы они лучше сработались. Несмотря на все, что говорил Джек, программа новостей — это не просто считывание текстов с телемонитора.

Потом она позвонила Грегу. Хотела рассказать ему о встрече с доктором Флауэрс, однако его не оказалось на месте. Тогда она решила выйти перекусить. День стоял великолепный. Легкий ветерок смягчал жару, обычную для вашингтонского лета.

На улице у Мэдди снова появилось ощущение, что ее кто-то преследует. Она резко обернулась. Огляделась. Ничего подозрительного. Двое каких-то мужчин шли следом, разговаривая и смеясь.

Когда она вернулась в офис, позвонил Билл Александр. Спросил, как она себя чувствует и пришла ли к какому-нибудь решению.

— Я не знаю. Может, я все-таки ошиблась. Я понимаю, это звучит абсурдно, но я люблю Джека. И уверена, что и он меня любит.

— Вам лучше знать. Но после того, что я услышал от доктора Флауэрс, мне кажется, вы снова пытаетесь закрыть глаза на правду. Может, стоит позвонить и поговорить с ней самой?

— Да, я об этом думала. Она оставила мне свою визитную карточку.

— Позвоните ей.

— Хорошо, я обещаю.

Она еще раз поблагодарила Билла за помощь и пообещала позвонить доктору на следующий день, просто для того, чтобы он не тревожился. Хороший человек... И так искренне о ней беспокоится.

Оставшееся время до передачи она работала над текстом новостей. Пятичасовой эфир с Брэдом прошел более гладко, чем вчера, но все же ненамного лучше. Он раздражал ее своей манерой говорить интересные и умные вещи, но излагать их неловко, как новичок. До этого он никогда не работал ведущим и, несмотря на несомненный интеллект, не обладал ни харизмой, ни малейшим обаянием.

Мэдди покинула студию все еще раздосадованная. Джек собирался на совещание в Белый дом и велел ей взять его автомобиль, а дома запереть двери на все замки. Ей это показалось полной чушью. Она и так никогда не оставляла двери открытыми. А теперь, когда у самого их дома дежурят полицейские, они в полной безопасности. Вечер стоял чудесный, и она попросила водителя остановить машину за несколько кварталов до их дома и пошла пешком по Джорджтауну. Уже почти стемнело, но она чувствовала себя спокойнее, чем накануне, почти счастливой.

На последнем углу перед их домом чья-то рука схватила ее сзади. Кто-то невидимый потащил ее в кусты. Она попыталась кричать, но нападавший рукой зажал ей рот. Она боролась, как тигрица, била его одной ногой, пытаясь балансировать на другой. Оба потеряли равновесие и упали на землю. Он моментально взгромоздился на нее, ухватился за подол юбки, пытаясь задрать ее, другой рукой начал стягивать с нее колготки и трусы. Для этого ему пришлось убрать руку с ее рта. Мэдди тут же закричала так, что негодяй подскочил. Послышался топот, кто-то подбежал. Насильника оторвали от нее в тот момент, когда он уже стянул с нее колготки и расстегивал молнию своих брюк. Он буквально взлетел на воздух. Мэдди осталась лежать на земле, не в силах перевести дыхание. Откуда-то появились еще полицейские, замелькали яркие вспышки света. Кто-то помог ей подняться на ноги. Она оправила испачканную юбку, с трудом перевела дыхание. Волосы были растрепаны, она вся дрожала. Один из полицейских ее поддержал.

— Вы в порядке, миссис Хантер?

— Да, кажется, все нормально. Что произошло?

Она заметила, что нападавшего сажают в полицейскую машину.

— Мы его взяли. Это был вопрос времени. Мы ждали, пока он совершит ошибку. Он, конечно, ненормальный, негодяй, но за это его упрячут в тюрьму. Мы не могли ничего ему сделать, пока он вас не схватил.

— Так вы за ним следили?!

Она-то думала, что это обычный, никому не известный насильник.

— Да, с тех самых пор, как он начал посылать вам письма.

— Какие письма?

— Он посылал вам по письму в день, кажется, в течение всей прошлой недели. Ваш муж встречался с лейтенантом по этому поводу.

Мэдди медленно кивнула, не желая показаться полной идиоткой. Почему Джек ничего ей не сказал? Мог хотя бы ее предупредить. В этот момент она вспомнила, как он настаивал, чтобы она ездила только в его автомобиле, чтобы запирала в доме все двери. Но он ведь ничего не объяснил, поэтому она решила, что спокойно может пройти пешком несколько кварталов. И попала прямо в лапы своему преследователю.

К приходу Джека она еще не совсем оправилась от потрясения. Он уже знал, что произошло. Полицейские позвонили ему в Белый дом и рассказали о поимке насильника.

— Ты в порядке?

Он выглядел очень встревоженным. Даже ушел раньше с совещания по настоянию самого президента, который тоже встревожился после звонка полицейских.

— Почему ты мне ничего не сказал?

— Не хотел тебя пугать.

— А ты не думаешь, что я имела право знать? Сегодня я пошла пешком и угодила прямо ему в лапы.

— Я же говорил, чтобы ты брала нашу машину.

— Но я же не знала, что на меня собираются напасть. Черт возьми, Джек, я же не ребенок! Ты должен был мне сказать.

— Я не видел в этом смысла. Полицейские тебя охраняли, и на студии мы усилили охрану.

По крайней мере то тревожное чувство, что за ней следят, которое она испытывала в последние дни, теперь нашло объяснение.

— Я не желаю, чтобы ты принимал все решения за меня.

— Почему? Ты же не можешь принимать решения самостоятельно. Тебя следует охранять.

— Я ценю твою заботу. — Она попыталась произнести это с благодарностью и не смогла. — Но я взрослый человек и вправе сама все решать, у меня должно быть право выбора. И даже если тебе не нравятся какие-то мои решения, все равно я имею право принимать их самостоятельно.

— Нет, не имеешь, если они неверные. А в чем вообще дело? Почему это тебя так взволновало? Я всегда решал за тебя, и ты не возражала. Что изменилось?

— Может, я повзрослела. Это не значит, что я тебя не люблю.

— Я тоже тебя люблю, поэтому и хочу защитить тебя от себя самой.

То есть он так и не хочет признать за ней права на независимость. Мэдди пыталась взывать к его разуму, но тщетно, Джек не хотел поступиться ничем, он хотел контролировать всю ее жизнь.

— Ты очень привлекательна, Мэдди, но это все. Больше в тебе ничего нет, радость моя. Поэтому позволь уж мне думать за тебя. А от тебя требуется только хорошо выглядеть и правильно считывать текст с монитора.

— Я не слабоумная, Джек! Я способна на большее, чем подкраситься, причесаться и правильно считать новости. Ты что, считаешь меня полной идиоткой?

Он ответил иронической усмешкой:

— Трудный вопрос...

Впервые в жизни ей захотелось дать ему пощечину.

— Ты меня оскорбляешь!

— Я говорю правду. Насколько я помню, Мэдди, у тебя ведь нет за плечами колледжа. Да и вряд ли ты окончила даже школу.

Он намеренно ее унижает, намекая на то, что она недостаточно образованна, чтобы самостоятельно мыслить. Однако на этот раз она ощутила не унижение, а гнев. Он и раньше, бывало, говорил что-то подобное, но она никогда не протестовала.

— Но это не помешало тебе взять меня на работу в свою телекомпанию. И это не помешало мне добиться самых высоких рейтингов.

— Я тебе уже говорил, люди реагируют на смазливую мордашку. Ну что, пойдем спать?

— И как это понять? Тебе приспичило, опять «воспылал страстью»? Хочу напомнить, что меня сегодня уже один раз помяли. Достаточно для одного вечера.

— Осторожнее, Мэдди.

Он подошел к ней вплотную. Его глаза горели яростью, но она не отступила ни на шаг, хотя вся мелко дрожала. Она устала оттого, что ею постоянно помыкают. Под каким бы соусом он это ни подавал. И его страсть больше ее ни в чем не убеждала.

— Осторожнее, — прошипел он ей в самое лицо. — Ты переходишь границы.

— Так же как и ты, когда меня мучаешь!

— Я тебя не мучаю. Тебе это нравится!

— Нет. Я люблю тебя, но мне не нравится, как ты со мной обращаешься!

— Ты что, разговаривала с этим чернокожим мозгляком, с которым раньше работала? А ты знаешь, что он бисексуал, или для тебя это приятная неожиданность?

— Знаю. Но это не мое дело и не твое, кстати. Ты что, его за это уволил? Если так, то он подаст на тебя в суд за дискриминацию. И надеюсь, выиграет.

— Я его выгнал, потому что он плохо на тебя влиял. О вас уже ходили слухи. Я не стал тебя беспокоить обсуждением этих слухов. Просто послал его подальше, туда, где ему и место.

— Какая мерзость! Ты же знаешь, что я тебя никогда не обманывала.

134

— Ну да, это ты так говоришь. Но я решил на всякий случай избавить тебя от искушения.

— И поэтому нанял этого напыщенного болвана, который даже прочитать новости толком не может? Он их считывает с такого огромного телемонитора, какого я еще не видела. Все твои рейтинги вылетят в трубу.

— В таком случае и ты вылетишь вместе с ними, дорогая. Поэтому лучше постарайся помочь Брэду, да побыстрее. Позанимайся с ним так же, как ты занималась со своим черномазым дружком. И помни, если ваши рейтинги упадут, ты останешься без работы, и тебе придется вернуться домой, скрести там полы. Ведь ничего другого ты делать не умеешь!

От его прежнего притворства не осталось и следа. Она не могла больше его слушать. Руки так и чесались дать ему пощечину.

— Зачем ты так Джек?

Ее глаза наполнились слезами. Но он, казалось, не обратил на это никакого внимания. Снова подошел ближе, схватил ее за волосы и резко дернул, требуя внимания.

— Я это делаю для того, чтобы ты вспомнила, кто здесь хозяин, маленькая плакса. Кажется, ты начинаешь это забывать. Я больше не хочу слышать никаких твоих жалоб и претензий, никакого нытья. Я сам скажу все, что понадобится, если сочту нужным. А если я тебе что-то не говорю, значит, это не твоего ума дело. От тебя требуется делать свою работу — читать новости и время от времени готовить какой-нибудь специальный репортаж, — а по вечерам ложиться в постель и не ныть, что я делаю тебе больно. Ты еще не знаешь, что такое больно, и моли Бога о том, чтобы никогда этого не узнать. Тебе еще повезло, что мне вообще хочется тебя трахать.

— Ты мне отвратителен!

Он ее абсолютно не уважает и, уж конечно, не любит, теперь это ясно. Мэдди хотела заявить, что уходит от него, но не решилась. Теперь, после поимки насильника, полицейские уже не дежурят у их дома. Внезапно она почувствовала, что боится мужа. Джек тоже ощутил ее страх.

— Мне осточертело тебя слушать, Мэд. Иди ложись в постель и жди меня.

Она долго стояла перед ним неподвижно, вся дрожа. Не подчиниться? Но так будет еще хуже. То, что еще совсем недавно казалось грубоватой любовной игрой, все больше приобретает черты насилия. Это началось после того, как она впервые бросила ему вызов в истории с миссис Мак-Катчинс. Он ее наказывает.

Не проронив больше ни слова, она пошла наверх и легла в постель, моля Бога только об одном — чтобы сегодня Джек не стал заниматься с ней любовью. И невозможное свершилось. Через некоторое время он вошел в спальню, лег и молча повернулся к ней спиной. Мэдди с облегчением вздохнула.

Глава 10

На следующее утро она не поехала на работу вместе с Джеком. Он ушел очень рано. Мэдди сказала, что ей до ухода надо кое-кому позвонить. Он не задавал никаких вопросов. О вчерашней сцене он даже не упомянул и не извинился. Она тоже ничего ему об этом не сказала. Однако как только он ушел, она набрала номер телефона Эугении Флауэрс. Они договорились, что доктор примет ее завтра. Как же ей пережить еще один вечер в обществе Джека... Теперь ей стало ясно, что если ничего не предпринять, дело может принять серьезный оборот. Джеку уже недостаточно унижать ее словами, называть голодранкой. Кажется, он отбросил все ухищрения и начал действовать в открытую. Теперь она уже почти не сомневалась в том, что он испытывает к ней лишь ненависть и презрение.

Как только она пришла на студию, позвонил Билл.

— Как дела?

— Не очень, — честно призналась она. — Кажется, становится хуже.

— И будет еще хуже, если вы от него не уйдете, Мэдди. Вы слышали, что говорила доктор Флауэрс.

— Я встречаюсь с ней завтра.

Потом она рассказала Биллу о том, как на нее напали накануне вечером. Она знала, что эта история все равно появится сегодня в газетах. Ей еще придется опознавать подозреваемого.

— О Господи, Мэдди, он же мог вас убить!

— Он пытался меня изнасиловать. Джек, оказывается, обо всем знал, но не предупредил меня. Он считает, что я недостаточно умна для того, чтобы самостоятельно принимать решения. Я, видите ли, не училась в колледже.

— Мэдди, вы одна из самых умных и ярких женщин, каких я знаю. Что вы собираетесь делать?

— Не знаю. Мне страшно. Я боюсь того, что может произойти, если я от него уйду.

— А я боюсь того, что может произойти, если вы не уйдете от него. Он может вас убить.

— Да нет, он на это не пойдет. А если я не найду другую работу? И снова окажусь в Ноксвилле?

— Да никогда этого не случится! Вы найдете лучшую работу. Ноксвилл для вас остался позади. Неужели вы сами этого не видите?

— А вдруг Джек прав? Что, если я и в самом деле слишком глупа и нигде не смогу устроиться? Я ведь и правда не училась в колледже.

Сейчас она чувствовала себя чуть ли не обманщицей.

— Ну и что из этого? Вы прекрасны и талантливы. У вас самые высокие рейтинги на телевидении. Мэдди, даже окажись Джек прав и вам действительно пришлось бы скрести где-нибудь полы — чего, конечно же, никогда не случится, — все равно это лучше, чем оставаться с ним. Он втаптывает вас в грязь. Он может прибегнуть к физическому насилию.

— Он никогда этого не делал.

Однако она вспомнила о шраме на груди у соска. Да, он не избивает ее, как Бобби Джо, его методы насилия более изощренные, более извращенные, чем у ее первого мужа, но они не менее опасны, не менее разрушительны для психики.

Они поговорили еще немного, потом Билл предложил вместе пообедать. Но как раз на время ленча ее пригласили на опознание преступника.

Во второй половине дня позвонил Грег. И говорил то же самое, что и Билл.

— Ты играешь с огнем, Мэдди. Этот сукин сын ненормальный. Однажды он тебя прикончит. Не жди этого, Мэд. Поскорее сматывайся от него.

Но непонятно почему, она чувствовала, что не в состоянии уйти от мужа. Ее мучили сомнения. Что, если Джек придет в настоящую ярость? А вдруг он ее все-таки любит? И потом, после всего, что он для нее сделал, как можно вот так просто взять и уйти...

Это классические отношения мучителя и жертвы, сказала ей доктор Флауэрс по телефону. Однако она понимала, что Мэдди парализована страхом, и в отличие от Билла и Грега не слишком на нее давила. Она знала, что требуется время, чтобы Мэдди окончательно созрела. После разговора с ней та почувствовала большое облегчение. Все время перерыва на ленч она размышляла о словах доктора. Поэтому, входя в студию, даже не обратила внимания на молодую женщину, внимательно наблюдавшую за ней с противоположной стороны улицы. Молодая, хорошенькая, в черной мини-юбке и в туфлях на высоких каблуках, она не сводила глаз с Мэдди, пока та не скрылась за дверью студии.

На следующий день девушка снова появилась на улице у студии в тот момент, когда Мэдди выходила, чтобы отправиться на ленч с Биллом. Они пошли на Пенсильвания-авеню, ни от кого не скрываясь и не таясь. Оба считали, что им нечего скрывать. Они ведь вместе работают в комитете у первой леди. Тут даже Джеку нечего будет возразить.

За ленчем, который прошел очень приятно, они беседовали на разные темы. Мэдди рассказала о разговоре с доктором Флауэрс, о том, что та все понимает.

— Надеюсь, что она сумеет вам помочь.

Биллу стало по-настоящему страшно за Мэдди. Он видел, что она в крайне опасной ситуации.

— Я тоже на это надеюсь.

Она стала объяснять Биллу, одновременно пытаясь объяснить и самой себе, что происходит, и не могла. В их отношениях с Джеком появилась жестокость, которой она раньше никогда не ощущала. Доктор Флауэрс объяснила, что Джек почувствовал, как она от него отдаляется, и сказала, что он не остановится ни перед чем, чтобы ее запугать и снова вернуть под свою полную власть. Чем независимее и здоровее психически она становится, тем больше он злится. Доктор Флауэрс предупредила, что Мэдди должна быть очень осторожна. Даже те насильники, которые, казалось, не склонны к побоям, могут в любое время изменить свою тактику. Мэдди уже и сама ощущала, что дело может дойти до рукоприкладства.

Они долго разговаривали с Биллом. Он сказал, что на следующей неделе собирается поехать в имение к дочери, но не хотел бы оставлять Мэдди одну.

— Прежде чем уехать, я вам дам свой номер телефона. Если понадобится, я приеду по первому вашему звонку.

Он, казалось, чувствовал себя за нее ответственным. Наверное, оттого, что у нее совсем нет друзей. Кроме Грега, который уже уехал в Нью-Йорк.

— Все будет в порядке, — неуверенно произнесла Мэдди, не желая слишком обременять Билла своими проблемами.

— Хотелось бы в это верить.

Он собирался пожить у дочери недели две и за это время закончить книгу. Кроме того, он мечтал походить на лодке с внуками. Билл оказался страстным мореходом.

— Может быть, вы все-таки туда приедете? Я уверен, вам там понравится. Место очень красивое.

— Да, мне бы очень хотелось. Мы намечали поехать на некоторое время к себе на ферму в Виргинию, но в последнее время Джек так занят своими делами с президентом, что мы почти никуда не выезжаем. Вот только съездили в Европу.

Билл ее слушал и поражался тому, как может человек, близко знакомый с президентом и работающий с ним, быть насильником. И как может такая женщина, настоящая звезда в своей области, красивая, умная, талантливая, обеспеченная, ему это позволять. Доктор Флауэрс права: насилие — настоящий бич, который настигает любого, независимо от классовой принадлежности, образования, обеспеченности и положения в обществе.

— Надеюсь, ко времени моего возвращения вы уже уйдете от мужа. Я не успокоюсь, пока вы этого не сделаете.

Он смотрел на нее не отрываясь. Сколько в ней очарования, сколько теплоты... и какая она цельная натура. Он наслаждался ее обществом. Между ними сама собой возникла тесная дружеская связь. Невозможно себе представить, чтобы кто-то мог обращаться с ней так, как она рассказывает.

— Если ваша дочь когда-нибудь приедет навестить вас в Вашингтон, я бы хотела с ней познакомиться.

— Думаю, она вам понравится.

Они ведь примерно одного возраста! Эта мысль пронзила его. Внезапно он осознал, что относится к Мэдди совсем не по-отцовски. Он видит в ней не ребенка, а женщину. Во многом она взрослее его дочери. Более утонченная, более... светская. Она гораздо больше повидала в жизни, и отнюдь не самого приятного. В общем, ему она казалась скорее другом и приятной собеседницей, чем ровесницей дочери.

Они вышли из ресторана в три часа. Вернувшись на студию, Мэдди заметила в вестибюле хорошенькую девушку с длинными черными волосами, в черной мини-юбке. Та смотрела прямо на нее. У Мэдди возникло странное чувство, будто она ее где-то раньше видела. Но она не могла вспомнить где. Девушка резко отвернулась, словно боясь, что ее узнают. После того как Мэдди поднялась наверх, она спросила охранника, на каком этаже находится офис миссис Хантер. Но вместо ответа охранник направил ее к Джеку. Таковы были правила. Если кто-то спрашивал миссис Хантер, его направляли к Джеку, который «сортировал» всех посетителей жены, хотя она этого не знала. Никто ей об этом не говорил. И посетителей это не удивляло — обычное дело, в конце концов.

Девушка в мини-юбке поднялась на лифте.

— Я бы хотела видеть миссис Хантер, — отчетливо произнесла она на вопрос секретарши.

Та записала ее имя — Элизабет Тернер. На вид ей было лет двадцать с небольшим.

— Вы по делу или по личному вопросу?

Девушка колебалась несколько секунд, прежде чем ответить:

— По личному.

— Миссис Хантер сегодня никого не может видеть, она очень занята. Можете изложить мне ваше дело, или оставьте записку, я прослежу, чтобы ей передали.

Девушка с разочарованным видом кивнула. Взяла у секретарши листок бумаги, быстро написала несколько слов. Секретарша развернула листок, взглянула на записку, потом на девушку. Занервничала и поднялась:

— Подождите, пожалуйста, минутку, мисс... э-э-э... Тернер.

Меньше чем через минуту записка оказалась в руках у Джека. Он прочитал ее. В ярости перевел взгляд на секретаршу:

— Где она? Какого черта ей здесь нужно?

— Она в приемной, мистер Хантер.

— Пришлите ее сюда.

Он лихорадочно пытался сообразить, что ему делать. Остается только надеяться, что Мэдди не успела ее увидеть. Впрочем, не имеет значения. Все равно она не могла бы ее узнать.

Девушка вошла и остановилась у дверей. Джек внимательно смотрел на нее холодным взглядом. Его губы раздвинулись в улыбке, которая о многом говорила. Можно не беспокоиться. Эту девушку Мэдди не знает.

Глава 11

Мэдди выскользнула из студии и отправилась к доктору Флауэрс. Никто не знал, куда она пошла, кроме Билла Александра.

Эугения Флауэрс встретила ее спокойно и по-матерински приветливо:

— Ну, как вы, дорогая?

Накануне в телефонном разговоре Мэдди вкратце изложила ей суть дела.

Они сели в удобные кожаные кресла. Кабинет выглядел очень уютным, хотя всю обстановку, казалось, купили на дешевой распродаже. Отдельные предметы мебели не сочетались по цвету, кресла были потерты, а картины на стенах... казалось, будто их рисовали дети. Однако здесь было чисто и тепло. Мэдди сразу почувствовала себя как дома.

— Тогда, на нашей встрече в Белом доме, я многое от вас узнала, — начала она. — Я из семьи, где отец бил мать всякий раз после получки, напившись допьяна. В семнадцать лет я вышла замуж за человека, который так же вел себя со мной.

Глаза доктора Флауэрс, строгие и внимательные, представляли резкий контраст с ее материнским тоном. Казалось, они видят и понимают абсолютно все.

— Мне очень печально это слышать, моя дорогая. Я знаю, как это больно, и не только физически. Насилие оставляет страшные шрамы в душе. Сколько лет вы прожили с ним?

— Девять лет. За это время он сломал мне ногу и обе руки, я сделала шесть абортов.

— Как я понимаю, вы с ним развелись?

Всезнающие глаза напряженно в нее всматривались.

Мэдди кивнула. Стоило ей только заговорить о прошлом, как снова нахлынули мучительные воспоминания. Перед ее мысленным взором предстал Бобби Джо, такой, каким она видела его в день отъезда.

— Я сбежала от него. Мы жили в Ноксвилле. Джек Хантер меня спас. Он купил телестудию, где я работала, и предложил мне работу здесь. Он приехал за мной в Ноксвилл на лимузине. Я сразу же подала на развод. Два года спустя, через год после того как я получила официальный развод, мы с Джеком поженились.

Доктора Флауэрс интересовали не только слова, и слышала она гораздо больше, чем ей рассказывали. Сорок лет она лечила женщин, над которыми издевались мужья и любовники. Она моментально распознавала все признаки насилия еще до того, как ее пациентки их осознавали.

Она долго молча смотрела Мэдди в глаза.

— Расскажите мне о своем нынешнем муже.

— Мы с Джеком женаты уже семь лет. Он всегда прекрасно ко мне относился. Помог сделать карьеру. Мы живем роскошно. У нас есть дом, ферма в Виргинии... правда, она принадлежит ему... есть собственный самолет... У меня прекрасная работа благодаря мужу...

Ее голос замер. Доктор Флауэрс внимательно наблюдала за ней. Она уже знала ответы на все свои невысказанные вопросы.

— У вас есть дети?

— У него два сына от первого брака. Когда мы поженились, он сказал, что не хочет больше иметь детей. Мы очень серьезно об этом поговорили, и он решил... мы решили, что мне следует стерилизоваться.

— Вы довольны, что приняли такое решение, или сожалеете об этом?

Этот прямой вопрос требовал откровенного ответа.

— Иногда сожалею. Когда вижу чужих детей... — Неожиданно она почувствовала, как ее глаза наполняются слезами. — Но Джек, наверное, прав. У нас действительно нет времени на детей.

— Время тут абсолютно ни при чем, — спокойно произнесла доктор Флауэрс. — Это вопрос желания и необходимости. Вы чувствуете, что вам нужен ребенок, Мэдди?

— Иногда. Но теперь поздно об этом думать. Я подверглась стерилизации. Уже ничего не изменишь.

— Можно усыновить или удочерить ребенка, если муж не будет возражать.

— Я не знаю... — Мэдди почувствовала, как у нее сдавило горло. На самом деле ее проблемы намного сложнее. Она лишь вкратце изложила их доктору по телефону.

— Не знаете?!

— Я о муже, о том, как он отнесется к усыновлению ребенка. И еще о том, что вы говорили тогда на нашем собрании. Это произошло сразу вслед за моим разговором с одним коллегой. Он считает... Я... мне показалось... — Слезы заструились по ее щекам. — Мой муж меня мучает. Он меня не бьет, как первый муж. Он меня и пальцем ни разу не тронул. Правда, недавно он меня сильно тряхнул, и еще... в постели он в последнее время очень груб, но я не думаю, что это намеренно, просто он очень страстный... — Она осеклась, подняла глаза на доктора Флауэрс. Нет, она должна сказать все. — Я думала, что это он в пылу страсти, но... на самом деле это настоящая жестокость. Он меня истязает, и, кажется, намеренно. Он постоянно следит за мной. Все решает за меня. Называет меня голодранкой, напоминает о том, что я не получила образования, говорит, что, если он меня выгонит, я скачусь на самое дно, так как никто не возьмет меня на работу. Ни на минуту не дает мне забыть о том, что он меня спас, не позволяет иметь друзей, изолирует меня, постоянно унижает, позорит и заставляет стыдиться самой себя. Он мне лжет. А в последнее время я его просто боюсь. Он ведет себя в постели как насильник, угрожает мне. Раньше я не позволяла себе над этим задумываться, но... он делает почти все то, о чем вы говорили тогда на нашем собрании.

Она замолчала. Слезы ручьями лились по ее лицу. Ну вот, она все сказала.

— А вы ему все позволяете, — негромко проговорила доктор Флауэрс. — Вам кажется, что он прав, что вы это заслужили. Вам кажется, что вы постоянно скрываете ужасную тайну, которая заключается в том, что вы на самом деле такая отвратительная, как он говорит, и если вы не будете ему подчиняться, весь мир об этом узнает.

Мэдди непроизвольно кивнула. Какое облегчение услышать эти слова из уст другого человека. Она ведь именно так и думает все время.

— Ну вот. А теперь, когда вы это осознали, Мэдди, что вы собираетесь делать? Оставаться и впредь с этим человеком?

Откровенный вопрос требовал такого же откровенного ответа, каким бы безумным он ни показался.

— Иногда мне кажется, что я его люблю. Думаю, и он меня любит. Не могу отделаться от мысли, что, пойми Джек, что он со мной делает, он бы это прекратил. Может быть, если бы я его больше любила или помогла бы ему понять, что он творит, он бы перестал это делать. Мне кажется, он ненамеренно причиняет мне боль.

— Возможно. Хотя и маловероятно.

Доктор Флауэрс смотрела Мэдди прямо в глаза. Но не произносила ни слова. Она хотела, чтобы та выговорилась, сделала собственные выводы. Больше всего ей хотелось заставить Мэдди задуматься о будущем.

— А если бы вы поняли, что он намеренно причиняет вам боль, вы бы все равно остались с ним?

— Не знаю... может. быть. Я боюсь от него уйти. Что, если он прав? И никто не захочет взять меня на работу?

Доктор Флауэрс была потрясена. Как такая великолепная и утонченная женщина может даже подумать о том, что никто не будет ее любить и не захочет взять ее на работу. Но ведь ее действительно никто никогда не любил — ни родители, ни первый муж, ни второй. В этом доктор Флауэрс не сомневалась. И сама Мэдди тут, конечно, ни при чем. Это не ее вина. Просто ей попадались мужчины, желавшие одного — причинить ей боль.

Но это она должна осознать самостоятельно.

— Раньше мне казалось, что все просто. Когда я ушла от Бобби Джо, мне казалось, что я никому больше не позволю над собой издеваться. Я поклялась самой себе, что больше никто никогда меня не ударит. И Джек меня не бьет, пальцем меня не тронул.

— Но на самом деле все не так просто, правда? Есть и другие формы оскорбления и насилия, которые еще разрушительнее, чем побои. Он ими и пользуется. Он плюет вам в душу, лишает вас самоуважения. Он вас погубит окончательно, Мэдди, он именно к этому и стремится. Семь лет подряд вы беспрекословно позволяли ему это делать. Можете и дальше позволять, дело ваше. Никто не собирается заставлять вас уйти от него, если вы сами не захотите.

— Два человека, которые ко мне по-дружески относятся, твердят, что если я не уйду, он меня погубит.

— И это вполне возможно. Вероятнее всего, этим и кончится. Ему даже не придется делать это самому. В конце концов вы сами довершите за него эту работу. Вы перестанете существовать как личность. То, что говорят ваши друзья, вполне вероятно. Вы так его любите, что готовы рискнуть?

— Нет... не думаю... Но я боюсь уйти. И... — она захлебнулась рыданиями, — мне будет его недоставать. Мы так славно жили. Мне так нравилось его общество.

— Как вы себя чувствовали с ним?

— Я... он заставлял меня чувствовать себя тупой и глупой в его присутствии... и думать о том, будто мне повезло, что он меня осчастливил.

— А вы действительно тупая и глупая?

— Нет, — рассмеялась Мэдди. — Только в том, что касается мужчин.

— У вас есть сейчас кто-нибудь еще, кроме мужа?

— Да нет... во всяком случае, не в том смысле. Билл Александр — просто добрый друг. В тот день, после вашего выступления на заседании комитета, я ему обо всем рассказала.

— И что он об этом думает?

— Что я должна как можно скорее собрать чемоданы и бежать от Джека, пока не произошло что-нибудь ужасное.

— Уже произошло, Мэдди. А что Билл? Вы в него влюблены?

— Нет, не думаю. Мы просто друзья.

— Ваш муж об этом знает?

— Нет... не знает.

Доктор Флауэрс внимательно смотрела на нее:

— Вам предстоит еще долгий путь, Мэдди, пока вы окажетесь в безопасности. Но даже и после этого у вас порой будет возникать желание вернуться. Вы будете тосковать по мужу, такому, каким он казался в хорошие моменты. Мужчины-садисты нередко очень умны. Этот яд таит в себе страшную силу, женщинам хочется вкушать его еще и еще, потому что хорошие мгновения кажутся такими сладостными. Но плохие поистине ужасны. В каком-то смысле это то же, что пытаться покончить с наркотиками или бросить курить. Жизнь с садистом при всем ее ужасе засасывает так же, как наркотик.

— Да, я могу в это поверить. Я так привыкла к Джеку. Просто не могу себе представить жизни без него. Но бывает, что мне хочется бежать от него далеко-далеко, где ему меня не достать.

— Возможно, это прозвучит жестоко, но вам необходимо стать сильной, настолько сильной, чтобы он не смог вас достать, где бы вы ни находились. Не смог бы, потому что вы ему не позволите. Это должно исходить от вас самой. Только вы сами сможете себя защитить. Друзья могут найти для вас убежище, могут оберегать вас от мужа, но в один прекрасный день вы сбежите к нему тайком, в поисках наркотика, который он вам дает. Это очень опасный наркотик, может, даже более опасный, чем все остальные. Как вам кажется, у вас достаточно сил, чтобы от него отказаться?

Мэдди задумчиво кивнула. Да, это именно то, что ей нужно. Вот только не хватает мужества. Ее глаза снова наполнились слезами.

— Если вы мне поможете.

— Непременно помогу. Но понадобится время. Постарайтесь быть терпеливой, не досадуйте на себя. Вы сами почувствуете, что готовы уйти, что с вас довольно. Но до этого попытайтесь быть поосторожнее, не позволяйте мужу издеваться над вами больше, чем до сих пор. Он обязательно что-то заподозрит. У садистов, как у лесных зверей, очень острый нюх. Если он почует, что добыча от него уходит, то попытается вас вернуть, загнать назад в клетку угрозами, лишить вас всякой надежды. Будет сводить вас с ума, убеждать в том, что у вас нет никакого выхода, что без него вы ничто. И в глубине души вы будете ему верить, хотя и знаете, в чем дело. Постарайтесь освободиться от веры в доброго, ласкового Джека, не позволяйте себе жить так, чтобы вас унижали, мучили, оскорбляли. Именно это в конце концов вас спасет.

Флауэрс ни секунды не сомневалась в том, что Джек из категории садистов. После услышанного сегодня невозможно было в этом сомневаться. По глазам Мэдди она видела, как глубоко страдает эта женщина. Но не все еще потеряно, ее можно спасти. Рано или поздно она выберется, но когда будет сама к этому готова, не раньше. Мэдди сама должна найти выход из положения, иначе спасение не будет иметь для нее никакого смысла.

— Как вы думаете, сколько времени на это понадобится? — с тревогой спросила Мэдди.

Она помнила, что Билл Александр настаивал, чтобы она ушла от Джека в тот же день, когда он услышал от нее эту историю. Но пока она не может этого сделать.

— Вы это сами почувствуете, когда окончательно созреете. Это может занять несколько дней, несколько месяцев или лет, в зависимости от того, насколько вы его боитесь или насколько хотите ему верить. Он будет обещать вам достать луну с неба, будет угрожать и запугивать, любой ценой стремиться вас удержать. Как торговец наркотиками предлагает на выбор любой, чтобы заполучить покупателя. Таким наркотиком для вас сейчас является общество вашего мужа. А когда вы попытаетесь от него отказаться, он из страха вас потерять станет еще более жестоким.

— Ужасная картина!

Мэдди ощущала неловкость оттого, что ее уличили в слабости. И в то же время она сознавала, что в этом есть доля правды. Слова доктора Флауэрс словно затронули в ее душе знакомую струну.

— Ничего не стыдитесь. Многие через это прошли. Но лишь наиболее мужественные в состоянии это признать. Людям со стороны трудно понять, как можно любить человека, который над вами издевался. Однако все начинается гораздо раньше и может зависеть, например, от того, как с вами обращались в детстве. Если вам твердили, что вы никчемная, непривлекательная, отвратительная, это омрачило вашу душу на долгие годы. Теперь наша задача — внушить вам, что вы замечательный, прекрасный человек, что вас ждет светлое будущее. Я могу сказать вам, что вы найдете другую работу в первые же пять минут после своего освобождения. Множество хороших мужчин, нормальных, со здоровой психикой, окажутся у ваших ног, узнав, что вы свободны. Но все это не имеет значения, пока вы сами в это не поверите.

Мэдди рассмеялась. Ах, какую приятную, успокаивающую картину нарисовала доктор! Она почувствовала себя намного лучше. У нее появилась уверенность в том, что Флауэрс способна вытащить ее из пропасти, в которой она оказалась. Она испытывала к ней бесконечную благодарность за готовность помочь, притом что доктор очень занята и Мэдди это знала.

— Приходите ко мне через несколько дней, расскажете о том, что изменилось в ваших чувствах по отношению к мужу и к самой себе. Я дам вам номер телефона, по которому вы можете мне звонить в любое время дня и ночи. Если почувствуете опасность, если вас что-то испугает или просто расстроит, обязательно позвоните. Я повсюду ношу с собой мобильный телефон.

Телефон доверия... Мэдди почувствовала огромное облегчение и еще большую благодарность.

— И еще я хочу, чтобы вы знали, Мэдди, вы не одиноки. Много людей готовы вам помочь. Если вы захотите.

— Я хочу, — произнесла она неуверенно, почти шепотом. — Поэтому и пришла сюда. Я просто не знаю, как это сделать. Как освободиться от мужа. В глубине души я все-таки верю, что ничего без него не смогу.

— Он только этого и добивается. Тогда он сможет делать с вами все, что ему заблагорассудится. В нормальной здоровой семье не решают друг за друга, ничего не скрывают, не говорят другому, что он недотепа, голодранец, что плохо кончит. Это самое настоящее насилие, Мэдди. Джеку нет необходимости уродовать вам лицо хлорной известью или прижигать горячим утюгом. Ему это ни к чему. Достаточно умело разрушать словами вашу психику. Зачем пускать в ход кулаки, когда слова воздействуют гораздо эффективнее?

Мэдди молча кивнула. Через полчаса она вышла от доктора Флауэрс и направилась обратно на студию. Заходя в здание, она не обратила внимания на девушку с длинными черными волосами, которая снова стояла у дверей, наблюдая за ней. И вечером, после передачи, когда Мэдди вышла и села в машину, девушка снова стояла там же. Казалось, она чего-то ждет. Однако Мэдди ее так и не заметила. Джек вышел немного позже и подозвал такси. Девушка поспешно отвернулась, чтобы он ее не узнал. Они уже все сказали друг другу. Девушка поняла, что от него нечего ждать помощи.

Глава 12

На следующий день, когда Мэдди вместе с Брэдом работала над материалом о сенатском комитете по этическим вопросам, в офисе зазвонил телефон. Кто-то долго молчал в трубку. На какое-то мгновение Мэдди почувствовала страх. Еще один псих? Через некоторое время на другом конце провода положили трубку, а потом Мэдди забыла об этом звонке.

Вечером то же самое произошло дома. Она рассказала об этом Джеку, однако тот лишь безразлично пожал плечами. Может быть, кто-то просто ошибся номером. Он стал ее поддразнивать, сказал, что после нападения маньяка она пугается собственной тени. Учитывая ее популярность, в попытке изнасилования нет ничего удивительного. Почти все знаменитости подвергаются такой опасности.

— Это издержки твоего положения, — спокойно заметил Джек. — Уж тебе ли не знать. Ты ведь передаешь новости.

В последнее время отношения между ними стали ровнее, хотя она все еще не могла простить Джеку того, что он не потрудился предупредить ее о насильнике. Он сказал, между прочим, что у нее есть для раздумий вещи поважнее, а безопасность звезд экрана — его забота. И все-таки ему бы следовало ее предупредить.

На следующий день позвонила личная секретарша первой леди, чтобы сообщить о переносе следующего собрания их комитета: первая леди отправлялась с президентом в Англию на встречу с королевой в Букингемском дворце. Мэдди с секретаршей попытались назначить собрание на день, удобный для всех одиннадцати членов комитета. Мэдди просматривала записи и даты в своем дневнике, когда в офисе неожиданно появилась девушка с длинными черными волосами, в джинсах и белой майке. Одежда на ней, хотя и недорогая, выглядела чистой и опрятной. Сама же девушка явно нервничала.

Мэдди подняла на нее глаза. Она никогда ее раньше не видела. Может быть, прислали кого-то из другого отдела? Или она явилась за автографом? В этот момент Мэдди заметила, что у девушки в руке пакет с булочками, словно она рассыльная из закусочной. Вот, значит, как ей удалось сюда пройти... Она улыбнулась и махнула рукой, чтобы девушка вышла, но та не двинулась с места. Внезапно Мэдди охватила паника. Еще одна ненормальная? Нет ли у нее пистолета или ножа? В этот момент она осознала, что и такое возможно. Все возможно. Рука потянулась к кнопке сигнала тревоги, но почему-то не нажала ее.

Мэдди закрыла рукой телефонную трубку.

— В чем дело?

— Мне надо с вами поговорить.

Мэдди внимательно смотрела на девушку. Что-то в ее облике вызывало у нее смутную тревогу.

— Подождите, пожалуйста, за дверью.

Девушка неохотно вышла из комнаты, вместе со своим пакетом с булочками.

Мэдди сообщила секретарше Филлис Армстронг три возможные даты на выбор, и та пообещала связаться с ней в ближайшее время. После этого Мэдди позвонила по внутреннему телефону служащей на входе:

— Меня ждет какая-то девушка. Пожалуйста, поговорите с ней, выясните, что ей нужно, и перезвоните мне.

Очередная охотница за автографами? За знаменитостями? А может быть, ищет работу? Но как легко и непринужденно она к ней прошла... После того вечернего происшествия Мэдди все еще нервничала.

Через несколько минут внутренний телефон зазвонил. Мэдди поспешно сняла трубку.

— Она сказала, ей очень нужно поговорить с вами. По личному делу.

— Какому? Может, она собирается меня убить? Пусть скажет, какое у неё ко мне дело, иначе я с ней не встречусь.

Девушка внезапно появилась на пороге с самым решительным видом.

— Послушайте, так у нас не принято. Я не знаю, что вам нужно, но вам придется сначала сказать нашим служащим, в чем дело.

Мэдди произнесла это твердым и спокойным тоном, хотя ее сердце бешено колотилось, а рука все еще лежала на кнопке сигнала тревоги.

— Так что же вам от меня нужно?

— Поговорить... всего несколько минут.

Неожиданно Мэдди почувствовала, что девушка вот-вот заплачет. И пакет с булочками куда-то исчез, заметила она.

— Не знаю, смогу ли я вам помочь.

Мэдди пришло в голову, что это может быть связано с ее работой в Комитете по защите прав женщин, а может, с каким-нибудь из ее материалов о женщинах. Девушка, наверное, решила, что Мэдди отнесется к ней сочувственно.

— Ну, так в чем же дело? О чем вы хотели со мной поговорить?

— О вас.

— Обо мне?! И о чем же именно?

Руки у девушки дрожали. Внезапно Мэдди охватило какое-то непонятное, необъяснимое чувство.

— Я думаю, что вы моя мать, — едва слышно прошептала девушка.

Мэдди съежилась в кресле, как от неожиданного удара.

— Что?!

Теперь у нее тоже задрожали руки. Нет, это какая-то ненормальная!

— У меня нет детей.

— И никогда не было?

Теперь у девушки дрожали и губы, в глазах застыло отчаяние. Три года провела она в поисках матери и вот, кажется, снова оказалась в тупике.

— Скажите, у вас никогда не было ребенка? Мое имя Элизабет Тернер, мне девятнадцать лет, я родилась пятнадцатого мая в Гэтлинберге, штат Теннесси. Насколько я знаю, моя мать была родом из Чаттануги. Я расспрашивала всех, кого могла, но выяснила только, что мать родила меня в пятнадцать лет. Кажется, ее звали Мэдлен Бомон, но я в этом не уверена. Один человек, с которым я разговаривала, сказал, что я очень на нее похожа.

Рука Мэдди медленно оторвалась от кнопки сигнала тревоги. Она смотрела на девушку, не веря своим ушам.

— А почему вы решили, что я ваша мать?

— Сама не знаю... Просто... вы из Теннесси... я прочитала об этом в одном из интервью... и ваше имя Мэдди, и... я действительно чуть-чуть на вас похожа... и... понимаю, что все это звучит глупо. — По ее щекам текли слезы от нервного перенапряжения и разочарования. — Может, мне просто очень хотелось, чтобы это оказались вы. Я видела вас по телевизору много раз, и вы мне очень нравитесь.

В комнате воцарилась мертвая тишина. Мэдди пыталась разобраться в происходящем. Что же теперь делать?.. Она не сводила глаз с девушки. Казалось, рушились одна за другой стены, ограды, которые она возводила внутри себя, стены, скрывающие потаенные места ее души, которых она до сих пор избегала касаться. Не позволяла себе этого. То, что происходит сейчас, не должно было случиться. Но теперь ничего не изменишь. Конечно, можно очень быстро покончить с этим. Сказать девушке, что она не Мэдлен Бомон, что в Теннесси полно женщин с таким именем. Можно сказать, что она никогда не бывала в Гэтлинберге, что ей очень жаль, и пожелать девушке всяческих успехов. Можно легко избавиться от этой девушки и никогда больше ее не

155

видеть. Однако Мэдди уже поняла, что не сможет так поступить.

Она молча встала, закрыла дверь офиса и обернулась к посетительнице, утверждавшей, что она и есть тот ребенок, от которого Мэдди отказалась в пятнадцать лет и никогда в жизни не ожидала снова увидеть. Ребенок, по которому она долгое время тосковала и плакала и о котором позже запретила себе даже вспоминать. Джеку она ничего не говорила об этом ребенке. Он знал только о ее абортах.

— Как вы можете доказать, что вы действительно моя дочь?

Ее голос прервался от волнения. Снова вспомнилась вся боль, вся тоска тех дней. После рождения она никогда больше не видела свою дочь. Только один раз держала ее на руках. Эта девушка может быть кем угодно — ребенком медсестры, работавшей тогда в роддоме, или соседской девочкой. Наверняка мечтает сейчас с помощью шантажа выманить у нее деньги. О том, что у Мэдди был ребенок, знают немногие. Слава Богу, ни один из них ее не побеспокоил. Когда-то она очень этого боялась.

— У меня с собой свидетельство о рождении, — услышала она сдавленный голос девушки, которая уже вынула документ из сумки.

Вместе с маленькой фотографией младенца, она протянула его Мэдди. Мэдди смотрела на фотографию, не в силах отвести от нее глаз. Точно такая же, какую дали и ей самой в роддоме. Ее сделали сразу после рождения ребенка. Младенец с красным сморщенным личиком, завернутый в розовую пеленку. Много лет Мэдди хранила фотографию в портмоне, но потом в конце концов выбросила из страха, что Джек может ее обнаружить. Бобби Джо знал о ребенке, но его это не интересовало. В то время многие из их знакомых девушек беременели — некоторые в еще более раннем возрасте, — а потом оставляли новорожденных, которых усыновляли или удочеряли другие люди. Однако для Мэдди это обстоятельство ее жизни на долгие годы стало самой мрачной тайной.

— Это может быть чей угодно младенец, — холодно произнесла она. — Или вы могли взять эту фотографию у кого-нибудь в том роддоме. Она ничего не доказывает.

— Можно сделать анализ крови. Если вы считаете, что я все-таки могу быть вашей дочерью.

Разумно... Внезапно сердце Мэдди рванулось к этой девушке. Она отважилась на отчаянный шаг, а Мэдди вовсе не облегчает ей эту задачу. Но... эта девица, Элизабет, собирается разрушить всю ее жизнь, заставляет ее взглянуть в лицо тому, что она, Мэдди, давно похоронила в своей душе. И как она скажет об этом Джеку?..

— Присядьте, пожалуйста, на минутку.

Мэдди медленно опустилась в кресло, по-прежнему не сводя глаз с девушки. Ей нестерпимо захотелось протянуть руку и дотронуться до нее. Они с ее отцом учились в одной школе, только он был постарше. Они даже толком не знали друг друга, но Мэдди он нравился. Несколько раз во время ссор с Бобби Джо она ходила к нему на свидания. Через три недели после рождения ребенка тот парень погиб в автомобильной катастрофе. Мэдди к тому времени уже отказалась от ребенка. Бобби Джо она так и не сказала, кто отец девочки, но его это не очень волновало.

— Где ты живешь, Элизабет? — Мэдди произнесла это имя очень осторожно, словно все еще не решаясь покориться судьбе. — Как ты сюда добралась?

— В Мемфисе. Приехала автобусом. Я работала с двенадцати лет для того, чтобы скопить денег на поездку. Всегда мечтала найти свою настоящую мать. Отца я тоже пыталась найти, но так и не смогла ничего о нем узнать.

Девушка все еще нервничала: ведь Мэдди ничего определенного ей до сих пор не сказала.

— Твой отец погиб через три недели после твоего рождения. Хороший был парень. Ты немного на него похожа.

157

Она гораздо больше похожа на нее, теперь Мэдди ясно это видела. Те же черты лица, тот же цвет волос... Теперь от нее будет нелегко отказаться, даже если бы Мэдди этого захотела. Невольно в ее голове возникла мысль о том, каким подарком будет эта история для бульварных изданий.

— А откуда вы о нем знаете?

Элизабет растерянно смотрела на Мэдди, пытаясь сообразить, что это может для нее означать. Кажется, она очень неглупая девочка, только потрясена происходящим, так же как и сама Мэдди.

Мэдди долго молча смотрела на девушку. Вот и исполнилось ее самое сокровенное желание — иметь ребенка. А что, если в конце концов все обернется кошмарным сном, если девица окажется наглой мошенницей? Да нет, вряд ли.

Мэдди открыла рот, пытаясь что-то произнести, но вместо слов из ее горла вырвалось рыдание. Руки сами собой потянулись к девушке. Она крепко обняла дочь. Но не сразу смогла выговорить слова, которые уже никогда в жизни не надеялась произнести:

— Я твоя мать.

У Элизабет перехватило дыхание. Из глаз полились слезы. Она вскинула руки, обняла Мэдди за шею и крепко к ней прижалась. Так они сидели, крепко обнявшись, и плакали.

— О Боже... о Господи... Я ведь даже не надеялась... просто хотела вас спросить... о Господи...

Они сидели долго, покачиваясь, не в силах оторваться друг от друга. Элизабет улыбалась сквозь слезы. Мэдди всю трясло, ее мысли путались. Ясно одно: через годы и расстояния они с дочерью каким-то чудом снова нашли друг друга. Но что же теперь делать... Это ведь только начало.

— Где твои приемные родители? — спросила она наконец.

О тех людях Мэдди знала только то, что они из Теннесси, бездетны и хорошо зарабатывают. Вся информация об обеих сторонах удочерения хранилась в строгом секрете, чтобы мать и ребенок никогда не смогли найти друг друга. Позже, с годами, законы, касающиеся приемных детей, стали помягче, но Мэдди ни разу не предприняла попытки разыскать дочь. Поздно, решила она, пусть все остается как есть. И вот теперь дочь сама ее нашла...

— Я их не знала. — Элизабет вытерла глаза, теснее прижалась к матери. — Они погибли в железнодорожной катастрофе, когда мне исполнился год. До пяти лет я воспитывалась в детском доме в Ноксвилле.

У Мэдди все внутри перевернулось. Подумать только, она в то время тоже жила в Ноксвилле, была замужем за Бобби Джо и могла бы взять дочь к себе! Но она тогда не знала, где ее ребенок.

— Я скиталась по приютам. Некоторые были сносные, другие хуже некуда. Я все время переезжала, ни в одном не задерживалась больше полугода. Везде я чувствовала себя чужой. А в некоторых со мной ужасно обращались.

— И больше никто не хотел тебя удочерить?!

Элизабет покачала головой:

— Поэтому, наверное, мне так и хотелось найти свою настоящую мать. Несколько раз меня собирались удочерить, но потом оказывалось, что моим будущим приемным родителям это не по карману. У них уже были свои дети, еще одного ребенка они не могли себе позволить. Я с ними потом поддерживала отношения, особенно с последними. Они очень хорошо ко мне относились, хотя у них было пятеро своих детей и все мальчики. Я чуть было не вышла замуж за самого старшего брата, но потом подумала, что это будет выглядеть немного странно. Сейчас я живу одна в Мемфисе, учусь в колледже и работаю официанткой. После колледжа, наверное, перееду в Нэшвилл и попытаюсь найти работу певицы в каком-нибудь ночном клубе.

— Ты поешь? — удивленно спросила Мэдди.

Внезапно она почувствовала жгучее желание узнать о дочери все. Она по-настоящему страдала, представляя себе Элизабет в приютах и детских домах, без родительской ласки и тепла... Однако каким-то образом девушке удалось выжить. Она, похоже, унаследовала живучесть от своей матери. А какая она симпатичная. Неожиданно Мэдди заметила, что они обе положили ногу на ногу совершенно одинаковым движением. Совершенно одинаковым...

— Я люблю петь. И кажется, у меня неплохой голос. По крайней мере люди так говорят.

— В таком случае ты не моя дочь.

Мэдди рассмеялась сквозь слезы. Ее захлестывали самые противоречивые чувства. Они сидели, взявшись за руки. И самое странное, что никто их не прерывал. Редкий случай, особенно по утрам.

— А что еще ты любишь?

— Люблю лошадей. Они меня слушаются. Но коров терпеть не могу. У одной семьи, которая хотела меня удочерить, была молочная ферма. После этого я поклялась, что ни за что не выйду замуж за фермера.

Обе расхохотались.

— Я люблю детей. Переписываюсь почти со всеми своими приемными братьями и сестрами. Большинство из них хорошие люди. Мне нравится Вашингтон. — Она улыбнулась Мэдди. — Люблю видеть вас на экране. Люблю красивую одежду, люблю мальчиков. Люблю загорать на пляже.

— Я люблю тебя, — вырвалось у Мэдди. — И тогда, в самом начале, я тебя любила. Но не могла тебя взять из роддома. Мне было всего пятнадцать. Родители ни за что не позволили бы мне тебя забрать. Я потом столько плакала из-за этого. И все думала, где ты, хорошо ли тебе. Пыталась себе внушить, что тебя удочерили прекрасные люди, которые наверняка хорошо к тебе относятся.

Господи, как ужасно все сложилось! Ее девочка скиталась по детским домам и приютам...

— А у вас есть дети?

Мэдди печально покачала было головой, но поняла, теперь это неправда. Теперь у нее есть дочь. И на этот раз она с ней не расстанется. Для себя Мэдди это уже решила.

— Нет, и я больше не могу иметь детей.

Элизабет не спросила почему, уважая чужие тайны... Памятуя о том, какое пестрое лоскутное одеяло представляет собой ее прошлая жизнь, Мэдди не могла не оценить сдержанность и такт дочери. Она умеет себя вести. И грамотно говорит.

— Ты любишь читать?

— Очень.

Вот и еще одна черта, унаследованная от матери, помимо мужества, настойчивости и упорства в достижении цели. Она так долго пыталась найти свою мать, мечтала об этом всю жизнь, и вот ей это удалось.

— Сколько вам лет?

Элизабет просто хотела убедиться в том, что правильно угадала возраст матери. Она не знала наверняка, родила ее Мэдди в пятнадцать или в шестнадцать лет.

— Тридцать четыре.

Они больше похожи на сестер, чем на мать и дочь.

— Я замужем за человеком, которому принадлежит эта телесеть. Его имя Джек Хантер.

— Знаю. Я с ним виделась два дня назад, в его офисе.

— Что?! Неужели?

— Я спросила о вас в вестибюле, но меня к вам не пустили. Вместо этого направили к нему в офис. К его секретарше. Я с ней поговорила, сказала, что хочу видеть вас по личному делу. И написала вам записку, что хочу только выяснить, не вы ли моя мать. Она сразу отнесла записку мистеру Хантеру и потом провела меня к нему в кабинет.

Элизабет рассказывала обо всем так, как будто это в порядке вещей. В общем-то так оно, наверное, и есть. С одним только исключением: Джек ни словом не обмолвился Мэдди о девушке.

— И что произошло потом? Что он тебе сказал?

— Что этого не может быть, он, мол, знает наверняка. Что у вас никогда не было детей. Думаю, он принял меня за какую-нибудь мошенницу, авантюристку. Решил, что я собираюсь вас шантажировать или что-нибудь в этом роде. Сказал мне убираться и никогда больше здесь не появляться. Я показала ему свое свидетельство о рождении и фотографию и даже испугалась, что он мне их не вернет. Но он вернул. Сказал, что у вас совсем другая девичья фамилия. Но я-то знала правду. Я подумала, может, он лжет, чтобы вас защитить. А потом я решила, что он просто не знает. Может, вы ему об этом не говорили.

— Не говорила. Не могла решиться. Он очень хорошо ко мне отнесся. Он меня спас. Увез из Ноксвилла, заплатил за развод. Это было девять лет назад. Он сделал меня тем, что я есть сейчас. Я просто не могла себе представить, как я ему об этом расскажу.

Но теперь-то он знает. И ни слова ей не сказал. Решил, что это обман, не хотел ее волновать или приберег как козырь против нее на будущее? Судя по тому, что она в последнее время поняла, вероятнее второе. Он ей выложит все тогда, когда эта новость окажется наиболее для нее ошеломляющей.

Мэдди почувствовала угрызения совести. А если все не так, как она думает?

— Ну что ж, теперь он знает, — вздохнула она. Подняла глаза на Элизабет. — И что нам теперь делать, как думаешь?

— Ничего. Мне от вас ничего не нужно. Мне найти вас хотелось, встретиться с вами, вот и все. Завтра я возвращаюсь в Мемфис. На работе мне дали неделю отпуска.

— Но я хочу тебя видеть, Элизабет. Хочу получше тебя узнать. Надеюсь, я смогу приехать в Мемфис...

— Здорово! Можете остановиться у меня. Только вам, наверное, не очень понравится. — Девушка смущенно улыбнулась. — Я снимаю комнатку в общежитии, и там пахнет... Я потратила все деньги на учебу... и на то, чтобы найти вас.

— Может быть, мы вместе поживем в отеле.

Глаза Элизабет загорелись. Мэдди это тронуло до слез.

— Я никому ничего не расскажу, — застенчиво сказала Элизабет. — Только боссу. И еще одной своей приемной маме. Если вы не возражаете. Но если не хотите, я буду молчать. Я не собираюсь доставлять вам неприятности.

— Это очень хорошо, что ты так говоришь, Элизабет, но я пока не решила, что делать. Мне надо подумать, поговорить с мужем.

— Вряд ли ему это понравится. Для него это будет неприятный сюрприз.

— Да, наверное.

Мэдди улыбнулась дочери. Для нее случившееся тоже стало потрясением. Но сейчас... Господи, как прекрасно обрести дочь! Конец тайнам. Как будто затянулась старая рана, с которой она смирилась, которую годами старалась не замечать. Это просто подарок судьбы.

— Ничего, он переживет.

Мэдди пригласила Элизабет на ленч. У девушки снова загорелись глаза. Она предложила матери называть ее Лиззи. Они отправились в кофейню за углом. По дороге Мэдди осторожно обняла дочь за плечи. За сандвичем и гамбургером Лиззи рассказывала матери о своей жизни, друзьях, о своих печалях и радостях. Потом стала задавать вопросы: Миллион вопросов. Она столько лет мечтала об этой встрече. В то время как Мэдди даже мечтать себе не позволяла.

В три часа они вернулись на студию. Мэдди дала дочери все номера своих телефонов и факсов, взяла ее номер телефона и пообещала регулярно звонить. А потом, когда все уладится с Джеком, Мэдди намеревалась пригласить дочь на уик-энд на ферму в Виргинию. Сказала, что пришлет за ней самолет. Глаза у Лиззи стали огромными, как блюдца.

— У вас что, есть свой самолет?!

— У Джека есть.

— Вот это да! Моя мама телезвезда, а у отца свой самолет!

— Ну, он тебе на самом деле не отец.

И вряд ли захочет им стать, подумала Мэдди. Он со своими-то сыновьями общается без всякого удовольствия, что же говорить о ее незаконной дочери.

— Но он хороший человек.

Произнося эти слова, Мэдди уже знала, что лжет. Но как сложно все объяснить. Как объяснить дочери, что она, Мэдди, несчастна в браке, что посещает психотерапевта в надежде обрести силы, чтобы уйти от мужа. Можно только надеяться, что Элизабет никогда не били и не обижали. За ленчем она ничего об этом не говорила. И потом... несмотря на то что у нее никогда не было своего дома и семьи, ее, похоже, вполне устраивает собственная жизнь. А может быть, оно и к лучшему. А если бы ей пришлось видеть, как Бобби Джо сталкивает ее мать с лестницы, или слышать, как оскорбляет ее Джек? Печальная мысль. К тому же Мэдди ощущала невероятное чувство вины перед дочерью за все, что не смогла для нее сделать. Уже само слово «дочь» вызывало в ней дрожь. Дочь... У нее есть дочь.

Они крепко обнялись на прощание. Мэдди взглянула в глаза Элизабет:

— Спасибо за то, что нашла меня, Лиззи. Я этого не заслужила. Но я так счастлива, что обрела тебя!

— Спасибо тебе, мама, — едва слышно прошептала Лиззи.

Обе утерли слезы. Лиззи вышла. Мэдди долго смотрела ей вслед. Эту минуту они обе никогда не забудут. Всю оставшуюся часть дня она прожила как в тумане. Когда позвонил Билл Александр, она не сразу вернулась к действительности.

— Ну, что у вас нового? — дружески спросил Билл.

Мэдди рассмеялась.

— Вы не поверите.

— Звучит загадочно. Что-нибудь важное?

Наверное, Билл решил, что она оставила мужа. Он даже представления не имеет о том, что на самом деле произошло в ее жизни.

— Расскажу при встрече. Это долгая история.

— Не могу дождаться. А как дела у вашего нового коллеги?

— Пока не очень. Он неплохой парень, но это все равно что пытаться танцевать с носорогом. Мы не очень подходящая пара.

Рейтинги, конечно, полетят вниз. Они уже получили сотни писем от телезрителей с жалобами на то, что убрали Грега. Интересно, что скажет Джек, увидев эти письма?

— Думаю, вы в конце концов приноровитесь друг к другу. Это немного похоже на жизнь в браке.

— Может быть.

Вряд ли, подумала она. Уж очень они не подходят друг другу, и телезрители, естественно, не могли этого не заметить.

— Как насчет ленча завтра?

Он все еще волновался за нее и хотел убедиться в том, что с ней все в порядке. А кроме того... кроме того, она ему очень нравилась.

— С удовольствием, — не задумываясь ответила Мэдди.

— Тогда и расскажете мне свою длинную историю. Мне не терпится ее услышать.

Они договорились о том, куда пойдут завтра на ленч. Мэдди, улыбаясь, положила трубку. Через некоторое время она пошла гримироваться перед выходом в эфир.

На этот раз обе передачи прошли гладко. Потом она встретилась с Джеком в вестибюле. Он разговаривал по мобильному телефону. Этот разговор продолжался и в машине, почти полдороги до дома. Но и потом, когда он убрал телефон, Мэдди ничего ему не сказала.

— Ты сегодня выглядишь слишком серьезной, — вскользь заметил он.

Вечер они решили провести дома и обойтись легким ужином.

— Что-нибудь произошло? — спросил Джек нарочито небрежно.

Молчание у Мэдди, как правило, означало, что она скрывает что-то важное. Джек об этом знал.

Она подняла на него глаза и молча кивнула. Нужные слова не приходили, и она в конце концов решила перейти прямо к делу:

— Почему ты не сказал мне о том, что приходила моя дочь?

Она смотрела ему прямо в глаза. В них появилось что-то холодное и жесткое, мгновенно вытесненное вспыхнувшим, как угли, гневом.

— А почему ты не сказала мне о том, что у тебя есть дочь? Могу только догадываться, какие еще тайны ты от меня скрываешь, Мэд.

Он присел на край кухонной стойки с бутылкой вина в руке. Налил себе, но Мэдди не предложил.

— Да, мне следовало тебе сказать, но я не хотела, чтобы кто-нибудь об этом знал. Это случилось за десять лет до того, как я познакомилась с тобой.

Она знала, что большой вины у нее перед ним нет. Она ему не лгала, она просто ничего не сказала.

— Забавно, как к тебе порой неожиданно возвращается то, что пытаешься скрыть, правда? Ты, наверное, считала, что избавилась от дочери, а она... раз — и выскочила, как чертик из табакерки.

Мэдди почувствовала, что ей больно слышать, с каким пренебрежением он говорит о ее дочери. Лиззи — прекрасная девочка. Мэдди чувствовала потребность ее защитить.

166

— Не надо так, Джек. Она хорошая. Не ее вина, что я родила ее в пятнадцать лет и вынуждена была отдать. Она порядочный человек.

— Как ты можешь это знать, черт побери? А может, сейчас, в эту минуту, она дает кому-нибудь интервью, и завтра ты увидишь по телевизору, как она рассказывает о своей знаменитой мамочке, которая ее бросила. Ты даже не можешь быть уверена в том, что она действительно твоя дочь! Может, она какая-нибудь авантюристка или кто угодно... как и ее мать.

Мэдди поняла, что он имеет в виду. Именно об этом они говорили с доктором Флауэрс. Муж давит на нее, унижая, оскорбляет, осыпает ругательствами, чтобы парализовать ее волю.

— Внешне она очень на меня похожа, Джек. Это трудно отрицать. — Мэдди произнесла это спокойно, стараясь не обращать внимания на оскорбления.

— Да черт побери, любая потаскушка в Теннесси выглядит точь-в-точь как ты! Думаешь, черные волосы и голубые глаза такая большая редкость? Да баб вроде тебя там пруд пруди!

Мэдди и на эту грубость не обратила внимания.

— Почему ты мне не сказал, что виделся с ней? На какой случай это приберегал?

Она уже знала ответ. Он выбрал бы момент, когда это ударило бы ее больнее всего и явилось настоящим шоком.

— Я просто пытался защитить тебя от шантажистки. Считал, что это вымогательство, и больше ничего. Собирался ее проверить, прежде чем сообщить тебе.

Звучит разумно и даже по-рыцарски. Но Мэдди уже слишком хорошо знала своего мужа.

— Да, я очень ценю твою заботу и все-таки предпочла бы услышать об этом сразу же.

— Хорошо, я запомню на будущее, на тот случай, если появится еще кто-нибудь из твоих незаконных отпрысков. Кстати, сколько их там у тебя еще?

Мэдди не удостоила его ответом.

— Я рада была увидеть Лиззи. Хорошая девочка.

— И что ей от тебя нужно? Денег?

— Она только хотела меня увидеть. Три года искала. А я думала о ней всю жизнь.

— Как трогательно! Ну ничего, она еще заявится, я тебе гарантирую. И это будет не такая приятная история.

Он налил себе еще вина, разъяренно глядя на нее.

— Почему, Джек? Мы все живые люди. Такое может случиться с каждым.

— Ну нет, с приличными людьми такое не случается, Мэд. — Он явно наслаждался, унижая ее. Оскорблял с видимым удовольствием. — С порядочными женщинами такое не случается. Они не рожают детей в пятнадцать лет неизвестно от кого и не бросают младенцев, как мусор, на ступеньках церкви.

— Не совсем так. Не хочешь узнать, как все произошло на самом деле?

«Возможно, так я хоть немного заглажу свою вину перед ним, — подумала Мэдди. — Все-таки он мой муж, я должна была сказать ему о дочери раньше».

— Нет, не хочу, — резко оборвал он ее. — Меня беспокоит другое: что нам делать, когда эта история выйдет наружу и ты появишься на экране национального телевидения в роли потаскушки? Меня, видишь ли, волнует моя программа и моя телекомпания.

— Думаю, люди все поймут. — Мэдди пыталась сохранять достоинство, по крайней мере внешне. Внутри же... он все-таки достиг своей цели, внутри у нее все дрожало. — Она же не преступница, черт возьми, не убийца! Так же как и я.

— Да нет, всего только заурядная шлюха. Голодранка. Я всегда это говорил.

Мэдди резко обернулась к нему:

— Как ты можешь так со мной разговаривать? Ты что, не понимаешь, как мне больно?

У нее от боли даже потемнели глаза. Но Джека это нисколько не тронуло. Наоборот. Ему хотелось уколоть ее еще больнее.

— Тебе и должно быть больно. Ты что, гордишься собой? В таком случае ты чокнутая. Видно, так оно и есть. Может быть, ты ко всему еще и ненормальная. Ты мне лгала, ты бросила свою дочь. Бобби Джо об этом знал?

— Да, знал.

— В таком случае я не удивляюсь, что он тебя колотил. Это многое объясняет. Когда ты ныла и жаловалась на него, я не знал причины. Честно говоря, теперь я не могу его винить.

Мэдди бросила на него гневный взгляд:

— Чушь! Что бы я ни сделала, я не заслужила такого обращения ни от него, ни от тебя. Это нечестно, и ты сам прекрасно это знаешь.

— А ты меня обманула! Это, по-твоему, честно? Как я сейчас должен себя чувствовать? Ты шлюха, Мэд, жалкая дешевая шлюха! Наверное, лет с двенадцати путалась с мужиками. Сейчас мне кажется, что я тебя совсем не знаю.

Ему как-то удалось уйти от вопроса о том, почему он ничего не сказал о встрече с ее дочерью.

— Это нечестно. Мне было пятнадцать лет. Да, тогда я оступилась. Но это самое ужасное, что произошло в моей жизни. Даже переносить побои от Бобби Джо оказалось не так больно, как оставить мою девочку. Я чувствовала себя так, словно вырываю из груди свое сердце.

— Не говори мне об этом, скажи ей. Может, выпишешь ей за это чек? Только не трогай мои деньги. Я прослежу.

— Я никогда не пользовалась твоими деньгами! Я всегда за все плачу своими.

— Черта с два! А кто тебе платит? Это тоже мои деньги, голубушка.

— Я их зарабатываю!

— Да, как же! Ты самая высокооплачиваемая телеведущая. Я тебе переплачиваю чертову уйму денег!

— Ну нет! Ты переплачиваешь Брэду! И очень скоро все твое шоу полетит из-за него ко всем чертям. Не могу дождаться, когда это произойдет.

— А когда это произойдет, сестренка, ты полетишь туда же вслед за ним. Вообще твои дни сочтены, ты в последнее время совсем распоясалась... Угрожаешь... Я не намерен с этим мириться. Какого черта! Я в любое время могу тебя вышвырнуть со студии. С какой стати я должен сидеть здесь и все терпеть, слушать твою ложь и оскорбления?

Мэдди остолбенела. Он, насильник и мучитель, изображает из себя жертву! Доктор Флауэрс ее предупреждала, и все же такая тактика, оказывается, очень эффективна. Несмотря ни на что, Мэдди снова почувствовала себя виноватой.

— Для полной ясности хочу сразу предупредить: не вздумай привести сюда свою девку. Она наверняка еще и шлюха, так же как и ее мать.

— Она моя дочь! Я имею право с ней видеться. И я живу в этом доме.

— Только до тех пор, пока я тебе это позволяю, не забывай об этом! — С этими словами он повернулся и вышел из кухни.

Мэдди, тяжело дыша, смотрела ему вслед. Услышав, что он поднялся наверх, она закрыла дверь и позвонила доктору Флауэрс. Рассказала ей обо всем, что произошло. О том, как Лиззи ее нашла, о том, что Джек скрыл от нее встречу с ее дочерью, о его сегодняшней ярости и оскорблениях.

— И что вы сейчас чувствуете, Мэдди? Только честно. Подумайте как следует.

— Я чувствую вину за то, что ничего не сказала ему о дочери. И за то, что когда-то ее оставила.

— Вы верите тому, что он говорил о вас?

— Некоторым вещам верю.

— Почему? Если бы вы с ним поменялись ролями, приди он к вам с такой же историей, вы бы ему простили?

— Да, — ответила Мэдди не задумываясь. — Наверное, я бы поняла.

— Значит, как это все его характеризует? Раз он не может точно так же отнестись к вам?

— Он дерьмо.

— Можно и так сказать. А вот вы, Мэдди, хороший человек, которому пришлось многое пережить, и только это сейчас важно. Для женщины самое тяжелое, что может случиться, — это отдать своего ребенка в чужие руки. Как вы думаете, вы сможете себе это простить?

— Со временем, надеюсь, да.

— А как насчет оскорблений, которыми осыпает вас Джек? Вы их заслужили?

— Нет!

— Что же он в таком случае за человек? Вы только послушайте, что он говорит о вас, Мэдди. Это все неправда. Он говорит все это с одной целью — причинить вам боль. Это действительно больно слушать, Мэдди. Он достигает цели, и я понимаю, что вы испытываете.

На лестнице послышались шаги. Мэдди поспешно попрощалась с доктором Флауэрс. Теперь она чувствовала себя немного лучше.

Дверь кухни распахнулась. Джек быстро вошел, подозрительно глядя на нее:

— С кем ты говорила? Со своим дружком?

— У меня нет дружка, Джек, и ты прекрасно это знаешь.

— С кем же?

— С другом.

— У тебя нет друзей! Никто не хочет с тобой дружить! Может, это тот черный гомик, к которому ты так прикипела? Не вздумай никому об этом рассказывать. Не порти мне шоу. Попробуй хоть кому-нибудь об этом заикнуться, и я тебя убью. Ты меня поняла?

— Поняла.

Ее глаза наполнились слезами. Он наговорил ей столько оскорблений за сегодняшний вечер... Она не знала, какое из них больнее. Все ее ранили до глубины души.

Она дождалась, пока Джек вышел из кухни, и набрала номер отеля, где остановилась Лиззи. Мэдди знала, что дочь останется там до утра.

Лиззи лежала на кровати и думала о матери. Она видела ее вечером по телевизору и все время непроизвольно улыбалась. И вдруг телефонный звонок.

— Мэдди... то есть мама... то есть...

— Мама! Как удивительно приятно это слышать!

И голос такой знакомый. Мэдди внезапно осознала, что голос дочери в точности похож на ее собственный.

— Я звоню, чтобы сказать, что я тебя люблю.

— И я люблю тебя, ма. Господи, как хорошо звучит это слово, правда?

У Мэдди по щекам текли слезы.

— Это звучит прекрасно, радость моя. Я позвоню тебе в Мемфис. Счастливо доехать.

Только бы с ней ничего плохого не случилось теперь, когда они нашли друг друга. Мэдди, улыбаясь, положила трубку. Что бы ни говорил Джек, что бы он ей ни сделал, этого он не сможет у нее отнять. Через столько лет, после многих потерь она все-таки стала матерью.

Глава 13

Билл пригласил Мэдди на ленч в «Бомбей-клуб». Она вошла в ресторан в белом брючном костюме от Шанель, с темными очками на лбу, с сумочкой из плетеной соломки через плечо — живое воплощение радостей лета. Билл со счастливой улыбкой смотрел на нее, красивый, загорелый, с копной седых волос, подчеркивающих цвет его ярко-голубых глаз и загорелой кожи. Он заметил, что Мэдди сегодня выглядит намного счастливее, чем при их прошлой встрече.

Он заказал белого вина. Они немного поболтали, прежде чем взяться за изучение меню.

— Вы сегодня выглядите намного жизнерадостнее, чем в прошлый раз, — улыбнулся он Мэдди. — Что, дома стало спокойнее?

— Да нет, не сказала бы. Но доктор Флауэрс очень мне помогает. А кроме того, в моей жизни произошло чудо.

— Можно узнать, что произошло, или это государственная тайна?

Мэдди от души рассмеялась:

— Как я понимаю, ваша благонадежность неоднократно проверена и доказана, господин посол. Кроме того, я полностью вам доверяю. А вообще-то это действительно большой секрет.

— Надеюсь, речь не о ребенке? Вы не беременны, Мэдди?

На ее лице появилась улыбка Моны Лизы. Билл вздрогнул, по его спине пробежал холодок тревоги.

— Как странно, что вы именно это сказали. Почему вы так подумали?

— Не знаю. Шестое чувство, наверное. Прошлый раз на собрании комитета вы едва не потеряли сознание. А вчера вы сказали что-то такое... Не думаю, что это было бы хорошей новостью в вашем теперешнем положении, Мэдди. Вы окажетесь в ловушке, ребенок накрепко привяжет вас к мужу. Значит, это правда?

Он испытывал невероятное разочарование, однако старался это скрыть. К его удивлению, Мэдди покачала головой:

— Нет, я не беременна. По правде говоря, я больше не способна иметь детей.

Как странно, что она так свободно, без всякого стеснения говорит с ним об интимных вещах. Ей с ним просто и легко... так же как с Грегом. С тех пор как Билл Александр узнал о ситуации в ее семье, она почувствовала к нему полное доверие. Интуитивно она чувствовала, что Билл ее не предаст.

— Мне очень печально это слышать, Мэдди. Для вас это, наверное, большое горе.

— Да... по крайней мере так было до сих пор. Но мне не на что жаловаться. Я сама на это пошла, по просьбе Джека. Когда мы поженились, я согласилась на стерилизацию. Он больше не хотел детей.

Билл хотел было заметить, что это невероятно эгоистично со стороны Джека, но решил воздержаться.

— А вчера произошло настоящее чудо.

Мэдди так и сияла. Как она хороша, в который уже раз подумал Билл. Она для него словно луч света в кромешной тьме. Месяцами он жил в глубокой депрессии и до сих пор еще не избавился от чувства скорби по жене. Но каждый раз встречаясь с Мэдди, он испытывал настоящее счастье. Он дорожил их неожиданно возникшей дружбой и гордился ее доверием. Казалось, она говорит с ним о таких вещах, о которых не рассказывает больше никому.

— Не томите меня. Что все-таки произошло?

— Не знаю, с чего начать — с начала или с конца.

Билл засмеялся от радостного предвкушения. Он чувствовал, что в ее жизни случилось что-то очень хорошее.

— Начните с середины, если хотите, только рассказывайте, наконец.

— Хорошо-хорошо... пожалуй, все-таки лучше начать с начала. В пятнадцать лет... я тогда уже встречалась с Бобби Джо, за которого потом вышла замуж сразу после окончания школы... несколько раз мы с ним ссорились, и однажды во время одной из таких ссор я пошла на вечеринку с другим...

Мэдди остановилась. Нахмурилась. Джек прав. Как ни крути, с какого конца ни начни, она в этой истории действительно выглядит шлюхой. И Билл наверняка так подумает. Она не искала оправданий, но ей очень не хотелось, чтобы он так думал. Сама того не замечая, она растерянно вскинула на него глаза.

— В чем дело? — встревожился он.

— Вы не очень-то хорошо будете обо мне думать, когда я вам все расскажу.

Оказывается, для нее это имеет значение, внезапно осознала она. Большое значение.

— Позвольте мне самому об этом судить. Думаю, наша дружба выдержит и такое.

— А вот ваше уважение ко мне — скорее всего нет. Короче говоря, я пошла на вечеринку с другим. И... конечно, мне не следовало этого делать... но мы с ним... Он был хороший парень. Красивый, ласковый. Не могу сказать, что я была в него влюблена. Просто чувствовала себя одинокой... потерянной... И мне льстило его внимание... Вот так все и случилось...

— Не надо оправдываться, Мэдди. Такое бывает часто. А я уже взрослый и могу это понять.

Мэдди благодарно улыбнулась ему. Как это не похоже на то, что говорил муж. Билл не считает ее ни шлюхой, ни потаскушкой, ни голодранкой.

— Спасибо. Это было первое признание. А вот второе: я забеременела. И поняла это только на четвертом месяце. Отец меня чуть не убил. Поздно было что-то предпринимать. Мы были нищими. Но даже пойми я раньше, что беременна, думаю, я все равно оставила бы ребенка.

— У вас родился ребенок?!

Мэдди кивнула:

— Я родила. До вчерашнего дня почти никто об этом не знал. Я уехала на пять месяцев в другой город и родила там девочку. — Совершенно неожиданно ее глаза снова наполнились слезами. — Я видела дочь только один раз. В роддоме мне дали ее фотографию. Это все, что у меня от нее оставалось. А в конце концов я и фотографию выбросила: боялась, что Джек ее обнаружит. Я ему ничего об этом не рассказывала. Я подписала заявление об отказе от ребенка и вернулась домой, как будто ничего не случилось. Бобби Джо все знал, но его это не волновало. Мы снова начали с ним встречаться.

— А что отец ребенка?

— Я сказала ему, что беременна, но он ничего не хотел об этом знать. Его родители владели скобяной лавкой. Нас они считали голытьбой и, наверное, были правы. Они пытались его убедить в том, что это не его ребенок. Не думаю, что он им поверил, просто побоялся пойти наперекор. Я его почти не знала. Когда ребенок родился, я ему позвонила, но его не было дома, а через три недели он погиб в автомобильной катастрофе. Он так и не узнал о рождении девочки.

Она задохнулась от волнения. Оказывается, рассказывать об этом гораздо труднее, чем она думала. Билл взял ее за руку, чтобы приободрить. Он все еще не догадывался о том, что последует дальше. Почему-то она решила, что должна ему об этом рассказать...

— А я так и не узнала, кто ее удочерил. В то время все сведения об усыновлениях держались в строжайшей тайне, документы хранились за семью печатями. Я не надеялась, что смогу найти дочку, поэтому даже и не пыталась. После окончания школы я вышла замуж за Бобби Джо, а через восемь лет уехала из Ноксвилла. Мы с Бобби Джо развелись, я вышла замуж за Джека. Ему я ничего об этом не рассказывала. Теперь я понимаю, что зря, но я просто не могла. Боялась, что он меня разлюбит.

176

Слезы мешали ей говорить. Официант, подошедший было, чтобы взять заказ, остановился в отдалении.

— Ну вот... Так я ничего ему и не сказала. Я боялась лишний раз коснуться этой страницы своего прошлого. Не могла даже вспоминать об этом. А вчера... — Она улыбнулась сквозь слезы. — Вчера она вошла ко мне в офис.

— Кто?!

Билл, слушавший ее также со слезами на глазах, едва не подскочил. Он уже почти догадался кто, однако это казалось слишком невероятным.

— Моя дочь. Ее зовут Лиззи, — с гордостью произнесла Мэдди. — Она искала меня три года. Ее приемные родители погибли в железнодорожной катастрофе через год после ее рождения, и она оказалась в сиротском приюте в Ноксвилле, где и я жила в то время. А я ничего об этом не знала. Я ведь тогда думала, что ей хорошо, что она счастлива. Если бы я только знала... И все эти годы она прожила в детских домах и приютах. Сейчас ей девятнадцать. Она живет в Мемфисе, учится и работает. Она настоящая красавица. Да вы сами скоро увидите. Вчера мы с ней пробыли вместе пять часов. А сегодня утром она уехала обратно в Мемфис. Но скоро я заберу ее сюда. Я ничего ей об этом не сказала, но я хочу, чтобы она жила здесь, если, конечно, она этого пожелает. Вчера вечером я ей позвонила... — Мэдди сжала его руку. — Она назвала меня мамой...

Билла эта история не просто потрясла. Она вызвала в нем какое-то благоговейное чувство. И какой у нее классический счастливый конец...

— Господи... Но как ей удалось вас найти?

— Я сама толком не знаю. Она просто искала и расспрашивала всех, кого могла. Думаю, она поехала в Гэтлинберг — в город, где она родилась. Надеялась, что кто-нибудь что-нибудь вспомнит. Ей назвали мое имя и девичью фамилию. Наверное, в роддоме меня вспомнили. Самое удивительное, что ни у кого не возникло даже мысли о какой-либо связи той Мэдлен Бомон с Мэдди Хантер. Правда, с тех пор минуло почти двадцать лет, и теперь между нами очень мало общего. Но дочь видела меня по телевизору и, вероятно, догадалась. Я никогда публично ничего не рассказывала о своем прошлом. Гордиться тут нечем.

По правде говоря, она теперь испытывала жгучий стыд за свое прошлое. Старания Джека не прошли даром.

— Наоборот, вам есть чем гордиться.

Билл сделал знак официанту, чтобы оставил их еще на несколько минут.

— Спасибо, Билл. В общем, я думаю, она сумела вычислить мой жизненный путь назад в прошлое, до Чаттануги и поняла то, о чем никто до сих пор даже не догадывался. Она говорит, что постоянно смотрит меня по телевизору и где-то вычитала, что мое девичье имя Мэдлен Бомон. Она очень много читает, — с гордостью произнесла Мэдди.

Билл в ответ улыбнулся. Итак, Мэдди стала матерью. Правда, с опозданием на девятнадцать лет, но, как говорят, лучше поздно, чем никогда. А сейчас это как нельзя кстати. Ее дочь появилась в самый подходящий момент.

— Она пришла на студию и попыталась пройти в мой офис, — продолжала Мэдди. Ее лицо потемнело. — Но вместо этого ее направили к Джеку. Он придумал какую-то хитрую систему: всех, кто меня спрашивает, направляют к нему. Он утверждает, что это обычная процедура проверки посетителей в целях моей безопасности. Теперь-то я понимаю, что это делается не ради меня, Джек просто хочет оградить меня от неугодных ему людей. Он ей солгал! Сказал, что у меня другая девичья фамилия и что я не из Чаттануги. Не знаю, то ли она ему не поверила, то ли просто упрямая, такая же, как я. Вчера она снова каким-то образом проникла в здание телестудии и вошла ко мне в офис. Сначала я решила, что она собирается на меня напасть. Взгляд у нее был какой-то странный, и она очень нервничала. А потом она мне все рассказала... Вот и вся история. Теперь у меня есть дочь!

Она смотрела на Билла с сияющей улыбкой, которой он просто не мог противостоять. Он вытер увлажнившиеся глаза.

— Да... действительно невероятная история... А что говорит Джек? Я понял, что вы все ему рассказали?

— Рассказала. И спросила, почему он скрыл от меня, что уже видел ее. Он ответил, что принял Лиззи за авантюристку, мошенницу. А потом столько всего мне наговорил... Он очень разозлился. Я, конечно, перед ним виновата. Но очень уж я боялась ему сказать. И похоже, не зря. Теперь он обзывает меня шлюхой... и всякое такое... Грозится уволить. Говорит, что все это его не касается. Но теперь я не отпущу от себя дочь.

— Конечно. Как она выглядит? Такая же красавица, как ее мать?

— Гораздо красивее, Билл, она просто великолепна. А какая добрая, мягкая. У нее никогда не было своего дома, матери. Я столько должна для нее сделать! Джек говорит, что ее ноги не будет в его доме. И еще он очень боится скандала в прессе. Опасается, как бы не пострадал мой имидж.

— А вы? Вы этого не боитесь?

— Нисколько. Я когда-то оступилась. Такое случается в жизни. Думаю, люди меня поймут.

— По-моему, это скорее пойдет на пользу вашему имиджу, если вас это волнует. Но здесь важнее другое. Вообще... это очень трогательная история.

— Это самая счастливая история в моей жизни. Я такого не заслужила.

— Еще как заслужили! Вы рассказали об этом доктору Флауэрс?

— Да, вчера вечером. Она была очень взволнована.

— И неудивительно. Я тоже взволнован. Это действительно настоящий подарок судьбы и вполне заслуженный.

Для вас было бы истинной трагедией прожить всю жизнь без детей. И девочка нуждается в матери.

— Да, она так же счастлива, как и я.

— Кстати, реакция Джека меня нисколько не удивляет. Он ведет себя с вами, при любой возможности, как настоящий сукин сын. И то, что он вам наговорил, непростительно, Мэдди. Он снова хочет заставить вас почувствовать себя виноватой, чтобы иметь возможность вас подавлять.

Теперь они оба понимали, что для Джека это главный козырь в его отношениях с Мэдди.

Наконец они заказали ленч. Ели и разговаривали. Время пролетело незаметно.

— Что вы собираетесь теперь делать? — с тревогой спросил Билл.

Мэдди знала, что ей предстоит принять несколько важных решений. Лишь некоторые из них связаны с появлением дочери. Ее муж-тиран никуда не денется, значит, надо как-то решать эту проблему.

— Пока не знаю. Наверное, через пару недель поеду в Мемфис повидаться с Лиззи. Я бы хотела перевести ее в колледж.

— Думаю, что смогу вам в этом помочь. Дайте мне знать, когда надумаете.

— Спасибо, Билл. И мне надо что-то решать с Джеком. Он до ужаса боится скандала в бульварной прессе.

— Ну и что? Неужели вас это волнует?

Она задумчиво покачала головой:

— Меня волнует только реакция Джека. Он будет терзать меня.

— Жаль, я завтра уезжаю. Может, мне остаться? Только вряд ли я смогу как-нибудь повлиять на его поведение. Единственный выход — вы должны уйти от него.

— Знаю. Но мы с доктором Флауэрс решили, что я еще не готова. Я все-таки многим ему обязана, Билл.

— Доктор Флауэрс тоже так считает?

— Нет, она с этим не согласна. Но она понимает, что я пока не могу уйти.

— Только не тяните слишком долго, Мэдди. Он может по-настоящему испортить вам жизнь. В один прекрасный день словесные попреки перестанут его удовлетворять.

— Доктор Флауэрс считает, что чем независимее я буду держаться, тем агрессивнее он будет себя вести.

— Зачем же вам оставаться с ним в таком случае? Зачем рисковать? Мэдди, вы должны действовать как можно быстрее.

Просто поразительно... Красивая, умная, тонкая женщина, с прекрасной профессией, женщина, которой все завидуют. Любая другая может только мечтать о таком. Для многих женщин Мэдди эталон, символ независимости. Наверняка никто не сомневается в том, что она может найти выход из любой трудной ситуации — у нее для этого есть все возможности. Однако насилие — вещь гораздо более сложная. Мэдди давно это почувствовала и поняла, Билл же только начал понимать. Это словно болото, до краев наполненное чувством вины и страха, оно засасывает человека, парализует его волю, даже волю к собственному спасению. Вот и в этом случае все вокруг считают, что ей ничего не стоит вырваться, освободиться, спастись. Мэдди сознавала: она продвигается вперед, но медленно, мучительно медленно. Однако как бы ни старалась, какие бы усилия ни прилагала, двигаться быстрее она не в состоянии. Главное, ее не покидает чувство, будто она всем обязана Джеку.

Билл молча наблюдал за ней. Он опасался, что Джек может решиться и на физическую расправу. Слава Богу, теперь Мэдди понимает, что происходит. Только все еще слишком напугана для того, чтобы предпринять какие-либо решительные действия. Ей понадобилось восемь лет, чтобы решиться бежать от Бобби Джо. Можно только надеяться, что теперь она не станет терпеть слишком долго.

— Мэдди, вы позвоните мне в имение дочери? Я буду очень за вас тревожиться.

Он действительно в последнее время думал о ней почти постоянно. Не переставая в то же время скорбеть по жене. Он только что закончил книгу о ней, она все еще занимала его мысли, которые тем не менее все чаще обращались на Мэдди. Незаметно для него самого эти мысли вселяли в него радость.

— Я буду звонить вам на работу.

Звонить ей домой он не решался. Не хватает, чтобы Джек из ревности стал истязать ее еще больше.

— Я тоже буду вам звонить, обещаю. Все будет нормально. У меня здесь много дел. Может, съезжу на несколько дней в Виргинию. Очень хотелось бы пригласить туда Лиззи, но боюсь, Джек не позволит.

— У меня одно желание — чтобы вы от него избавились как можно скорее.

Билл испытывал грызущее чувство беспомощности, отчаяния и ярости, как любой нормальный человек при мысли о терзаниях другого человека, которому он не в состоянии помочь. Отчасти это напоминало ему о том времени, когда он месяцами ждал новостей о жене, не в состоянии ничем ей помочь, не имея никакой возможности. Он мог только ждать, так же как и сейчас. Именно это и довело его в конце концов до такого отчаяния, что он решил действовать на свой страх и риск. Его собственная наивность погубила его жену или, во всяком случае, приблизила ее конец. Теперешняя ситуация в чем-то до боли повторяла прошлое.

Они вышли из ресторана и остановились у машины Мэдди.

— Умоляю вас, будьте осторожны. Не предпринимайте никаких шагов, которые могут быть для вас опасны. Не выводите мужа из себя, не пытайтесь открыто противостоять ему. И еще, вам нет необходимости ничего ему доказывать, вам не нужно его позволение. Единственное, что вам нужно, — это уйти от него, когда вы почувствуете, что готовы к этому. И поймите, добровольно он вам свободу не даст, вам предстоит спасаться самой. А потом бежать со всех ног куда глаза глядят.

— Да, знаю. В тот день, когда я ушла от Бобби Джо, я оставила обручальное кольцо на кухонном столе и убежала не оглядываясь. Он только через несколько месяцев сообразил, где я могу быть. А к тому времени Джек уже взял меня под свою защиту. В первые месяцы меня охраняли почище, чем папу римского.

— Вам и теперь это может понадобиться на какое-то время. — Он долго молча смотрел на нее. — Не хочу, чтобы он причинил вам вред, Мэдди.

Не дай Бог, Джек и убить может. Этого Билл не стал ей говорить, хотя подозревал, что Хантер и на такое способен. Это человек без принципов, без совести, без души, абсолютно аморальный тип.

— Будьте осторожны, — повторил он и улыбнулся. — Мама... Мне нравится думать о вас как о матери. Эта роль вам очень подходит.

Она просияла:

— Да, мне тоже так кажется.

— Вот и радуйтесь. Вы это заслужили.

Он тепло ее обнял. А через несколько часов в ее офис принесли огромный букет цветов, к которому был привязан розовый воздушный шар, розовый медвежонок и открытка с надписью: «Поздравляю с дочерью. С любовью, Билл».

Мэдди положила открытку в ящик. Улыбаясь, смотрела на цветы. Как мило... Она позвонила, чтобы его поблагодарить, но Билл еще не вернулся. Она оставила на автоответчике сообщение о своей благодарности за цветы и сказала, как ей это приятно.

Через час в ее офис вошел Джек. С ее губ еще не сошла улыбка при воспоминании о цветах и о медвежонке.

— А это что означает?

Он тоже смотрел на медвежонка и на розовый воздушный шар. У него, по-видимому, сразу возникли совершенно определенные мысли.

— Да это так, шутка, ничего особенного.

— Какая еще, к черту, шутка! Кто это прислал?

Он оглядывался, ища записку или открытку, в то время как Мэдди лихорадочно соображала, что ему ответить.

— Это от моего психотерапевта.

Она тут же поняла, что солгала не очень удачно. Последний раз она посещала психотерапевта много лет назад. Джек велел ей прекратить визиты к врачу после того, как психотерапевт начал ему угрожать. Он сказал тогда, что врач ничего не смыслит. Мэдди решила, что ей проще сделать, как он велит. Теперь она поняла, что это была часть основного плана Джека, заключавшегося в ее полной изоляции.

— Когда ты возобновила посещения психотерапевта?

— Вообще она больше друг, чем врач. Я с ней познакомилась на заседании комитета у первой леди.

— Кто она такая? Какая-нибудь чокнутая, из этих эмансипированных баб?

— Ей восемьдесят лет, у нее есть внуки, она очень интересный человек.

— Еще бы! Наверное, в полном маразме. Во всяком случае, Мэд, я тебя еще раз предупреждаю: будешь открывать рот, скоро увидишь свое имя во всех желтых газетенках. И сможешь в полной мере этим насладиться, потому что сама ты к тому времени будешь без работы. На твоем месте я бы помалкивал. И скажи этой маленькой сучке из Мемфиса, чтобы не трепалась, иначе я подам на нее в суд за клевету.

— Никакая это не клевета. — Мэдди старалась говорить спокойно. — Это правда. И она имеет право об этом говорить. Хотя и обещала мне, что будет молчать. И не называй ее сучкой, Джек, это моя дочь.

Она произнесла последние слова вежливо, но четко и членораздельно. Джек обернулся к ней со злобным выражением лица:

— А ты меня не учи, Мэдди! Ты что, забыла? Ты моя собственность.

Мэдди не успела ответить. В офис вошла секретарша. Она решила промолчать. Да, вот в чем ключ ко всему. Джек действительно считает, что она его собственность. Целых девять лет она позволяла ему так думать, потому что и сама в это верила. Но теперь все позади. У нее просто пока не хватает мужества ему противостоять, однако по крайней мере ее рассудок прояснился.

Через несколько минут после ухода Джека зазвонил телефон. Билл услышал ее сообщение на автоответчике.

— Мне так понравились ваши цветы! — воскликнула Мэдди. — Спасибо, Билл, и за ленч тоже.

Как ни странно, визит мужа не слишком ее расстроил. Хорошо, что она догадалась убрать открытку в стол, иначе ситуация оказалась бы гораздо серьезнее.

— Я уже по вас скучаю.

Его голос звучал смущенно, как у молодого. Он так давно не посылал никому цветы. Никому, кроме жены. Сейчас ему захотелось как-то по-особому отметить возвращение дочери Мэдди. Он понял, как много это для нее значит. И его глубоко тронуло ее доверие. Он ее ни за что не предаст. Ведь они теперь близкие друзья.

— Я буду очень по вас тосковать.

Уже произнося эти слова, он осознал, как странно это звучит. И Мэдди внезапно поняла, что ей тоже будет его не хватать. Она уже привыкла во многом полагаться на Билла. Привыкла к тому, что он рядом и всегда готов помочь, хотя они не так уж часто встречались. Но в последнее время привыкли каждый день говорить по телефону. По крайней мере они смогут переговариваться в течение тех двух недель, что он пробудет у дочери. Кроме выходных. Домой он ей звонить не будет, это слишком опасно для нее.

— Я вернусь через две недели, Мэдди. Будьте осторожны.

— Обещаю. Желаю хорошо провести время с детьми.

— Не могу дождаться момента, когда увижу вашу Лиззи.

Мэдди подумала, что ей будто неожиданно вернули огромную и очень важную часть ее самой. Вернули ту часть ее существа, о которой она заставляла себя забыть. Не позволяла себе вспоминать о том, чего ей так не хватало. Лишь теперь она в полной мере ощутила, какая это была огромная утрата.

— Вы ее увидите, Билл, и очень скоро. До свидания, и берегите себя.

Она положила трубку. Долго сидела неподвижно, глядя в окно. Думала о Билле. Какой он славный человек, и как хорошо, что он ей встретился на жизненном пути. И как порой странно складывается судьба. Может все отнять у человека, а может удивить неожиданным подарком. Она, Мэдди, столько теряла в жизни и столько находила. Новые места, новых людей... И вот наконец к ней вернулось ее прошлое. Теперь осталось обеспечить себе безопасное будущее. Господи, только бы судьба снова оказалась к ней милосердна.

Билл в своем доме тоже смотрел в окно. Думал о Мэдди и молился о том, чтобы с ней не случилось ничего плохого. Он четко понимал, что она в опасности. В гораздо большей опасности, чем сама осознает.

Глава 14

Две недели без Билла прошли для Мэдди относительно спокойно. Они с мужем взяли неделю отпуска и поехали на ферму в Виргинию. Там у Джека обычно улучшалось настроение. Он любил свою ферму, любил лошадей. Несколько раз он летал в Вашингтон на встречи с президентом. В его отсутствие Мэдди не упускала случая позвонить Биллу. До их отъезда он каждый день звонил ей на работу.

— Как себя ведет Джек? — с тревогой задавал он один и тот же вопрос.

— Все в порядке, — неизменно отвечала Мэдди.

Она не лгала. Хотя не могла бы сказать, что счастлива, однако и опасности тоже не ощущала. Как правило, после особенно отвратительных сцен и оскорблений Джек на некоторое время остывал и вел себя сносно. Он как будто хотел показать, что это все игра ее больного воображения. Как сказала доктор Флауэрс, он разыгрывал известную классическую схему: вздумай Мэдди кому-нибудь на него пожаловаться, она не только выглядела бы, но и чувствовала бы себя ненормальной. Вот и сейчас, в Виргинии, он вел себя именно так. Делал вид, будто его нисколько не трогает внезапное появление ее дочери, хотя и заметил, что в Мемфис Мэдди ехать не стоит: ее там могут узнать, да и вообще там слишком жарко, и, кроме того, ему не хочется отпускать ее от себя. Он больше обычного занимался с ней любовью, однако теперь вел себя при этом гораздо нежнее и бережнее. Так что теперь ее жалобы на его безобразное поведение в Париже прозвучали бы просто глупо. Мэдди ни о чем с ним не спорила. Правда, доктор Флауэрс ее предупредила, что это уже само по себе может вызвать у него подозрения. Тем не менее Мэдди не лгала, когда сказала Биллу, что чувствует себя в безопасности.

— А как продвигается книга?

Он докладывал ей об этом каждый день.

— Закончена! — с гордостью заявил он перед возвращением в Вашингтон.

— Не могу поверить! Так хочется скорее ее почитать.

— Это не очень веселое чтение.

— Я знаю. И все равно я уверена, что это замечательная книга.

Странно, но Мэдди ощущала гордость за Билла.

— Я вам дам экземпляр рукописи, как только ее перепечатают. Мне и самому не терпится услышать ваше мнение.

Наступило странное напряженное молчание. Билл не решался сказать ей о том, что все время о ней думает, постоянно тревожится за нее.

— Не могу дождаться того момента, когда снова увижу вас, Мэдди. Я так беспокоюсь за вас.

— Не стоит, у меня все в порядке. В следующий уик-энд я увижусь с Лиззи. Она собирается приехать в Вашингтон. Я вас с ней познакомлю. Я столько ей о вас рассказывала.

— Не могу себе представить, что вы ей обо мне могли рассказать. Я ей, наверное, покажусь каким-нибудь доисторическим монстром, неимоверно скучным.

— А вот мне вы кажетесь очень интересным человеком. Вы мой самый близкий друг, Билл.

Действительно, он стал ее единственным другом, первым за долгие годы. Не считая, конечно, Грега. У того появилась новая подружка, но все равно он звонил ей из Нью-Йорка, когда удавалось прорваться. Они уже поняли, что Джек перехватывает его звонки и никогда не сообщает о них Мэдди. С Биллом они были более осторожны и тщательно выбирали время для телефонных разговоров.

— И вы тоже... Вы для меня человек особенный...

Билл не знал, что сказать. Он сам не мог разобраться в своих чувствах. Она для него и друг, и вроде дочери... и женщина... Мэдди ощущала то же самое. Порой чувствовала себя с Биллом как с братом, а иногда не могла разобраться в странных чувствах, которые он в ней вызывал, и это ее пугало. Ни один из них пока не решался даже попытаться вслух определить свои чувства друг к другу.

— Давайте встретимся на ленче до заседания комитета в понедельник.

— С удовольствием.

В последний уик-энд в Виргинии Джек очень ее удивил. Принес ей цветы из сада, подал завтрак в постель, ходил с ней в долгие далекие прогулки и неустанно говорил о том, как она ему дорога и как много для него значит. Занимаясь с ней любовью, он теперь вел себя нежнее и ласковее, чем когда бы то ни было. Все оскорбления и унижения, боль прежних дней действительно теперь казались лишь плодом ее воображения. Мэдди снова чувствовала себя виноватой — за все то, что она наговорила о нем Биллу, Грегу и доктору Флауэрс. Сейчас ей хотелось исправить неблагоприятное впечатление о муже, о ее любящем муже, которое могло остаться у этих людей с ее слов. Может быть, это действительно только ее вина? Может, она сама вызывала его на насилие? Когда она с ним хороша и когда он этого хочет, он такой приятный, неотразимый.

На следующее утро после возвращения в Вашингтон она попыталась объяснить все доктору Флауэрс. Та ответила ей неожиданно резко:

— Осторожно, Мэдди! Посмотрите, что происходит. Вы снова позволили ему заманить себя в ловушку. Он наверняка понял, о чем вы думали, и теперь всячески старается доказать, что вы не правы. И что еще хуже, старается заставить вас почувствовать себя виноватой.

В описании доктора Флауэрс Джек выглядит настоящим злодеем, да еще и дьявольски хитрым к тому же, подумала Мэдди. Просто Макиавелли какой-то... Сейчас она ощущала жалость к мужу и раскаяние. Ведь это она сама его таким изобразила, и доктор Флауэрс ей поверила.

Биллу за ленчем она ничего не стала говорить, опасаясь той же реакции, что и у доктора Флауэрс. Вместо этого они говорили о его книге. Несколько месяцев назад он продал рукопись издателю через литературного агента.

— Какие у вас планы на осень? — осторожно спросил он, надеясь услышать, что она собирается расстаться с мужем.

Мэдди ни словом не упомянула об этом за ленчем. И выглядит она сейчас счастливее, чем когда-либо, заметил он. Билл ее такой никогда еще не видел. Кажется, у нее все хорошо. И тем не менее он по-прежнему испытывал тревогу. Так же, как и доктор Флауэрс, он опасался, что Джек снова заманил ее в ловушку, в которой собирается держать всю жизнь, то мучая и оскорбляя, то смущая неожиданными сменами настроения, пока она не дойдет до того, что совсем запутается.

— Хочу попытаться снова поднять нашу телепередачу на прежний уровень. Сейчас рейтинги катастрофически упали. Я думала, что это из-за Брэда, но Джек считает, что я тоже никуда не гожусь и мне надо поработать над собой. По его мнению, мои репортажи скучны. Осенью я собираюсь подготовить несколько материалов, посмотреть, нельзя ли вдохнуть в передачи новую жизнь.

Ну вот, так он и думал. Джек снова обвиняет ее в том, в чем она не виновата. И она безоговорочно ему верит. Не потому, что глупа, просто он ее словно гипнотизирует. Когда ему нужно, он может быть невероятно убедительным. Если не знать, по какой схеме он действует, если смотреть со стороны, невозможно ничего заподозрить. А Мэдди, наоборот, слишком близка к нему, чтобы разглядеть правду.

После ленча Билл с трудом поборол искушение позвонить доктору Флауэрс и поговорить с ней о Мэдди. Он понимал, что теперь, когда Мэдди фактически стала ее пациенткой, врачебная этика не позволит доктору Флауэрс обсуждать ее дела с кем бы то ни было. Остается лишь со стороны наблюдать за тем, что происходит с Мэдди, а в случае необходимости вмешаться. Сейчас нет никакой возможности ей помочь. Снова та же ситуация, что и тогда, с Маргарет... И какой страшный исход. Но нет, сейчас он не повторит прошлой ошибки. Не станет вмешиваться, чтобы не спугнуть врага. Он понимал более чем кто-либо, что Джек очень опасный противник, что он дьявольски изощренный садист.

Остается только надеяться, что на этот раз Биллу удастся сохранить терпение и спасти Мэдди.

Работа Комитета по защите прав женщин продвигалась вперед полным ходом. Они уже подумывали о том, чтобы собираться чаще. Первая леди пригласила для участия в работе еще шестерых. Комитет разделился на шесть подгрупп. Билл и Мэдди занимались проблемами сексуального насилия. Факты, которые им открылись, потрясали чудовищной жестокостью.

На следующий уик-энд приехала Лиззи. Мэдди поместила ее в отель и пригласила Билла к ним на чай. Ее дочь произвела на него сильное впечатление. Мэдди не преувеличивала — Лиззи действительно оказалась красавицей и такой же яркой и способной, как и ее мать. К тому же она говорила как образованный человек, чем немало его удивила, учитывая, какие скудные возможности предоставила ей жизнь. Она прилежно и даже с удовольствием училась в колледже в Мемфисе и, по-видимому, много читала.

— На следующий семестр мне бы хотелось перевести дочь в Джорджтаун, если будет такая возможность, — сказала Мэдди за чаем.

Лиззи не могла сдержать радостного волнения.

— Может быть, я смогу помочь, — вызвался Билл. — У меня есть кое-какие связи. — Он обернулся к Лиззи: — Что именно вы бы хотели изучать?

Лиззи ответила не задумываясь:

— Внешнюю политику и средства коммуникации.

— Мне бы очень хотелось добиться для нее места на телестудии, но это, конечно, невозможно, — сказала Мэдди.

Она не сообщила Джеку о приезде своей дочери и не собиралась говорить. Он сейчас так мило себя ведет, что просто не хочется его огорчать. Поговаривает о том, чтобы снова повезти ее в Европу в октябре. Биллу она еще об этом не сказала.

— Если Лиззи поступит здесь в колледж, мы снимем для нее квартирку в Джорджтауне.

— Только подберите подходящий квартал, убедитесь, что место безопасное.

— Можете не волноваться, об этом я позабочусь. Может быть, есть смысл снять ей квартирку с кем-нибудь на двоих...

Потом Лиззи пошла в дамскую комнату попудрить нос. Воспользовавшись ее отсутствием, Билл поделился с Мэдди своими впечатлениями о ее дочери:

— Потрясающая девушка! Вы можете ею гордиться.

— Я и горжусь, хотя не имею на это никакого права.

Вечером они с Лиззи собирались в театр. Джеку Мэдди сказала, что у них сегодня обед для женщин, подопечных их комитета. Его это не слишком обрадовало, однако он знал, что эта работа проходит под патронажем первой леди, поэтому ничего не возразил.

Вернулась Лиззи. Они еще немного поговорили о ее учебе и планах переехать в Вашингтон, поближе к матери. Обеим это казалось волшебной сказкой, которая внезапно стала реальностью.

Они расстались в пять часов. Билл уехал к себе, Мэдди оставила Лиззи в отеле и поехала домой — увидеться с Джеком и переодеться для театра. Они собирались на новую постановку пьесы «Я и король». Мэдди самой не терпелось показать дочери первый в ее жизни мюзикл. Впереди у них еще столько удовольствий... Просто не терпится поскорее начать.

Джек отдыхал, смотрел субботние новости по телевизору. У дикторов, работавших на уик-энд, программа шла лучше и были рейтинги повыше, чем у них с Брэдом. Однако Джек по-прежнему ничего не хотел слышать. Не хотел признавать, что Брэд не годится для ведущего теленовостей. Его замысел убрать Грега уже больно ударил по телекомпании, но он продолжал винить во всем Мэдди. Режиссер считал, что она права, однако боялся сказать об этом Джеку. Никто из подчиненных не решался ему возражать.

Сегодня вечером Джек собирался обедать с друзьями, хотя не очень любил выходить куда-либо по выходным без жены. Он нежно поцеловал ее на прощание. Господи, как хорошо, когда он такой нежный, ласковый, добрый. Может быть, все их размолвки уже позади...

Мэдди взяла такси, заехала за Лиззи, и они вместе поехали в театр. Лиззи вела себя как маленький ребенок. Не отрываясь смотрела на сцену со счастливым выражением на лице, а в конце бешено аплодировала.

— Ничего лучше я в жизни не видела, ма!

Когда они вышли из театра, Мэдди краем глаза успела заметить человека с фотоаппаратом, нацеленным прямо на них. Сверкнула вспышка. В следующее мгновение человек исчез. Ничего страшного, подумала Мэдди. Может, это какой-нибудь турист ее узнал и захотел увезти ее фотографию на память. Вскоре за оживленным разговором с дочерью Мэдди забыла об этом. Им столько нужно было сказать друг другу. Они провели прекрасный вечер.

Мэдди довезла дочь до отеля на такси. Они крепко обнялись на прощание, договорились встретиться на следующее утро и вместе позавтракать. Придется снова как-то скрыть это от Джека. Как неприятно врать... Она скажет, что идет в церковь. Он никогда с ней не ходит на воскресную службу. А потом Лиззи улетит обратно в Мемфис, а она, Мэдди, проведет остаток дня с мужем. Так что все будет прекрасно. В хорошем настроении, довольная собой и проведенным днем, Мэдди подъехала к своему дому в Джорджтауне.

Джек смотрел вечерние новости в гостиной. Мэдди вошла, не в силах сдержать радостную улыбку после целого дня, проведенного с дочерью. Села рядом.

— Ну как, хорошо провела время? — невинным тоном спросил Джек.

— Да, было интересно.

До чего противно лгать... Но ведь он сам запретил ей видеться с Лиззи.

— Кто там был?

— Конечно, Филлис. И еще женщины из нашего комитета. Интересные люди.

Скорее бы переменить тему, думала она.

— Филлис?! Как это она ухитрилась? Я только что видел ее по телевизору у храма в Киото. Они прибыли в Японию сегодня утром.

Мэдди молча смотрела на мужа, не зная, что сказать.

— Ну-ну, расскажи, с кем ты меня обманывала? Трахаешься с кем попало?

Он сгреб ее за шиворот, сдавил горло. Мэдди почувствовала, что ей нечем дышать. Стараясь не поддаваться панике, она смотрела мужу прямо в глаза.

— Я никогда бы так с тобой не поступила, — с трудом выговорила она.

— Так где ты была? Только правду!

— С Лиззи.

— А это еще кто такая, к чертям собачьим?

— Моя дочь.

— Ах черт!

Он отшвырнул ее с такой силой, что она упала на диван, с облегчением ощущая, что воздух снова поступает в легкие.

— Какого черта ты притащила сюда эту потаскушку?

— Она не потаскушка, — Мэдди старалась говорить спокойно. — Она моя дочь.

— Бульварные газетчики вымажут тебя грязью. Я же запретил тебе с ней встречаться!

— Мы нужны друг другу.

Он смотрел на нее, не в силах сдержать ярость. Больше всего его разозлило то, что она его ослушалась.

— Я говорил, для твоего же собственного блага: ты не можешь себе это позволить. Тебе кажется, что сейчас твои рейтинги упали. Посмотришь, что произойдет, если эта история просочится в газеты. И скорее всего по ее инициативе.

— Ей нужно только меня видеть. Ей вовсе не нужна огласка.

Теперь Мэдди горько сожалела о том, что не сказала мужу правду о сегодняшней встрече с Лиззи. Но он сам не оставил ей выбора своим несгибаемым упрямством.

— Это ты так думаешь. Как можно быть такой дурой! Вот погоди, скоро она начнет выкачивать из тебя деньги. Если уже не начала. — Он всматривался в ее лицо, прищурившись. — Знаешь, кажется, ты начинаешь доставлять мне больше неприятностей, чем радости. Каждый раз не одно, так другое. Где она сейчас?

— В отеле «Четыре времени года».

— Скажите пожалуйста! И ты мне будешь говорить, что она не выкачивает из тебя деньги!

— Я говорю тебе, ей нужна мать, и больше ничего.

Но он все не мог успокоиться. Прошел через комнату, остановился перед диваном, презрительно глядя на нее:

— Тебе обязательно надо как-нибудь мне досадить, правда, Мэдди? То материал о той чокнутой, жене Пола Мак-Катчинса, теперь это... Да от тебя камня на камне не оставят из-за этой истории! Вот увидишь, на этот раз я окажусь прав. А когда это произойдет, ты горько пожалеешь.

Как ни странно, он замолчал. Поднялся наверх в свою ванную и громко хлопнул дверью.

Мэдди долго сидела неподвижно. Как ему объяснить, что она вовсе не хотела его огорчать? Как заставить его понять, насколько для нее это важно? Конечно же, она сама во всем виновата. Почему она не сказала ему о ребенке? Признайся она честно с самого начала, может быть, он сейчас не так бы расстраивался. Теперь же она может только

7*

просить прощения и стараться не доставлять ему еще больших неприятностей, вести себя осторожно. Одно она знала твердо: теперь, когда ее дочь нашлась, она ни за что с ней не расстанется.

Она выключила свет и тихонько поднялась наверх. К тому времени как она переоделась в ночную сорочку и вошла в спальню, муж уже лег и погасил свет. Однако Мэдди не сомневалась в том, что он не спит.

— Ненавижу, когда ты меня обманываешь, — заговорил он, не открывая глаз. — У меня такое чувство, словно я больше не могу тебе доверять. И ты все время мне досаждаешь.

Мэдди коснулась его щеки, уже забыв о том, что полчаса назад он едва не задушил ее.

— Прости, Джек. Я не хотела тебя огорчать. Но мне действительно нужно видеть дочь.

— А я сказал тебе — не хочу, чтобы ты с ней виделась! Ты можешь это понять? Мне вовсе не нужны дети. И тебе, как я понимаю, тоже. — Он открыл глаза и взглянул на нее. — И мне тем более не нужна девятнадцатилетняя шлюшка из Мемфиса.

— Пожалуйста, Джек, не говори так о ней.

Больше всего Мэдди сейчас хотелось, чтобы он простил ей ложь. Хотя, конечно, ему трудно такое проглотить.

Джек пристально смотрел на нее:

— Я хочу, чтобы ты прекратила с ней видеться. Уж это ты обязана для меня сделать! Ты никогда мне не говорила о ее существовании. И сейчас я хочу, чтобы она снова исчезла из нашей жизни. Она тебе не нужна, ты ее совсем не знаешь.

— Я не могу этого сделать. У меня ведь больше никогда не будет детей. С самого начала мне не следовало от нее отказываться.

— Ты не хочешь отказаться от нее даже ценой нашего брака?

196

— Ты мне ставишь такое условие?!

Мэдди пришла в ужас. Джек ей угрожает. Хочет ее заставить сделать выбор, который разобьет ей сердце. Но и с ним ей расставаться совсем не хочется. Последние несколько недель он вел себя так, что у нее забрезжила надежда: может быть, у них все налаживается... И вот теперь такое! Она не может не видеться с дочерью. Что же ей делать?.. Как поступить?..

— Вполне возможно, — ответил он на ее вопрос. — Это не входило в условия нашего договора. Напротив, это полностью исключалось. Ты обманом вступила со мной в брак. Сказала мне, что у тебя нет и никогда не было детей. Ты мне лгала. Исходя из этого, я мог бы признать наш брак недействительным.

— После семи лет совместной жизни?!

— Если я докажу, что ты меня обманула — а я смогу это доказать, потому что так оно и есть, — значит, наш брак недействителен. Так что хорошенько подумай, Мэд, прежде чем впускать в нашу жизнь эту девку. Советую тебе очень серьезно об этом подумать. Я не шучу.

С этими словами он от нее отвернулся и закрыл глаза. А через несколько минут уже храпел. Мэдди лежала, глядя на него широко раскрытыми глазами. Нет, от Лиззи она ни за что на свете не откажется. Но и Джека терять она тоже не хочет. Он столько ей дал. А все оскорбления и унижения, о которых она говорила еще недавно, теперь действительно начали казаться лишь плодом ее воображения. Незаметно для нее самой у нее появилось ощущение, что это она плохо себя с ним вела, что он жертва, а не тиран. Она долго лежала без сна, все больше мучаясь сознанием собственной вины.

Наутро она все еще не решила, как поступить. Джеку объяснила, что собирается встретиться с Лиззи в отеле и позавтракать с ней на прощание, а потом вернется домой и остаток дня проведет с ним.

— Ты ее лучше предупреди, что вы больше не увидитесь, Мэд. Не играй с огнем. Я имею в виду прессу. Это слишком высокая цена за какую-то девчонку, которую ты даже не знаешь и по которой наверняка не будешь тосковать.

— Я тебе сказала, Джек, я не могу этого сделать.

— Придется.

— Я с ней так не поступлю.

— Значит, ты предпочитаешь поступить так со мной? Ну что ж, это о многом говорит. Вот, значит, как ты относишься к нашему браку.

Он выглядел расстроенным и обиженным. Настоящая жертва.

— Джек, ну будь же благоразумен...

Он метнул на нее яростный взгляд:

— Быть благоразумным?! Ты что, смеешься? Или рехнулась? Сидишь на наркотиках? По-твоему, благоразумно швырнуть мне в лицо своего незаконнорожденного ублюдка, о котором ты до этого даже ни разу не упоминала!

— Да, я виновата. Признаю. Но я же не предлагаю тебе с Лиззи встречаться. Я сама хочу ее видеть.

— Тогда ты чокнулась еще больше, чем я думал. Как насчет семейного портрета на обложке журнала «Люди»? Этого тебе будет достаточно? А ведь именно это и произойдет рано или поздно. И тогда можешь распроститься со всеми своими почитателями.

— А может быть, и нет. Может, они окажутся более понимающими, чем ты.

— Чушь! Ну так что, ты придешь в себя наконец или нет?

Так они спорили еще полчаса. Потом Джек уехал играть в гольф с советниками президента, предупредив Мэдди на прощание, чтобы та больше не смела встречаться с Лиззи. Тем не менее Мэдди все же поехала завтракать к дочке в отель, и они прекрасно провели время. Лиззи, правда, заметила, что мать чем-то расстроена, однако Мэдди это отрицала. Она ничего не сказала дочери о требовании мужа с ней не видеться. Наоборот, пообещала вскоре снова пригласить ее на уик-энд. Сказала, что даст Лиззи знать, как только выяснит что-нибудь насчет колледжа и квартиры в Джорджтауне. На прощание они крепко обнялись и расцеловались. Мэдди дала дочери денег на такси до аэропорта. Больше денег Лиззи взять не захотела, как мать ее ни уговаривала. Мэдди еще раньше предложила открыть на ее имя счет в банке, но Лиззи наотрез отказалась. Не желала быть на содержании матери. Мэдди, однако, понимала, что Джек ни за что этому не поверит.

К полудню она вернулась домой. Джека еще не было, поэтому она позвонила Биллу и рассказала ему о том, что произошло.

— Я сама во всем виновата. Нельзя было его обманывать.

Билл не мог с этим согласиться:

— Он ведет себя как последний мерзавец и при этом еще изображает из себя жертву! Это не так, Мэдди. На самом деле это вы жертва. Ну как вы не можете понять!

Они разговаривали почти час. К концу разговора Мэдди, казалось, еще больше расстроилась. Она словно не понимала, о чем Билл ей говорит. Похоже, что она, вместо того чтобы продвинуться вперед, снова откатилась назад в своих отношениях с Джеком, в отчаянии подумал Билл. Неужели ей никогда не удастся освободиться от невидимых цепей, которыми он ее опутал?

Вечером, вернувшись домой, Джек ни словом не упомянул о Лиззи. Мэдди не знала, радоваться ей или огорчаться. Она всячески старалась ему угодить. Приготовила вкусный обед, развлекала приятными разговорами. Ночью они занимались любовью, причем он вел себя с ней нежнее, чем когда бы то ни было, отчего она ощущала еще

199

большее раскаяние за то, что доставила ему столько неприятностей.

А на следующее утро, как только они приехали на работу, история с Лиззи внезапно обрушилась на них, как и предсказывал Джек. На первых страницах всех бульварных газет в разных вариациях красовалась ее фотография с Лиззи, которую снял тот человек у театра. И по-видимому, кто-то либо угадал правду, либо рассказал о ней. Заголовки, набранные крупным шрифтом, гласили: «Мэдди Хантер и ее давно потерянная дочь». В статьях рассказывалось о том, что Мэдди в пятнадцать лет родила ребенка и отказалась от него. Газеты поместили несколько интервью с Бобби Джо и одним из ее школьных учителей. Да, репортеры поработали на славу.

Джек ворвался к ней в офис, потрясая кипой газет. Он купил по экземпляру каждой, поместившей материал о Мэдди и ее дочери.

— Ну, ты довольна? И что нам теперь делать? За девять лет мы создали из тебя чуть ли не образ Девы Марии! А теперь ты предстала перед всеми обыкновенной шлюхой. Какого черта ты меня не послушалась!

Он в ярости метался по кабинету, как раненый зверь. Однако что произошло, то произошло, сделанного не исправить. На фотографии они с Лиззи выглядели как сестры-близнецы.

Когда Джек наконец ушел к себе, Мэдди позвонила Лиззи и сообщила ей о случившемся. Потом она позвонила доктору Флауэрс и Биллу. Оба говорили почти одно и то же: она ни в чем не виновата, на самом деле все не так плохо, как ей кажется, зрители ее любят, она хороший человек, да и у кого в молодости не бывает ошибок. Узнав об этом, публика ее полюбит еще больше, все проникнутся к ней сочувствием. И фотография выглядит очень привлекательной, они с Лиззи так трогательно обнимают друг друга за плечи.

200

Однако Джек сделал все возможное, чтобы ее запугать и заставить почувствовать свою вину. Лиззи даже заплакала.

— Прости меня, мама. Я не хотела тебе доставлять такие неприятности. Джек очень сердится?

Сейчас она тревожилась за мать. Она уже познакомилась с Джеком, и он ей совсем не понравился. В нем чувствовалось что-то зловещее и бесчеловечное.

— Он, конечно, недоволен. Но ничего, это пройдет.

— Он собирается тебя уволить?

— Не думаю. И потом, профсоюз не позволит. Это будет дискриминация.

Если, конечно, Джек не решит разорвать с ней контракт из-за нарушения его пунктов, касающихся причинения морального ущерба. Но как бы там ни было, сейчас ее больше всего мучило сознание собственной вины перед ним.

— Придется нам это пережить. Только обещай мне, Лиззи, что не скажешь ни слова никому из репортеров.

— Клянусь. Я никому ничего не говорила и не скажу. Никогда бы я не стала доставлять тебе неприятности. Я люблю тебя, мама.

На другом конце провода слышались приглушенные всхлипывания. Мэдди почувствовала непреодолимое желание утешить дочь.

— Я тоже люблю тебя, моя радость. И я тебе верю. В конце концов им это надоест. Пожалуйста, не переживай так.

Однако это было только начало. Репортеры бульварных телепрограмм осаждали ее с утра до вечера. Все без исключения журналы страны звонили на телестудию, добиваясь интервью.

— Может быть, дать им то, чего они так хотят? — предложил наконец руководитель отдела по связям с общественностью. — Ну чем это нам может грозить, в конце концов? Ну, родила она ребенка в пятнадцать лет. Такие вещи и раньше случались. Она же его не убила, черт побери. А теперь из этого может получиться очень завлекательная история, если ее правильно преподнести. Что ты на это скажешь, Джек?

— Скажу, что я вышвырну ее отсюда, пусть убирается подальше, в Кливленд. Надо быть круглой идиоткой, чтобы признаться этой маленькой сучке, что она ее мать. Мать! Да что это вообще означает в данном случае? Потрахалась с каким-то сопляком из школы, влипла и бросила ребенка сразу же после рождения. А теперь изображает чуть ли не святую и разглагольствует о том, что любит свою дочь. Да у кошки больше чувств к своему приплоду, чем у Мэдди к этой паршивой сучке из Мемфиса. Эта девка прилепилась к ней, чтобы выкачивать деньги, а Мэдди ничего не хочет замечать!

— Да нет, здесь кое-что другое...

Руководитель отдела по связям с общественностью не ожидал от Джека такой ярости и необъяснимой злобы. Действительно, в последнее время рейтинги передачи, которую ведет Мэдди, все больше снижаются. Возможно, он зол на нее еще и за это. Однако все на студии знают, что это не ее вина, и пытались убедить в этом Джека. Но он ничего не желает слушать.

Вечером дома Джек все еще продолжал бушевать. Пытался вытянуть из Мэдди обещание, что она больше не увидится с дочерью. Однако она отказалась ему это пообещать. Уже около полуночи он в ярости выбежал из дома, хлопнув дверью, и не вернулся до утра. Мэдди представления не имела, куда он пошел. Выглянув в окно, она увидела у их дома телекамеры и не решилась выйти вслед за ним. Оставалось только одно — набраться терпения, уйти в тень и переждать всю эту шумиху. Именно это она посоветовала дочери. Лиззи перебралась на время к подруге, чтобы репортеры не смогли ее найти. Хозяин ресторана, потрясенный тем, что она оказалась дочерью знаменитой Мэдди Хантер, дал ей еще несколько дней отпуска.

Только Джек оказался непробиваемым. В наказание за все неприятности он на две недели снял Мэдди с программы, приказал поработать над собой, забыть о дочери и не являться к нему на глаза до тех пор, пока она не выполнит все его требования. И еще он ей сказал, что если когда-нибудь она его обманет, он ее убьет на месте. При этих словах на виске у него лихорадочно билась синяя жилка. Мэдди смотрела на мужа, слушала его слова и снова ощущала, как ее переполняет чувство собственной вины. Что бы ни произошло, всегда во всем виновата она.

Глава 15

Со временем желтая пресса утратила живой интерес к Мэдди и ее дочери. Несколько раз репортеры попытались прорваться в ресторан в Мемфисе, но хозяин спрятал Лиззи в подсобке, и они удалились ни с чем. А потом и вовсе перестали беспокоить. Для Мэдди все оказалось сложнее: она больше была на виду. По настоянию Джека она не воздерживалась от комментариев. Если не считать фотографии в журнале «Я и король», газетчикам оказалось не за что зацепиться. Она не отрицала и не признавала факта, что Лиззи ее дочь. Хотя ей очень хотелось рассказать всем о том, как она гордится дочерью, как счастлива, что Лиззи ее нашла. Однако ради Джека она хранила молчание.

Они договорились, что некоторое время Лиззи не будет показываться в Вашингтоне. Тем не менее Мэдди присматривала для нее место в Джорджтаунском университете. Билл помогал чем мог. Больших проблем с Лиззи у них не предвиделось. В колледже Мемфиса у нее были прекрасные оценки по всем предметам и еще более прекрасные рекомендации от преподавателей.

Первая леди организовала очередное заседание комитета. Билл и Мэдди снова встретились. Он заметил, что она держится напряженно и выглядит усталой и подавленной. Сказывалось влияние газетной шумихи, да и Джек не ослаблял давления. Не только по поводу Лиззи, но и из-за низких рейтингов ее передачи. Теперь он объяснял это скандалом из-за появления ее незаконнорожденной дочери. Билл был в курсе происходящего — они ежедневно разговаривали по телефону. Единственное, чего он не знал, — решится ли Мэдди когда-нибудь оставить своего тирана мужа. Она перестала даже говорить об этом и, по-видимому, во всех своих проблемах обвиняла только себя.

Билла все это сильно тревожило, и во время одного из заседаний комитета он отвел доктора Флауэрс в сторону и решился заговорить с ней о Мэдди. Она, естественно, не стала раскрывать ему никаких секретов, лишь попыталась приободрить. Его отношение к Мэдди, его беспокойство из-за ее проблем заинтриговали доктора Флауэрс. Ей показалось, что Билл слишком тревожится.

— Очень многие женщины годами мирятся с таким положением, терпят унижения и даже побои. А Джек унижает жену утонченно, это наиболее изощренный способ насилия. Он, как видно, в этом большой мастак. Заставляет Мэдди испытывать вину за его действия и при этом изображает себя жертвой. Не забывайте, Билл, что она ему это позволяет.

— Чем я могу ей помочь?

— Быть рядом. Слушать. Ждать. Честно говорить ей все, что вы думаете, все, что видите. Но если она настроена на ощущение вины перед Джеком — значит, она будет чувствовать себя виноватой, и вы с этим ничего не поделаете. Возможно, она сама сможет через это перешагнуть. Вы же пока делаете все возможное.

Хотя доктор Флауэрс ничего не сказала Биллу, но она знала о его ежедневных телефонных разговорах с Мэдди, знала, как высоко ценит та его дружбу. У нее не могло не возникнуть мысли, нет ли за этим чего-то большего. Однако Мэдди продолжала утверждать, что они с Биллом лишь друзья, что в их отношениях нет и не может быть ничего романтического. Доктор Флауэрс в этом сомневалась. Однако Билл вызывал у нее теплые чувства, она глубоко уважала и его, и Мэдди.

— Я опасаюсь, что в один прекрасный день Хантер не выдержит, оставит свои тонкости и ухищрения и пойдет на явную низость. Я боюсь, что он причинит ей настоящую боль.

— Он и сейчас причиняет ей боль. Но мужчины вроде него, как правило, избегают настоящего физического насилия. Я, конечно, не могу поручиться, что он до этого никогда не дойдет, просто, я думаю, он хитрее, изощреннее. Хотя чем больше для него опасность выпустить из рук свою жертву, тем труднее это будет для нее. По-хорошему он с ней не расстанется.

После ухода Мэдди они еще немного поговорили. Билл уехал домой более подавленным, чем раньше. Лишь раз в жизни чувствовал он себя таким беспомощным, как сейчас. Он спрашивал себя, не основываются ли его страхи за Мэдди на его собственном опыте, на том, что произошло с его женой. До этого он даже представить себе не мог, что такое возможно.

На следующей неделе он дал Мэдди почитать перепечатанный экземпляр рукописи своей книги. Она прочитала половину за выходные дни. Джек застал ее за чтением с мокрыми глазами. Они отдыхали в Виргинии. Весь уик-энд лил дождь. Мэдди полулежала на диване с книгой и обливалась слезами.

— Какого черта! Что это ты читаешь такое?

— Это книга Билла Александра. Очень хорошо написана.

— С какой стати тебе понадобилось читать эту ерунду! Этот тип настоящий неудачник и размазня. Ни за что не поверю, что он мог написать что-нибудь стоящее.

Джек явно недолюбливал Билла. Он бы невзлюбил его еще больше, даже возненавидел, если бы заподозрил, что Билл помогает Мэдди. А может, он это почувствовал, подумала она.

Больше он ни словом не обмолвился о книге Александра. Однако позже вечером, когда Мэдди снова хотела взяться за чтение, она не смогла найти рукопись. Спросила о ней Джека.

— Я решил избавить тебя от лишних слез и отправил ее туда, где ей самое место, — на помойку.

— Ты ее выбросил?!

— У тебя и без того есть чем заняться. Занимайся ты больше анализом и исследованиями, может быть, и рейтинги у тебя были бы повыше.

— Ты прекрасно знаешь, как много материала я перелопачиваю. — Сейчас она готовила передачу о скандале, назревавшем в ЦРУ, и о нарушениях таможенных правил. — И ты не хуже меня знаешь, что проблема не в этом.

— Так, может, ты стареешь, малышка? Сама знаешь, зрителям не очень-то нравятся ведущие, которым перевалило за тридцать.

Он находил любой предлог для того, чтобы ее унизить.

— Ты не имел права выбрасывать книгу! Я ее не прочитала. И потом, я обещала вернуть рукопись.

Джек не обратил никакого внимания на ее расстроенный тон. Для него это оказалось еще одним удобным поводом для того, чтобы выказать презрение к ней, а заодно и к Биллу Александру. К счастью, Билл дал ей копию, а не оригинал рукописи.

206

— Не трать время попусту, Мэд.

С этими словами он пошел наверх, в спальню. Занимаясь с ней любовью, он вел себя грубее, чем в предыдущие ночи. Он словно наказывал ее за многочисленные проступки. Правда, не так жестоко, как раньше.

По возвращении в Вашингтон их ожидала большая неожиданность. Брэд всех удивил, разрешив самую большую проблему, стоявшую перед телестудией. Перед тем как пойти к Джеку, он поговорил с Мэдди. Сказал, что он лишь теперь понял, как нелегко быть ведущим телепрограммы даже в паре с такой компетентной журналисткой, как она.

— Мне всегда казалось, что с передачами в прямом эфире у меня нет проблем. Но одно дело несколько минут висеть на дереве перед телекамерами и совсем другое — вести программу. Думаю, что я на это просто не способен. И если честно признаться, — Брэд ей улыбнулся, — я не получал от этого никакого удовольствия.

Он уже дал согласие работать штатным корреспондентом другой телестудии — в Сингапуре. И не мог дождаться дня, когда поедет туда. За последнее время Мэдди к нему привыкла и тем не менее почувствовала огромное облегчение, узнав о его отъезде. Очень интересно, как воспримет эту новость Джек?..

Он ни словом об этом не обмолвился. На следующий день в отдел поступил приказ об увольнении Брэда, но было сказано, что тот согласился доработать до конца недели. В самом начале Брэд подписал временный контракт на полгода, так как сам не был уверен, захочет ли работать дольше. Мэдди сразу заметила, что Джека эта новость отнюдь не обрадовала, однако вслух он не сказал ни слова. Заметил только, что теперь на нее ложится еще большее бремя ответственности, пока они не найдут ей напарника.

— Надеюсь, твои рейтинги не скатятся окончательно.

Однако все оказалось наоборот. Без Брэда ее рейтинги сразу взлетели на невиданную высоту. Режиссер даже предложил Джеку оставить Мэдди одну на программе. Джек возразил, что она для этого недостаточно сильна, ей необходим напарник. Он явно хотел поставить ее на место. Тем не менее Мэдди ощущала себя счастливой, видя, как молниеносно выросли ее рейтинги, пусть даже Джек не хочет этого признавать.

Разговаривая по телефону с Биллом, она, однако, казалась подавленной. Она уже давно выбивалась из сил, работая в одиночку. И ей очень не хватало Грега. А еще она тосковала по Лиззи. Она даже не могла толком определить, что конкретно ее беспокоит, просто призналась Биллу, что у нее «паршивое настроение». Однако оно моментально улучшилось, как только тот ей сообщил, что с его помощью Лиззи приняли в Джорджтаунский университет. Ничего удивительного, заметил Билл. У девушки прекрасное резюме, отличные способности, и заявление она прислала отличное. Проблема состояла лишь в том, что этот университет пользуется огромной популярностью в стране, так что оказалось нелегко найти для нее место. Билл использовал коекакие связи, и в конце концов, учитывая рекомендации прежних преподавателей Лиззи и контакты Билла, место для нее нашли. Мэдди была на седьмом небе. Теперь осталось подыскать для дочери квартирку в Джорджтауне, и тогда они смогут видеться, когда захотят.

— Не дождусь, когда смогу сообщить ей об этом.

— Только скажите, что я тут ни при чем. Лиззи это действительно заслужила. Я только кое с кем поговорил, но если бы она не заслуживала, ее бы ни за что не приняли.

— Вы святой, Билл!

Мэдди очень боялась сказать другу о том, что Джек выбросил его рукопись. Однако его это не слишком удивило. Он прислал ей другой экземпляр, и она читала рукопись у себя в офисе, когда выдавалось свободное время. Они уже обменялись впечатлениями. Мэдди не сомневалась в том, что книга Билла будет иметь большой успех. Кроме того, такая умная, честная, такая человечная книга не может не оказать влияния на читающую публику.

В эти выходные Мэдди лично сообщила Лиззи о том, что ее приняли в университет Джорджтауна. Джек уехал с приятелями на уик-энд в Лас-Вегас, а Мэдди полетела в Мемфис. Они с Лиззи вместе пообедали. Разговаривали, строили планы. Мэдди пообещала дочери, что до Рождества, до начала семестра в университете найдет для нее квартиру. Лиззи не могла поверить своему счастью.

— Только, пожалуйста, не очень дорогую. Я собираюсь все время посвящать занятиям, поэтому работать смогу только по выходным.

— А когда ты будешь готовиться к семинарам? — спросила Мэдди, точь-в-точь как строгая мама. — Нет, если хочешь хорошо учиться, ты не сможешь работать, Лиззи. Так что подумай об этом.

Однако Лиззи считала, что думать тут не о чем. Она ведь уже проучилась полтора года в колледже, работая каждую свободную минуту.

— А стипендию мне не будут платить?

— Я буду платить тебе стипендию. Не глупи, Лиз. Времена изменились. У тебя теперь есть мать.

Да еще такая, которая зарабатывает уйму денег на телевидении и пользуется неслыханным успехом у зрителей. Мэдди твердо решила, что будет оплачивать обучение дочери, ее квартиру и все расходы. Так она и сказала:

— Ты больше не будешь себя содержать. Отдохни немного. Ты это заслужила. Тяжелые времена для тебя позади.

Пусть она не может исправить прошлое, но обеспечить будущее Лиззи она обязана.

— Я с тобой когда-нибудь расплачусь, — торжественно обещала Лиззи.

— Будешь меня содержать на старости лет, — рассмеялась в ответ Мэдди. — Как и полагается преданной дочери.

А самое прекрасное заключалось в том, что они действительно преданы друг другу. Обе ощущали крепнущую привязанность. Выяснилось, что у них во многом схожие мнения, одинаковые вкусы, им нравятся одни и те же вещи. Лишь в одном они категорически не сходились — в музыкальных пристрастиях. Лиззи обожала панк-рок и кантри-музыку, а Мэдди этого терпеть не могла.

— Надеюсь, что ты это перерастешь, — поддразнивала она дочь.

Лиззи бурно клялась, что никогда не изменит своим вкусам.

— А ты слушаешь только старомодное и избитое.

Они провели вместе еще один восхитительный уик-энд. Долго бродили пешком, разговаривали. В воскресенье, после церковной службы, провели спокойное утро дома. Потом Мэдди улетела обратно в Вашингтон, чтобы вернуться домой раньше Джека. Он предупредил, что возвратится около полуночи. Мэдди ему не говорила, что собирается к Лиззи, и не собиралась рассказывать. Эта тема все еще была взрывоопасна.

Когда она раскладывала вещи, зазвонил телефон. К ее удивлению, это оказался Билл. До сих пор он никогда не звонил ей домой, опасаясь наткнуться на Джека.

— Я не вовремя? — сразу спросил он.

— Нет, все нормально. Я только что вернулась от Лиззи. Она в восторге оттого, что будет учиться и жить в Джорджтауне.

— Счастлив это слышать. Я сегодня целый день думал о вас. Почему-то очень беспокоился. Хорошо, что у вас все в порядке.

С тех пор как Мэдди вошла в его жизнь, Билл только о ней и думал. И постоянно тревожился. Она в такой сложной ситуации. Считает, что всем в жизни обязана Джеку, и поэтому вынуждена все от него терпеть. А он, Билл, никак не может ее в этом разубедить. Хотя Мэдди уже сама начала осознавать, что Джек над ней издевается, унижает и оскорбляет ее. Эта ситуация приводила Билла в отчаяние. Он тревожился за Мэдди постоянно, каждую минуту. Он даже рассказал о ней своим детям.

— Муж дома? — осторожно спросил он.

— Нет, уехал на уик-энд в Лас-Вегас. Они собирались там пообедать, потом посмотреть последнее представление в варьете, так что он вернется поздно, около полуночи, но я раньше трех-четырех часов утра его не жду.

— Тогда, может быть, пообедаем вместе? Я как раз собирался приготовить салат и спагетти. Как вы насчет такого незатейливого ужина? Или предпочитаете пойти куда-нибудь?

Он еще ни разу не приглашал ее на ужин, хотя они уже встречались много раз, и Мэдди всегда наслаждалась его обществом. Он стал ее наставником, доверенным лицом, можно даже сказать, ее ангелом-хранителем. И конечно, лучшим другом.

— Я с удовольствием с вами поужинаю.

Они решили, что лучше всего встретиться у него дома. Ни к чему давать бульварным газетам новую пищу для сплетен.

— Мне что-нибудь привезти? Может быть, вина или десерт? Салфетки?

— Только себя. И не ждите слишком многого. Я готовлю очень простую еду. Я ведь только в последнее время начал этим заниматься.

— Об этом не беспокойтесь. Я вам помогу.

Через полчаса она подъехала к его дому с бутылкой красного вина, в белом свитере и голубых джинсах. Распущенные по плечам волосы делали ее еще больше похожей на Лиззи. Билл ей об этом сразу сказал.

— Она очень умная девочка! — Мэдди произнесла это с такой гордостью, словно они с дочерью всю жизнь прожили вместе.

Билл в накрахмаленной голубой рубашке и синих джинсах хлопотал на кухне как заправский кулинар и произвел тем самым на Мэдди большое впечатление. Он уже приготовил отличный салат, превосходные итальянские спагетти, разогрел французский хлеб, купленный специально для нее. А привезенное ею красное вино оказалось как нельзя кстати. Они сидели за столом в его удобной уютной кухне с окнами в сад, который он обожал. Ели и разговаривали. О его дипломатической службе и академической карьере, о его книге, о ее телепрограммах. Им было на удивление легко и свободно друг с другом. Билл чувствовал, что может говорить с Мэдди обо всем, даже о своих тревогах по поводу замужества дочери. Его беспокоило, что та слишком загружена, что часто рожает, и еще его тревожило то, что зять очень пристрастно к ней относится. Слушая его, Мэдди думала о том, что, не будь Лиззи, она сейчас чувствовала бы себя страшно обделенной.

— Пока я не лишила себя возможности иметь детей, я не сознавала, насколько они важны в жизни. Глупо было с моей стороны уступить настояниям Джека, но он так на этом настаивал и он столько для меня сделал... я чувствовала, что обязана так сделать ради него. Знаете, на протяжении всей моей жизни я жила по чужой указке. Иметь детей или нет, отказаться от детей... Вы только представьте, какой мрачной стала бы для меня в конце концов жизнь, если бы не Лиззи.

Удивительно, что она свободно говорит с Биллом о таких вещах. Правда, сейчас, с появлением Лиззи, чувство горечи и тоски постепенно отступало.

— Я не могу этого представить. Для меня смысл жизни в детях. Иногда мне кажется, что я ими занимался и тревожился о них даже больше, чем Маргарет. Она относилась к ним гораздо спокойнее.

Теперь Мэдди это очень хорошо понимала. Она тоже постоянно беспокоилась о Лиззи, тревожилась, не случилось ли с ней чего, постоянно боялась, что этот драгоценный подарок судьбы вдруг исчезнет. Подспудно ее не покидало сознание, что она этого не заслужила и поэтому судьба в наказание может отнять у нее свой дар.

— Я, наверное, никогда не избавлюсь от ощущения вины за то, что ее оставила. Это просто чудо, что все-таки Лиззи выжила, что она оказалась цела и невредима и, по-видимому, намного здоровее меня.

Мэдди поднесла к губам чашку с шоколадным муссом. Восхитительно... Как и все остальное, что приготовил Билл.

— Судьба была к ней милостивее, чем к вам. Удивительно, как вам удалось сохранить себя такой, какая вы есть. Хотя я не сомневаюсь в том, что и на долю Лиззи выпало немало трудностей. Все эти приюты и детские дома... Слава Богу, теперь вы обрели друг друга.

А потом он неожиданно спросил:

— Теперь, когда вы обрели дочь и увидели, какая она, вам бы хотелось иметь еще детей?

— Очень хотелось бы. Но это невозможно. Больше я никого не рожала. И новых родить не могу. Единственный способ — это усыновить или удочерить кого-нибудь. Но Джек мне этого не позволит.

Снова Джек. Она снова в первую очередь думает о Джеке и, как видно, не собирается его бросать. Вряд ли она примирилась с существующим положением, однако все еще не может набраться мужества для того, чтобы его оставить. И никак не может избавиться от сознания, что обязана ему всей своей жизнью.

— А если бы не было Джека?

Билл спрашивал из чистого любопытства, понимая в то же время, что этот разговор не имеет смысла. И все же... Мэдди, по-видимому, очень любит детей, а с Лиззи ведет себя как настоящая мать, несмотря на то что эта роль ей в новинку.

— Очень возможно... — с удивлением произнесла Мэдди. — Я никогда об этом не думала. Прежде всего потому, что не собиралась расставаться с Джеком. Я и сейчас не знаю, хватит ли у меня на это мужества.

— А вам этого хотелось бы? Я имею в виду оставить Джека?

На этот вопрос она не могла ответить однозначно. Иногда ей как будто этого хотелось, иногда нет. Эта часть ее жизни была так противоречива, так запутана, а главное, полна неизбывного чувства вины.

— Мне бы хотелось расстаться со страхом, с постоянными муками совести, с ощущением вины, которые я все время испытываю рядом с Джеком. Наверное, я бы хотела быть с ним, но без этих ощущений. Такое, конечно, невозможно, я понимаю. Когда я думаю о том, чтобы его оставить, мне представляется, что я оставляю того человека, каким я хотела его видеть, каким я его себе воображала. Он таким и бывает время от времени. А когда я себе представляю, что останусь с ним на всю жизнь, мне сразу рисуется подонок, каким он бывает очень часто. Эти два образа нелегко соединить. Я так и не понимаю до конца, какой он на самом деле... какая я сама... какого человека я собираюсь оставить.

Яснее выразиться Мэдди не могла. Однако для Билла это кое-что прояснило и в ее натуре, и в ее отношениях с мужем. По-видимому, она не может ни на что решиться из-за того, что в ее сознании два противоположных образа Джека весят одинаково. В то время как для Билла образ тирана и садиста намного перевешивает. Но с другой стороны, он ведь никогда не жил в семье с тираном отцом. Уже детские годы подготовили Мэдди к тому, чтобы позволить Джеку делать с ней все, что ему заблагорассудится. Ей понадобилось девять лет, из них семь лет в браке с Джеком, чтобы понять, как много общего между ним и Бобби Джо. Просто насилие, совершаемое над ней Джеком, гораздо утонченнее.

214

— Мы все, наверное, этим грешим в той или иной степени, — задумчиво произнес Билл. — Сейчас я уже забыл какие-то черты Маргарет, которые меня раздражали. Когда оглядываешься назад, на годы, прожитые вместе, кажется, что все было прекрасно. Но мы порой кое в чем не сходились и даже, бывало, всерьез ссорились. Когда я собирался оставить Кембридж, чтобы принять свое первое назначение на дипломатической службе, Маргарет пригрозила, что уйдет от меня. Она не хотела никуда ехать, считала, что я сошел с ума. — Он вскинул печальный взгляд на Мэдди. — И ведь она оказалась права. Мне не следовало принимать то назначение. Не сделай я этого, она бы сейчас была жива.

Мэдди потянулась через стол, коснулась его руки.

— Кто может это знать... Все в руках судьбы. Она могла бы погибнуть в авиакатастрофе или в автомобильной аварии, умереть от рака. Ее могли убить на улице. Никто ничего не может знать. А вам тогда казалось, что вы поступаете правильно.

— Конечно. Я никогда не мог подумать, что Колумбия — опасное место, что мы там подвергнемся риску. Если бы я мог это предположить, ни за что бы не поехал.

— Я знаю. И она наверняка это знала. Это ведь все равно что отказаться летать самолетом, потому что они иногда разбиваются. Каждый старается прожить свою жизнь как можно лучше, и всем в какие-то моменты приходится идти на риск. В большинстве случаев он того стоит. Не терзайте себя из-за этого. Вы заслуживаете лучшей участи.

— Так же как и вы. Мне бы так хотелось, чтобы вы наконец в это поверили.

— Я стараюсь. Но мне слишком долго твердили обратное. Это нелегко забыть.

— Как бы мне хотелось все перечеркнуть. Вы заслужили лучшей доли, Мэдди. Мне бы так хотелось вам помочь, защитить вас.

— Вы это и делаете. Больше, чем сами можете себе представить. Без вас я бы пропала.

Теперь ему известно о ней все. Все ее страхи, надежды и проблемы. Кажется, в ее жизни не осталось ничего, ни одной мелочи, о которой он бы не знал. По сути дела, он знает ее теперь лучше, чем Джек. И как же она ему благодарна за то, что он всегда рядом, всегда готов помочь.

Он налил им по чашке кофе. Они вышли в сад, сели на скамейку. Вечерний воздух приятно освежал. Билл легонько обнял ее за плечи.

— Надо нам будет как-нибудь это повторить. Если вы сможете.

— Не думаю, что Джеку это понравится.

Джеку она, конечно, не сможет рассказать об ужине с Биллом Александром. Слишком многое приходится от него скрывать в последнее время...

— Если я вам буду нужен, Мэдди, я всегда готов помочь. Надеюсь, вы это знаете.

— Знаю, Билл. Спасибо.

Их глаза встретились. Он привлек ее к себе, и они долго сидели молча, не двигаясь, черпая успокоение в своей близости. Как и полагается добрым друзьям.

Глава 16

Октябрь показался всем еще более бурным и насыщенным событиями, чем предыдущие месяцы. Светский сезон был в полном разгаре. Политическая жизнь кипела и бурлила, в ней ощущалось больше напряженности, чем обычно. Неурядицы в Ираке все еще требовали человеческих жизней. В стране росло недовольство из-за гибели там американских солдат. Для Мэдди обстановка также осложнилась. Джек все-таки взял ей напарника, по имени Элиотт Нобл, с которым оказалось работать еще труднее, чем с Брэдом. Хотя он и вел передачи значительно лучше, чем Брэд, однако по отношению к Мэдди проявлял нескрываемую ревность и враждебность. Он и раньше работал телеведущим и знал свое дело, несмотря на то что казался холодным как лед. По крайней мере рейтинги передачи пока не пострадали, даже немного пошли вверх. Однако работать с ним Мэдди показалось неимоверно трудно. Никакого сравнения с Грегом или даже с Брэдом, к которому Мэдди в конце концов успела привыкнуть.

Через неделю после того, как Элиотт приступил к работе, Джек объявил, что увозит Мэдди в Европу. Ему предстояли три дня деловых встреч в Лондоне, и он настаивал, чтобы она его сопровождала. Ей не хотелось бросать программу, да еще сразу же после того, как появился новый диктор. Публика может подумать, что он пришел для того, чтобы ее заменить. Однако Джек отмел все ее возражения. Никто никогда так не подумает, и вообще она нужна ему в Лондоне. В конце концов ей пришлось, как всегда, уступить. Но перед самым отъездом оказалось, что у нее сильная простуда. Джеку пришлось лететь одному, чем он был очень раздосадован. Он решил, что в таком случае пробудет в Англии неделю и навестит друзей в Хэмпшире. Мэдди этому только порадовалась. Теперь она сможет увидеться с Лиззи и, может быть, они даже вместе подыщут для нее квартиру. Так они и сделали, отчего обе получили огромное удовольствие, хотя пока ничего подходящего не нашли. Но они решили, что спешить некуда, времени до декабря достаточно. В конце дня Билл пригласил их пообедать.

По дороге домой Мэдди остановилась у магазина, чтобы купить что-нибудь к обеду. Ее внимание привлекла фамилия Джека, набранная крупным шрифтом на первой странице бульварной газеты. Заголовок, привлекший ее внимание, гласил: «Дорогой муженек знаменитой Мэдди Хантер все еще сердится на нее из-за внебрачного ребенка? Похоже, он тоже нашел себе крошку. Сладкая месть».

А ниже она увидела фотографию Джека, выходившего из ресторана рука об руку с очень молодой и хорошенькой блондинкой. На его лице застыло испуганное выражение. Такое же, наверное, как в этот момент у Мэдди. По дороге домой она внимательно прочитала статью. Она не могла бы сказать, правда ли то, о чем писала газета, или это было сфабриковано. Тем не менее эта новость ее крайне расстроила. Она так и сказала Лиззи. Та попыталась утешить мать:

— Ты ведь сама знаешь, как это бывает. Может, они были в компании друзей, или это чья-нибудь жена, или возлюбленная. Сплошь и рядом все эти истории оказываются ложью. Никто им, как правило, не верит.

Вполне возможно, думала Мэдди. И все же, глядя на фотографию, она почувствовала, словно ей дали пощечину.

Уже два дня Джек ей не звонил. Она решила позвонить сама по тому номеру в «Клэридже», который он ей оставил. В отеле ей напомнили, что мистер Хантер уехал на уик-энд к друзьям. Их номера телефона Мэдди не знала.

Больше она никому ни словом не обмолвилась о статье. Однако не переставала думать об этом весь уик-энд и к понедельнику буквально кипела. Джек вернулся лишь к вечеру и сразу заметил ее настроение. Сам он пребывал в великолепном расположении духа.

— Что это с тобой, Мэд?

Не говоря ни слова, она взяла приготовленную заранее газету и показала ему.

Он лишь пожал плечами, поднял на нее глаза и благодушно ухмыльнулся:

— Ну и что такого? Мы встречались большой компанией, а потом вышли вместе с ней. Насколько я понимаю, это не преступление.

Он, похоже, вовсе не чувствовал себя виноватым и не собирался ни оправдываться, ни извиняться. Либо он и в самом деле ни в чем не виноват, либо это невероятная наглость. Глядя на мужа, Мэдди не могла понять, где правда.

— Ты с ней танцевал? — спросила она, не сводя с него глаз.

— Конечно. Я со многими танцевал в тот вечер. Но я ее не трахал, если тебя именно это интересует. — На его лице появилось раздраженное выражение. — Ты меня в этом подозреваешь, Мэд? Не так ли?

Он подошел к ней ближе, глядя на нее так, словно это она опять виновата. Словно не его супружеская верность сейчас находится под вопросом.

— Я волновалась. Она очень привлекательна. А газеты подали все так, будто ты с ней встречаешься.

— Если судить по тому, что писали в газетах о тебе, ты там выглядела дешевой шлюхой. Но я же этому не поверил, правда?

От этих слов она сжалась, как удара.

— Как ты можешь так говорить, Джек...

— Но это же правда. У меня пока еще никакие незаконнорожденные дети не объявлялись. Если бы это произошло, тогда ты имела бы право со мной ругаться. Но при теперешнем положении вещей, я считаю, тебе нечего мне сказать. Ты меня обманывала и столько всего от меня скрывала, что кто сможет меня обвинить, если бы и я ответил тем же?

Снова она виновата, как обычно. И отчасти он прав. Она ведь скрыла от него, что собирается перевезти Лиззи в Вашингтон, что время от времени встречается с Биллом, что ежедневно разговаривает с ним по телефону. Джеку снова удалось перевернуть все с ног на голову и заставить ее почувствовать себя виноватой. Вопрос же о его собственной супружеской верности так и остался в стороне.

— Извини. Просто это все выглядело так...

— Не торопись указывать пальцем на других, Мэд. Ну а что на работе?

Как всегда, он начисто отмел все ее обвинения. Однако вернулся к этой истории позже, когда это оказалось для него удобно, когда понадобилось в очередной раз ее приструнить. Он умело использовал ее обвинения в свой адрес против нее же самой, обвинив ее в том, что она флиртует со своим новым коллегой Элиоттом — молодым, красивым и неженатым. Джек начал сообщать Мэдди о слухах, которые якобы уже ходили о них с Элиоттом. Она ему поверила, и это ее очень расстроило. Она рассказала обо всей этой истории Биллу. Тот сделал попытку открыть ей глаза, сказал, что Джек таким образом пытается отвлечь ее внимание от его проделок. Однако Мэдди не сомневалась: Джек верит слухам. Она чувствовала себя ужасно.

Но все, что говорил ей Джек об Элиотте, не шло ни в какое сравнение с его бешенством, после того как кто-то из знакомых ему сказал, что видел Мэдди с Биллом за ленчем в «Бомбей-клубе».

— Так вот почему ты набросилась на меня после Лондона! Пытаешься переложить свою вину на чужие плечи? Ты что, трахаешься с этим старым пердуном? Если это так, то мне тебя жаль, Мэд. Похоже, что получше тебе уже никого не найти.

— То, что ты говоришь, просто отвратительно!

Мэдди пришла в настоящую ярость. Никакой Билл не старый. Он прекрасный, интересный человек, очень привлекательный внешне и невероятно порядочный. Поразительно... он ведь на двадцать шесть лет ее старше, но в его обществе она никогда не вспоминает о разнице в возрасте.

Ситуация еще больше обострилась. Джек каким-то образом узнал от секретарши на студии, что Билл звонит ей в офис. А дальше с помощью мелких ухищрений ему удалось вытянуть из нее признание, что Билл и Мэдди ежедневно разговаривают по телефону. Через пять минут он в бешенстве ворвался к жене в офис, осыпая ее градом оскорблений.

— Ах ты, мелкая шлюшка! Признавайся, что между вами происходит? Когда у вас это началось? Может, на этих душераздирающих заседаниях женского комитета? Не забывай, что этот сукин сын довел дело до убийства собственной жены! Может быть, он и тебе окажет такую же услугу, если не поостережешься.

— Как ты можешь так говорить! — Слезы хлынули у Мэдди из глаз. Какой Джек жестокий! И как она сможет ему доказать, что не спала с Биллом Александром... — Мы с ним только друзья. Я никогда тебя не обманывала, Джек.

Она с мольбой смотрела на мужа, словно заклиная ей поверить. Его поведение потрясло ее до глубины души. Она чувствовала себя растоптанной. Однако, как ни странно, ненависти к нему не испытывала.

— Расскажи это кому-нибудь другому! Я-то тебя хорошо знаю. Ты же наврала мне про ребенка.

— Это совсем другое.

Рыдая, она присела на край стола, вся съежившись от его слов, как от ударов хлыста.

— Черта с два! Я больше не верю ни одному твоему слову. С какой стати я должен тебе верить после всей твоей лжи! Могу напомнить, что твоя собственная дочь — еще одно доказательство твоей лживости.

— Мы только друзья, Джек...

Но он ее уже не слушал. Хлопнув дверью, он выбежал из ее офиса, едва не разбив стекло. Мэдди осталась сидеть на краешке стола, сотрясаясь от рыданий. Через полчаса позвонил Билл. Она рассказала ему о том, что произошло.

— Я думаю, вам больше не стоит мне звонить. Он уверен, что у нас любовная связь.

И конечно, встречаться за ленчем они тоже больше не смогут. Мэдди казалось, что она сама перекрывает себе кислород. Но выбора у нее не было.

— Я сама буду вам звонить. Так проще.

— Он не имел права так с вами говорить! — Билл не мог сдержать ярость. А ведь она еще не все ему пересказала из того, что наговорил ей Джек. — Мне очень жаль, Мэдди.

— Ничего. Я сама виновата. Я его разозлила, когда обвинила в том, что он с кем-то встречался в Лондоне.

— Да черт возьми, вы же видели фотографии в газетах! Что еще вы могли предположить?

Билл не сомневался, что Джек ее обманул, однако не стал ей этого говорить. Тем не менее он не мог сдержать себя:

— Сколько вы еще намерены терпеть, Мэдди? Сколько еще вы сможете вынести? Этот человек обращается с вами как с грязью, он вас топчет ногами. Неужели вы этого не видите?

— Вижу... Но в чем-то он прав. Я ведь действительно лгала ему о Лиззи. Я сама его спровоцировала. И насчет вас я его обманывала. Мне бы тоже не понравилось, разговаривай он каждый день по телефону с другой женщиной.

— Вы хотите прекратить наши беседы по телефону?!

В его голосе прозвучал настоящий страх. Однако Мэдди тут же его успокоила:

— Нет, не хочу. Но я могу понять чувства Джека.

— Сомневаюсь, что вы можете понять его чувства. Если они вообще у него есть. Он коварен и злобен и прекрасно научился вами манипулировать, в любой момент может вас заставить почувствовать себя виноватой перед ним. Это ведь он сейчас должен был бы просить у вас прощения за свои делишки.

В конце концов они договорились, что Мэдди сама будет ежедневно звонить Биллу. Выходить вместе на ленч они больше не смогут, разве только через некоторое время, и то изредка. А может, им удастся время от времени встречаться у него дома, чтобы не показываться вместе на публике. Конечно, это тоже выглядит как обман. Но Мэдди чувствовала, что не может совсем прекратить видеться с Биллом. Ей нужен хотя бы один друг. Если не считать Лиззи, он единственный, кто у нее есть.

Дома атмосфера оставалась крайне напряженной в течение нескольких дней. А потом произошло непредвиденное. Их с Джеком пригласили на вечеринку к одному знакомому конгрессмену. Там оказался и Билл, знавший хозяина еще по колледжу. Он забыл сказать Мэдди об этом.

Джек напрягся, как только Билл вошел в гостиную. Он сжал руку Мэдди так, что она побелела. Проговорил свистящим шепотом:

— Попробуй только с ним заговорить, и я выволоку тебя отсюда, так что и опомниться не успеешь.

— Я поняла, — прошептала она в ответ.

Она старалась не встречаться с Биллом глазами, надеясь, что он поймет. Каждый раз, когда он пытался к ней приблизиться, она отходила к Джеку. Весь вечер держалась неловко и выглядела бледной, издерганной. Улучив момент, когда Джек вышел в туалет, она вскинула умоляющий взгляд на Билла. Тот медленно прошел мимо. Заметил нервное напряжение на ее лице.

— Я не могу с вами говорить... Он в ярости...

— Вы в порядке?

Билл мучительно за нее переживал. Он понял, что происходит, и весь вечер не приближался к ней. Однако сейчас он отошел от нее как раз тогда, когда Джек снова появился в гостиной. Тот моментально почувствовал, что произошло. Решительным шагом Джек прошел через всю комнату к жене. Заговорил сквозь стиснутые зубы:

— Мы уходим. Возьми пальто.

Она любезно поблагодарила хозяйку за прекрасный вечер. Они уходили первыми, однако обед уже закончился, и это не вызвало особого удивления. Джек объяснил, что на следующий день у них с раннего утра деловые встречи.

Билл с несчастным видом смотрел им вслед, зная, что не сможет даже позвонить, чтобы узнать, как Мэдди.

Уже по дороге домой Джек начал хлестать ее резкими словами, от которых ей захотелось выпрыгнуть из машины и бежать куда глаза глядят.

— Ты что, считаешь меня последним идиотом? Я же велел тебе с ним не разговаривать! Я видел, как ты на него смотрела. Что ж ты не задрала юбку и не помахала перед ним своими трусиками?

— Прошу тебя, Джек... Я уже говорила тебе, мы с ним только друзья. Я замужем. Он все еще скорбит по своей жене. Мы работаем вместе в комитете... Больше между нами ничего нет.

Она старалась говорить как можно тише и спокойнее, чтобы не провоцировать Джека. Но все ее усилия ни к чему не привели. Он был в бешенстве.

— Все это чушь собачья! А ты маленькая сучка! Я прекрасно знаю, чем вы с ним занимаетесь! А может, уже и весь Вашингтон это знает. Я не слепой, Мэдди, черт побери! Подумать только, что мне приходится от тебя терпеть!

Она молчала. Войдя в дом, Джек хлопал каждой дверью, какая попадалась ему на пути. Однако до жены он и пальцем не дотронулся. До утра она пролежала, скорчившись в постели, без сна, с ужасом ожидая, что сейчас произойдет. Однако ночь прошла спокойно.

Утром за кофе Джек казался холодным как лед. Изрек лишь одно предупреждение:

— Если ты еще хоть один раз с ним заговоришь, Мэд, я тебя вышвырну на улицу, туда, где тебе самое место. Ты меня поняла? Я не собираюсь терпеть все это дерьмо. Вчера вечером ты меня унизила перед людьми. Ты весь вечер глаз с него не сводила. Смотрела на него, как течная сука!

Сдерживая слезы, Мэдди хотела было возразить, хотела защитить себя, но не посмела произнести ни слова. Молча доехала с ним до студии.

Она понимала, что самое разумное сейчас — позвонить Биллу и сказать, что они больше не смогут ни видеться, ни разговаривать по телефону. Но она просто не могла этого сделать. Билл ее единственная поддержка в жизни, та соломинка, за которую она держится. Без него она скатится в пропасть. Между ними существует какая-то особая связь, и она не может от него отказаться, невзирая на все угрозы Джека, несмотря на огромный риск. Мэдди сознавала, что подвергает себя опасности, но остановиться уже не могла.

Глава 17

Мэдди все еще пребывала в немилости у Джека и тем не менее каждый день звонила Биллу из своего кабинета, хотя с большими предосторожностями. Вот и в этот день, после полудня, она набрала его номер, как вдруг услышала громкие возгласы из студии новостей.

— Я вам перезвоню позже. Что-то случилось.

Она поспешно положила трубку и выбежала в коридор. Все столпились вокруг телеэкрана, так что вначале она ничего не могла разглядеть. Через несколько секунд кто-то отодвинулся в сторону, и Мэдди услышала сводку экстренных новостей, прервавшую передачи по всем каналам. Совершено покушение на президента Армстронга. В него стреляли, и сейчас он доставлен вертолетом в военно-морской госпиталь в критическом состоянии.

— О Боже...

Мэдди сразу подумала о Филлис Армстронг.

— Быстро возьмите пальто! — крикнул ей режиссер. — Вертолет ждет вас в аэропорту.

Подошел оператор. Кто-то протянул ей сумочку и пальто. Мэдди побежала к лифту, не останавливаясь и не отвечая на вопросы. Из той же сводки новостей она уже знала, что первая леди в госпитале, с мужем. Из машины по дороге в аэропорт Мэдди позвонила по мобильному телефону на студию. Режиссер ждал ее звонка.

— Как это случилось? — спросила она.

— Какой-то парень вышел из толпы и начал стрелять. Ранил президента и агента службы безопасности. Но пока все живы.

— А как президент? — Мэдди закрыла глаза. — Он выживет?

— Этого пока никто не знает. Но похоже, что дело плохо. Там кругом кровь. Сейчас показали замедленную съемку. Президент пожимал руки людям из группы, выглядевшей абсолютно безобидно. В это время кто-то из них спокойно в него выстрелил. Стрелявшего уже задержали, но имя пока не сообщают. Держите с нами связь. Попытайтесь узнать все, что сможете. Расспросите медсестер, врачей, службу безопасности, может быть, первую леди, если вас к ней допустят.

В студии все знали, что она с первой леди в дружеских отношениях, а в их деле нет ничего святого. Сейчас режиссер был твердо намерен использовать все ее возможности, как бы дурно это ни пахло.

— У машины вас будут ждать еще несколько человек из нашей команды на тот случай, если в какой-то момент вам понадобится передохнуть. Но я хочу, чтобы этим занимались именно вы.

— Да, я поняла.

— И не занимайте телефон. Нам может срочно понадобиться связаться с вами.

— Я буду держать с вами связь.

Мэдди отключила телефон. Включила радио. Последующие пять минут передавали то же самое. Поколебавшись секунду, она набрала номер Билла.

— Я не могу долго говорить. Нельзя занимать телефон. Вы уже слышали?

— Только что, по радио. Не могу поверить...

Все начинается снова. И как похоже на то, что произошло с Кеннеди. Только для нее это не история, это касается людей, которых она хорошо знает.

— Я еду в госпиталь. Позвоню вам потом.

— Пожалуйста, берегите себя.

Билл понимал, что Мэдди ничто не угрожает. И все же не мог за нее не волноваться.

Последующие пять часов для Мэдди пролетели как дурной сон. Для журналистов в госпитале с помощью канатов отгородили небольшое пространство, организовали бар с кофе. Пресс-секретарь выходил к ним каждые полчаса. И все пытались поймать кого-то из медперсонала или из службы безопасности. Пока никакой новой информации не поступало. Президент с самого полудня находился в операционной. В семь часов вечера он все еще оставался там. Пуля пробила легкое, разорвала почку и селезенку. По счастливой случайности сердце оказалось не задето, но внушало опасение сильное внутреннее кровотечение.

Первую леди никто до сих пор не видел. Она ждала в соседней с операционной палате, наблюдая за ходом операции по телемонитору. До ее окончания никто не мог ничего сказать. Врачи предполагали, что это произойдет не раньше полуночи.

В вестибюле расположились более сотни фотографов и операторов — на диванах, в креслах, на своих рюкзаках и просто на полу. И повсюду пластмассовые стаканчики с кофе, пакеты с готовыми завтраками. Несколько репортеров стояли на улице и курили. Все это напоминало зону военных действий.

Мэдди вместе с оператором, присланным ей в помощь, стояли в углу, беседовали со знакомыми репортерами с других телестудий, из журналов и газет.

Пятичасовые новости она провела прямо на улице перед госпиталем. А для семичасовых новостей ее засняли в вестибюле. Элиотт Нобл вел программу один в телестудии в Вашингтоне. В одиннадцать часов Мэдди еще раз вышла в эфир, однако сказать ей по-прежнему было нечего, кроме того, что врачи выражают осторожную надежду.

Около полуночи позвонил Джек:

— Мэд, ты что, не можешь раздобыть ничего поинтереснее? Черт побери, все гонят одно и то же. Надоело. Ты пыталась увидеться с первой леди?

— Она ждет за дверью операционной, Джек. К ней нет доступа никому, кроме службы безопасности и медперсонала.

— Ну так надень белый халат и попытайся к ней проникнуть!

Как всегда, он требовал от нее невозможного.

— Не думаю, чтобы кто-нибудь мог сейчас сказать больше того, что мы уже знаем. Сейчас все в руках Божьих.

Никто не мог сказать, выживет ли президент. Джим Армстронг уже не молод. До этого на него покушались всего один раз, но тогда пуля его лишь слегка задела.

— Ты, вероятнее всего, останешься там на ночь.

Это прозвучало скорее как приказание, чем вопрос. Впрочем, Мэдди и сама подумывала остаться.

— Да, я хочу быть здесь, если что-то произойдет. Когда операция закончится, нам обещали пресс-конференцию с участием одного из хирургов.

— Позвони мне, если будут новости. Я сейчас еду домой.

День тянулся бесконечно, а ночь обещала быть еще более долгой и тяжелой. А впереди, возможно, их ждут дни похуже, если президент не придет в себя. Всем оставалось только надеяться, молиться и ждать. Остальное в руках Бога и хирургов.

Мэдди положила трубку. Налила себе еще кофе. Она сегодня выпила несчетное количество чашек. И почти ничего не ела. Наверное, от волнения.

Потом она позвонила Биллу, не подумав о том, что он, может быть, уже спит. Трубку долго не брали. Наконец Билл ответил. Говорил он бодро, с облегчением заметила Мэдди.

— Я вас не разбудила?

Он с радостью услышал ее голос. Он смотрел все ее репортажи и сейчас не выключал телевизор на случай, если она снова появится в эфире.

— Простите, я был в душе. А вообще я ждал вашего звонка. Как идут дела?

— Пока никак. — Несмотря на усталость, Мэдди тоже ощущала радость оттого, что может с ним поговорить. — Мы все просто сидим и ждем. Скоро президента должны перевезти из операционной. Я все время думаю о Филлис.

Мэдди знала, что Филлис очень любит мужа. Все это знали. Первая леди не делала из этого секрета. Они женаты уже почти пятьдесят лет... Неужели это вот так закончится?

— Вам не удалось с ней увидеться?

Билл уже знал, что первая леди не появлялась ни на одном из телеканалов.

— Она где-то наверху. Мне бы очень хотелось ее увидеть. Дать знать, что мы переживаем вместе с ней.

— Она это знает, я уверен. И как такое могло случиться, да еще при такой охране!.. Я видел замедленную съемку. Этот тип просто вышел вперед как ни в чем не бывало и пальнул. А как тот парень из службы безопасности?

— Его прооперировали сегодня во второй половине дня. Говорят, его состояние стабилизировалось, хотя и остается тяжелым. Ему повезло.

— Будем надеяться, что Джиму тоже повезет. А как вы? Наверное, совсем выдохлись? Может быть, привезти вам чего-нибудь поесть?

Мэдди непроизвольно улыбнулась:

— У нас тут не меньше двух тысяч булочек. И куча всякой готовой еды из Вашингтона. Но все равно спасибо.

Она заметила группу приближавшихся к ним врачей.

— Мне надо идти.

— Позвоните, если что-нибудь узнаете. И не бойтесь меня разбудить. Если я вам понадоблюсь, я всегда на месте.

Как это не похоже на Джека, который только выражает недовольство ее работой, и ничего больше.

Один из врачей — в шапочке, бахилах поверх туфель и зеленой хирургической робе — поднялся на помост, сооруженный в вестибюле. Журналисты мгновенно столпились вокруг. Все камеры нацелились на него.

— Мы не можем вам сообщить ничего сенсационного, — начал хирург, — но у нас есть все основания для оптимизма. Президент всегда отличался отменным здоровьем. С нашей точки зрения, операция прошла успешно. На данный момент мы сделали все, что могли. Будем держать вас в курсе дела на протяжении всей ночи, если будут какие-либо изменения. Он сейчас под сильным действием снотворных и анестезии, но уже начал приходить в сознание. Миссис Армстронг просила меня поблагодарить вас всех от ее имени и выразить сочувствие по поводу того, что вам приходится здесь ночевать. Вот пока все.

Хирург сошел с помоста без дальнейших комментариев. Их еще раньше предупредили о том, что ответов на вопросы не будет. Он сказал все, что мог. Хотя все это они уже знали. Теперь все в руках Божьих.

Врач ушел, и тут же зазвонил телефон Мэдди. Снова Джек.

— Возьми у него интервью.

— Не могу, Джек. Нас уже об этом предупредили. Этот человек провел двенадцать часов в операционной. Нам сказали все, что известно врачам.

— Черта с два! Вас попросту пичкают жвачкой для прессы. До нас тут дошли слухи, что мозг у него не работает.

— И что ты предлагаешь? Пробраться к нему в палату через вентиляционную трубу?

Мэдди совершенно выдохлась. Как Джек не хочет понимать! Они все в одной лодке. Могут только ждать дальнейших сообщений. Давление на хирургов ни к чему хорошему не приведет.

— Не умничай, Мэд, — раздраженно перебил ее Джек. — Ты что, хочешь всех наших зрителей в сон вогнать? Или, может, работаешь на другую телекомпанию?

— Ты прекрасно знаешь, что здесь происходит. Мы все получаем одну и ту же информацию.

— Именно. И я о том же. Попытайся раздобыть что-нибудь поинтереснее.

Он положил трубку, даже не попрощавшись с женой. Репортер из другой телесети сочувственно улыбнулся и пожал плечами:

— Я тоже получил разгон от босса. Если они такие умные, почему бы им не приехать сюда и самим не попытаться узнать что-либо?

Мэдди улыбнулась в ответ:

— Напомните мне, чтобы в следующий раз я ему это предложила.

Она устроилась в кресле, накрывшись пальто, до следующих сообщений для прессы.

Врачи вышли к ним в очередной раз в три часа ночи, примерно с теми же новостями. Президент держится, пришел в сознание, но все еще находится в критическом состоянии. Жена все время рядом с ним.

Ночь казалась бесконечной. В пять часов утра они получили очередную порцию такой же информации. Но до семи часов утра не было никаких существенных новостей. К этому времени Мэдди проснулась и уже пила кофе. Она спала всего три часа, да и то урывками, свернувшись калачиком в кресле. Ее тело затекло от неудобного положения.

Это все равно что провести ночь в аэропорту, пережидая пургу.

Наконец в семь утра появились обнадеживающие новости. Врачи сообщили, что президент все еще в тяжелом состоянии и мучается от боли, но он улыбнулся жене и выразил благодарность нации. Хирурги наконец почувствовали удовлетворение. И даже решились объявить, что, невзирая на возможные осложнения, президент, кажется, вне опасности.

Через полчаса Белый дом обнародовал имя стрелявшего, которого теперь называли не иначе как «подозреваемый», хотя вся страна не раз имела возможность видеть пленку, на которой этот человек стрелял в президента. В ЦРУ считали, что он не участник какого-либо заговора, а действовал сам по себе. Его сына убили летом во время военных действий в Ираке, и он винил в этом президента. Раньше он никаких преступлений не совершал и считался психически нормальным. Просто он потерял единственного сына на войне, причин которой не понимал и не хотел понять. После гибели сына он впал в депрессию. Сейчас его держали под усиленной охраной. Вся его семья находилась в состоянии шока. До сих пор этот бухгалтер пользовался репутацией уважаемого члена общества и хорошего работника.

Какая грустная история, думала Мэдди. Через одного из пресс-секретарей она послала записку Филлис Армстронг просто для того, чтобы дать знать, что она здесь и молится за них. К ее величайшему изумлению, через несколько часов Филлис ответила совсем короткой запиской: «Спасибо, Мэдди. Слава Богу, ему лучше. С любовью, Филлис».

Мэдди была тронута до глубины души тем, что первая леди нашла время черкнуть ей несколько слов.

В полдень Мэдди снова вышла в эфир. Сообщила, что президент отдыхает. Состояние его все еще оценивается как критическое, однако врачи надеются, что скоро он будет вне опасности.

Сразу после эфира снова позвонил Джек.

— Если не раздобудешь чего-нибудь поинтереснее и поскорее, я пошлю Элиотта тебе на смену.

— Если ты считаешь, что он сможет лучше справиться, посылай.

Мэдди настолько выдохлась, что на этот раз ее даже не задели угрозы и обвинения Джека.

— У меня от тебя скулы сводит, — продолжал он свои упреки.

— Я не могу ничего придумать, Джек. И все мы здесь в одинаковом положении.

Тем не менее он продолжал звонить почти каждый час, донимая ее попреками. В час дня раздался очередной звонок. Мэдди с облегчением услышала голос Билла.

— Когда вы в последний раз что-нибудь ели?

— Не помню. Я так устала, что мне не хочется есть.

Он ничего не ответил, не предложил приехать. Просто появился в госпитале двадцать минут спустя, с огромным сандвичем, фруктами и прохладительными напитками. С трудом нашел ее в толпе репортеров, усадил в кресло в углу и едва не силой заставил есть. Как представитель Красного Креста, пришло ей в голову.

— Не могу поверить, что это действительно вы. До вашего появления я и не сознавала, что умираю от голода. Спасибо, Билл.

— Теперь я тоже чувствую себя полезным.

Он оглядывался вокруг. Сколько репортеров, операторов и звукооператоров, режиссеров... Все снуют взад-вперед, толпятся. На улице полно студийных автобусов и пикапов. Похоже на зону стихийного бедствия, каковой на самом деле и является сейчас этот госпиталь.

Билл с удовольствием смотрел, как Мэдди съела весь сандвич.

— Сколько вы еще здесь пробудете?

— Пока состояние президента кардинально не изменится. Или пока нам это не надоест. Не знаю, что произойдет раньше. Джек уже пригрозил, что пришлет Элиотта вместо меня. Ему мои репортажи кажутся пресными. Но я не могу раздобыть ничего сенсационного.

В этот момент на помосте снова появился пресс-секретарь. Все, включая Мэдди, вскочили и устремились туда.

На этот раз им сообщили, что процесс выздоровления скорее всего будет сложным и долгим. Возможно, кто-то из журналистов захочет отправиться домой, возможно, кому-то пришлют замену. В общем, сказал пресс-секретарь, президент поправляется, правда, медленно. Осложнений пока никаких. У врачей есть все основания надеяться, что его состояние будет и впредь улучшаться.

— Можно его увидеть? — выкрикнул кто-то из толпы журналистов.

— Боюсь, что нельзя еще в течение нескольких дней.

— А миссис Армстронг? Можно с ней поговорить?

— Пока нет. Она ни на минуту не отходит от мужа. Собирается остаться здесь до тех пор, пока он не поправится. Сейчас они оба спят. По-моему, вам всем тоже не мешает прилечь.

Пресс-секретарь улыбнулся в первый раз за последние сутки. Он сошел с помоста, пообещав вернуться через несколько часов. Мэдди отключила микрофон. Подняла глаза на Билла. Она так устала, что с трудом держалась на ногах.

— Что вы сейчас собираетесь делать? — спросил он.

— Я бы отдала свою правую руку за возможность поехать домой и принять душ. Но боюсь, Джек меня убьет, если я уйду.

— Неужели он не может прислать кого-нибудь вам. на смену?

— Может. Но думаю, не сделает этого. Пока во всяком случае. Он хочет, чтобы именно я оставалась здесь. Хотя я не могу добыть ничего такого, чего не сообщали бы остальные. Вы же слышали, нам сообщают только то, что считают нужным. Но если они говорят правду, похоже на то, что президент поправится.

— А вы им не верите?!

Пораженный Билл не знал, что ее задача заключается именно в том, чтобы почувствовать, нет ли каких-либо противоречий или неточностей в той информации, которую им сообщают. У нее всегда был на это нюх, поэтому Джек и хотел, чтобы она здесь оставалась.

— В общем, верю. Но по правде говоря, он сейчас с таким же успехом может быть мертв. — Она действительно знала, что и такое возможно, как бы ужасно это ни звучало. — Не думаю, чтобы они стали так лгать, если, конечно, интересы государственной безопасности этого не потребуют. Пожалуй, в этом случае они ведут себя достаточно честно. По крайней мере я на это надеюсь.

— И я тоже.

Через полчаса Билл покинул госпиталь. А в три часа позвонил Джек и наконец позволил Мэдди поехать домой принять душ, переодеться и явиться на студию к пятичасовому эфиру. Она знала, что едва успеет это сделать, что ей не удастся даже немного поспать. Джек уже сообщил ей, что после вечернего эфира — в семь тридцать — она снова отправится в госпиталь.

Она переоделась в темно-синий брючный костюм, мечтая о том, когда сможет поспать в госпитале в креслах для прессы. Ее шатало от усталости. Элиотт в студии встретил ее восхищенным взглядом.

— Не знаю, как вам это удается, Мэдди. Через двадцать семь часов меня бы вынесли из госпиталя на носилках. Вы проделали огромную работу.

А вот ее муж так не считает. Комплименты Элиотта тронули Мэдди до глубины души. Она знала, что заслужила похвалу.

— Привычка, наверное. Я ведь уже не впервые так работаю.

Наконец они по-настоящему почувствовали себя коллегами. Элиотт даже стал ей больше нравиться. По крайней мере на этот раз он оценил ее по достоинству.

— А что вы думаете об истинном состоянии президента? — спросил он вполголоса.

— Думаю, что в этом нам в общем не лгут.

С его помощью она как-то справилась с пятичасовыми новостями, а потом и с последним вечерним эфиром в половине восьмого. В четверть девятого она уже снова была в госпитале, как приказал Джек. Он заглянул к ней на студию между двумя вечерними эфирами. Выглядел свежим и бодрым. Дал ей кучу руководящих указаний, высказал массу критических замечаний. Но даже не спросил, как она себя чувствует, не устала ли. Его это попросту не волновало. Ситуация из ряда вон выходящая, значит, она, Мэдди, должна быть на месте столько, сколько потребуется. Она еще никогда его не подводила, не подведет и сейчас. Он не желал этого признавать, однако все окружающие не могли не отдать ей должное. В госпитале она оказалась среди немногих ветеранов, проведших здесь и предыдущую ночь. Большинство студий прислали других людей. У Мэдди в команде тоже оказались новые кино- и звукооператоры. Кто-то из коллег-журналистов, а может, из медперсонала, сжалился и раздобыл для нее каталку, чтобы она могла хоть немного поспать в промежутках между выходами пресс-секретаря к журналистам. Мэдди рассказала об этом Биллу. Он с жаром стал настаивать, чтобы она непременно воспользовалась этой возможностью.

— Если не поспите хоть немного, вы сляжете. Пообедать вам удалось?

— Я поела на студии между эфирами.

— Надеюсь, что-нибудь достаточно питательное?

Мэдди сдержала улыбку. Билл еще очень мало знаком с их работой.

— Спрашиваете! Что может быть здоровее пиццы и булочек. Обычная еда репортеров. Настоящий обед я ем, как правило, только на званых вечерах и приемах.

— Может быть, привезти вам чего-нибудь? — с надеждой спросил он.

Однако Мэдди слишком устала для того, чтобы с кем-нибудь встречаться.

— Нет, пожалуй, сейчас завалюсь на свою каталку и попробую немного поспать. Но все равно спасибо. Позвоню утром, если, конечно, до того ничего кардинального не произойдет.

Получилось так, что она провела в госпитале пять дней. Лишь в последний день ей удалось на несколько минут увидеться с Филлис, но не для интервью. Первая леди послала за ней, и они немного поболтали в холле, за дверью палаты президента, в окружении сотрудников службы безопасности. Президента охраняли неусыпно. Хотя стрелявший уже находился под стражей, никто не хотел рисковать еще раз. Работники службы безопасности наверняка чувствовали себя виновными в том, что не предотвратили покушения.

— А как вы себя чувствуете? — озабоченно спросила Мэдди.

Филлис, казалось, постарела лет на двадцать. Однако она мужественно улыбнулась в ответ:

— Наверное, лучше, чем вы. О нас проявляют невероятную заботу. Джиму, конечно, паршиво, но уже намного лучше, чем раньше. В нашем возрасте такое нелегко перенести.

— Я за вас переживала всю эту неделю. Я знала, что для него делают все возможное, а вот вы...

— Да, это был шок, чтобы не сказать больше. Но кажется, мы выкарабкались. Надеюсь, что скоро вы сможете вернуться домой.

— Я возвращаюсь уже сегодня вечером.

Пресс-секретарь объявил, что президент вышел из критического состояния. Собравшиеся встретили эту новость восторженными возгласами. К этому времени многие из них провели в госпитале по нескольку дней. Некоторые даже заплакали от облегчения. Однако лишь Мэдди оставалась здесь с самого начала. Все присутствовавшие не уставали ею восхищаться.

Когда она приехала вечером домой, Джек сидел перед телевизором. Смотрел передачи других телестудий. Он лишь мельком взглянул на нее и даже не встал, чтобы поздороваться. Никакой благодарности за то, что все эти пять суток она отдавала его студии свой мозг и душу, свою жизнь. Он даже не сказал ей о том, что за это время ее рейтинг превзошел показатели всех остальных телестудий. Мэдди узнала об этом от режиссера. Она даже сумела, будучи в госпитале, сделать большой репортаж о десятках пациентов, которых пришлось перевести в другие больницы, чтобы освободить целый этаж для президента, его медперсонала и службы безопасности. Правда их состояние не внушало опасений. И никто из больных не возразил. Наоборот, все приветствовали это решение, счастливые тем, что могут хоть как-то помочь. Им пообещали, что их пребывание в других больницах оплатит Белый дом.

— Ну и вид у тебя, Мэд, краше в гроб кладут, — вот все, что сказал ей Джек.

Он не очень погрешил против истины. Мэдди действительно выглядела ужасно. Лицо бледное, изможденное, под глазами темные круги. Однако перед телекамерой она каким-то образом умудрялась выглядеть вполне сносно.

— Почему ты все время на меня злишься, Джек?

Ее это действительно удивляло. Да, в последнее время она часто выводит его из себя: ее участие в судьбе Дженет Мак-Катчинс, появление Лиззи, дружба с Биллом. Но ее главное преступление заключается в том, что она начинает понемногу ускользать из-под его контроля. И за это он ее ненавидит. Доктор Флауэрс предупреждала ее об этом. Говорила, что по-доброму Джек ее не отпустит. Она оказалась права. Происходящее явно бесило его. При мысли о том, что Джек ее ненавидит, Мэдди припомнила разговор с Дженет Мак-Катчинс, когда та утверждала, что муж ее не выносит. Тогда Мэдди не поверила Дженет. Но теперь она видит это воочию. Джек, кажется, до краев полон к ней ненависти.

— У меня есть на то причины, — холодно ответил он. — Последние месяцы ты постоянно меня предаешь. Тебе еще повезло, что я тебя не уволил. Пока.

Это «пока» предназначалось для того, чтобы ее запугать, дать ей почувствовать, что он в любой момент может это сделать. И ведь действительно может. Однако страха Мэдди не испытывала. Джеку трудно противостоять. И последствия этого противостояния могут быть тяжелыми. И все же она теперь не может жить иначе. То, что она обрела Лиззи, изменило всю ее жизнь, так же как и знакомство с Биллом. Она и сама теперь изменилась. Словно вместе с дочерью заново обрела самое себя. И Джеку это явно не нравится.

В эту ночь он и словом с ней не обмолвился. А наутро был холоден как лед.

Все последующие дни он вел себя с ней грубее обычного. Брань и попреки перемежались ледяной холодностью. Но теперь это ее уже не задевало, как раньше. Она находила утешение в разговорах с Биллом. А однажды вечером, когда Джек куда-то уехал, она снова пообедала у него дома. На этот раз Билл приготовил для нее стейк: зная, что она по-прежнему слишком много работает, решил угостить ее чем-нибудь питательным. Однако самую большую радость ей доставила его нежная забота, исходившая от него теплота.

Они немного поговорили о президенте. Он провел в госпитале уже две недели, и вскоре врачи обещали отпустить

239

его домой. Мэдди и еще некоторым известным журналистам позволили взять у него короткое интервью. Президент выглядел страшно исхудавшим, однако держался бодро и поблагодарил всех журналистов за преданность. Мэдди взяла интервью и у Филлис, как всегда благожелательной и сердечной.

Да, это были удивительные две недели. Мэдди вправе могла гордиться своими репортажами из госпиталя, пусть Джек ею и недоволен. Неожиданностью оказалось то, что она завоевала неподдельное уважение Элиотта Нобла. Он теперь считал ее выдающимся репортером.

Билл смотрел на нее с улыбкой, полной нежности и восхищения.

— И как же вы намерены развлекать публику дальше? В президента стреляют не каждый день. А после этого все остальное неизбежно покажется зрителям пресным.

— Что-нибудь придумаю. Но сначала мне надо найти квартиру для Лиззи. У меня есть еще месяц для этого.

— Может быть, я смогу заняться поисками вместе с вами.

Теперь, закончив книгу, Билл стал намного свободнее и подумывал о том, чтобы снова заняться преподаванием. Он уже получил предложения из Гарварда и Йеля. Мэдди радовалась за него и в то же время заранее печалилась о том, что, если ему придется уехать из Вашингтона, она лишится единственного друга. Правда, Билл ее заверил, что это произойдет не раньше будущего сентября.

— Может быть, в этом году попробую написать еще одну книгу. На этот раз художественную.

Мэдди искренне радовалась за Билла. В то же время ее все больше грызло сознание, что она никак не может решить собственные проблемы, ничего не делает, чтобы исправить свою жизнь. Она все больше убеждалась в том, что Джек настоящий тиран, но не предпринимала никаких решительных шагов. Билл ее не торопил. Доктор Флауэрс утверждала, что Мэдди должна созреть для открытого противостояния мужу. А на это могут потребоваться годы. Билл уже почти смирился с этим, хотя и не переставал за нее тревожиться. По крайней мере две недели после покушения на президента она провела в госпитале, вдали от Джека. Постоянно занятая, она даже не отвечала на его вечные попреки по телефону. Однако в душе она страдала, и Билл чувствовал ее настроение, когда разговаривал с ней. Всегда и во всем Джек винил только ее.

— А что вы собираетесь делать на День благодарения?

— Обычно мы тихо проводим этот праздник в Виргинии. Ни у меня, ни у Джека нет родных. Иногда мы навещаем соседей. А вы что будете делать?

— Мы каждый год ездим в Вермонт.

Мэдди знала, что в этом году Биллу придется тяжелее, чем раньше. Это его первый День благодарения без жены. По их разговорам она чувствовала, что он этого страшится.

— Мне бы очень хотелось пригласить к себе Лиззи, но не могу. Она собирается провести этот праздник со своими любимыми приемными родителями. Кажется, ее это устраивает.

Тем не менее Мэдди очень сожалела, что в День благодарения она не будет с дочерью.

— А вы? Вас такое положение устраивает? Вы думаете, у вас все пройдет как надо?

— Думаю, да.

Но Мэдди уже не испытывала никакой уверенности. Недавно она снова разговаривала с доктором Флауэрс, и та настоятельно ей советовала посещать группу женщин, подвергающихся насилию со стороны мужей. Мэдди пообещала ей это сделать сразу после Дня благодарения.

Они с Биллом встретились еще раз накануне праздника. Оба были подавлены: он — из-за своего одиночества, а Мэдди из-за того, что ей приходится уезжать вместе с Джеком. Их отношения стали слишком напряженными. Муж следил за ней неусыпно, как ястреб. Он ей теперь ни в чем не доверял, хотя ни разу больше не поймал на разговорах с Биллом. Тот звонил лишь в исключительных случаях и лишь по ее мобильному телефону, обычно она звонила сама. Билл ни за что на свете не стал бы подвергать ее опасности.

Накануне Дня благодарения она снова побывала у него дома. Билл приготовил чай, Мэдди привезла пирожные. Они сидели в его уютной кухне и болтали обо всем. Погода испортилась, наступили холода. Билл сказал, что в Вермонте уже выпал снег. Он мечтал покататься на лыжах с детьми и внуками.

Мэдди очень не хотелось уходить. Однако в конце концов пришла пора возвращаться домой.

— Мэдди, прошу вас, будьте осторожны.

В его глазах застыли невысказанные чувства. Оба сознавали, что лучше о них молчать. Из уважения друг к другу они до сих пор не сделали ничего такого, о чем потом могли бы сожалеть. Лишь в беседах с доктором Флауэрс Мэдди задавалась вопросом о том, что же она чувствует к Биллу. У них очень странные отношения... Кажется, оба в одинаковой степени дорожат ими, даже зависят от них. Они словно двое спасшихся с затонувшего корабля, встретившихся в бурном море. Ее тянет к нему прислониться, а он, как любящий отец, поддерживает ее сильными руками и любящим сердцем, не требуя ничего взамен.

— Я буду без вас тосковать.

Они знали, что в эти два дня не смогут даже поговорить по телефону.

— Я позвоню вам, если Джек поедет кататься верхом или еще куда-нибудь. Не грустите.

Мэдди тоже переживала за Билла, зная, как тяжелы будут для него праздники без жены. Однако он сейчас не думал о Маргарет, а только о ней, Мэдди.

— Ничего. Зато я с удовольствием повидаюсь с детьми.

Неожиданно, даже не подумав о том, что делает, он поцеловал ее в макушку, на секунду задержав в своих объятиях.

Господи, как хорошо, что они нашли друг друга, тихо благодарила судьбу Мэдди по дороге домой.

Глава 18

Она провела с Джеком в Виргинии несколько тяжелых дней, полных постоянного напряжения. Он почти все время пребывал в плохом настроении. Часто закрывался у себя в кабинете, вел какие-то тайные телефонные переговоры. На этот раз не с президентом, Мэдди знала. Президент еще не оправился от ран, страной правил вице-президент. А с ним Джек никогда не был близок.

Однажды, думая, что мужа нет дома, Мэдди сняла трубку, чтобы позвонить Биллу, как вдруг услышала, что Джек из своей комнаты разговаривает с какой-то женщиной. Она тут же положила трубку. Кто это может быть? Джек тогда очень ловко ушел от вопроса о той женщине на фотографии, с которой он выходил от «Аннабел» в Лондоне. В последние месяцы он держится как-то отстраненно и почти не занимается с ней любовью. С одной стороны, Мэдди чувствовала облегчение, с другой — ее это удивляло. На протяжении их совместной жизни он всегда выказывал жадное и неутолимое желание обладать ею. А теперь, казалось, потерял к ней всякий интерес. Лишь обвиняет, попрекает и ворчит.

В День благодарения она все-таки умудрилась позвонить Лиззи, а на следующий вечер и Биллу, улучив момент, когда Джек вышел к соседу поговорить о лошадях. Билл сообщил, что праздники прошли так себе, но они хорошо покатались на лыжах. Сказал, что они с детьми приготовили индейку. Мэдди с Джеком тоже — в гробовом молчании — ели индейку. Она попыталась заговорить об их натянутых отношениях, но он попросту отмел все ее слова, сказав, что это только ее выдумки. Однако Мэдди прекрасно знала, что это не так. Она уже давно не чувствовала себя такой несчастной, пожалуй, с тех самых пор, как избавилась от издевательств Бобби Джо. А ведь сейчас происходит то же самое, только Джек глумится над ней гораздо утонченнее, но не менее болезненно.

Когда они наконец сели в самолет и полетели обратно в Вашингтон, она почувствовала огромное облегчение. Джек взглянул на нее с подозрением.

— А почему это ты так счастлива, что возвращаешься домой? Есть какие-то особые причины?

— Просто хочется поскорее вернуться к работе.

Ей совсем не хотелось с ним ссориться. А вот ему, похоже, не терпелось начать ссору.

— А может, тебя кто-нибудь ждет в Вашингтоне, Мэд?

Он смотрел на нее с отвратительной ухмылкой. Она в отчаянии вскинула на него глаза:

— Никого у меня нет, Джек, и ты это знаешь.

— Сомневаюсь, что я что-нибудь о тебе знаю. Но могу узнать, если захочу.

Она ничего не ответила. Кажется, молчание теперь для нее лучший вид обороны.

На следующий день она пошла на занятия группы женщин, подвергающихся насилию. Ей вовсе этого не хотелось, она пошла только потому, что обещала доктору Флауэрс. Джеку она сказала, что идет на заседание комитета у первой леди. Вряд ли он ей поверил, но почему-то на этот раз не стал придираться. У него были свои планы на вечер — деловая встреча, как он сказал.

Мэдди шла в подавленном состоянии, которое продолжало ухудшаться. И здание, где должны состояться занятия, похоже на трущобу, и район ужасный. И соберутся там, наверное, несчастные, забитые, ноющие особы. Только этого ей сейчас не хватает. Однако вскоре она с изумлением смотрела на собравшихся — некоторые в джинсах, другие в деловых костюмах, кто помоложе, кто постарше, некоторые очень привлекательные, другие совсем невзрачные дурнушки. В общем, на удивление пестрое сборище. Однако большинство из женщин казались интеллигентными, очень живыми, интересными людьми. Вошла руководительница группы, села на привычное место. Взглянула на Мэдди умными теплыми глазами.

— Мы все здесь называем друг друга по имени. И если кого-то узнаем, не обсуждаем это. Случайно встретившись на улице, делаем вид, будто не знаем друг друга. Никому и нигде не рассказываем о том, что здесь слышим и кого видим. То, о чем говорится, никогда не выходит за стены этой комнаты. Мы чувствуем себя здесь в безопасности. Для нас это очень важно.

Мэдди кивнула. Она сразу поверила этой женщине.

Все расселись на обшарпанных стульях. Представились, называя только имена. Кое-кто здоровался. Некоторые, похоже, уже знали друг друга по прошлым занятиям. Руководительница пояснила, что обычно у них собирается примерно человек двадцать. Они встречаются два раза в неделю. Мэдди может приходить тогда, когда захочет. Никто никого ни к чему не принуждает.

В углу на столе стоял кофейник. Кто-то из женщин принес булочки и домашнее печенье.

Одна за другой они заговорили. Рассказывали о том, чем занимаются, что происходит в их жизни, о своих печалях и радостях. О своих страхах. Некоторые жили в ужасающих условиях, другие уже оставили своих мужей, которые дурно с ними обращались. Кое у кого были дети. Однако всех связывало одно — всем пришлось жить с тиранами, садистами и мучителями. Кое-кто жил в таких семьях с самого детства. Другие же вели прекрасную жизнь до тех пор, пока не повстречали своего мучителя или мучительницу — некоторые женщины оказались лесбиянками.

Слушая их, Мэдди неожиданно для себя почувствовала, что расслабляется, как никогда раньше. То, что она услышала, оказалось таким знакомым, таким реальным, таким... своим... Она словно сбросила с себя тяжелые доспехи и глотнула свежего воздуха. Она как будто вернулась в родной дом, а все эти женщины — ее сестры. И все, о чем они говорят, так напоминает пережитое ею самой, и не только с Бобби Джо, но гораздо позже — в последние годы, с Джеком. Ей казалось, что она слышит свой голос, рассказывающий ее собственную историю. Теперь она смогла убедиться: Джек издевался над ней, он тиранил ее с самого первого дня, как ее увидел. Он использовал для этого все: власть и обаяние, угрозы, подарки, оскорбления, унижение, слежку и контроль. Они все прошли через это. Сейчас перед ней нарисовали такой классический, такой типичный портрет тирана и садиста, что Мэдди могла только удивляться, как она раньше ничего не замечала. Даже несколько месяцев назад, когда доктор Флауэрс нарисовала ту же картину на собрании комитета у первой леди, Мэдди этого не осознала так мучительно ясно, как сейчас. Внезапно она поняла, что больше не испытывает ни смущения, ни растерянности, ни стыда. Только огромное, невероятное облегчение. Ведь единственное, в чем она оказалась виновна, — это в том, что с готовностью приняла всю вину на себя, что соглашалась со всеми обвинениями мужа.

Она рассказала им о своей жизни с ним, о том, что он делал, что говорил, какими словами и каким тоном. Рассказала о его реакции на появление Лиззи. Все сочувственно кивали. А потом указали ей на то, что у нее есть выбор. Дальше все будет зависеть от нее.

— Я боюсь... — Слезы потекли по ее щекам. — Что со мной будет, если я его оставлю... А вдруг я без него не проживу?

Никто не засмеялся, никто не назвал это глупостью с ее стороны. Они все испытывали страх, и многие не без оснований. У одной из женщин муж сидел в тюрьме за то, что пытался ее убить. Она уже заранее с ужасом ждала, что будет, когда его срок кончится. Это должно было случиться примерно через год. Многие из женщин годами терпели побои, так же как и она от Бобби Джо. Многие покинули благоустроенные дома, а две даже оставили детей, вынужденные спасать собственную жизнь. Просто бежали куда глаза глядят. Другие все еще пытались вырваться, неуверенные в том, что смогут это сделать, так же как и она, Мэдди. Однако теперь ей стало предельно ясно, что каждый день, каждый час, каждую минуту совместной жизни с Джеком она подвергается опасности. Внезапно она поняла все, что пытались ей внушить доктор Флауэрс, Билл и Грег. До сегодняшнего дня она их словно не слышала. А теперь наконец все поняла.

— Что вы думаете теперь делать, Мэдди? — спросил кто-то из женщин.

— Не знаю. Мне страшно. Я боюсь, он догадается, что у меня в голове, или услышит, о чем я думаю.

— Единственное, что он наверняка услышит, это когда вы хлопнете дверью и сбежите куда глаза глядят. До этого он ничего не услышит.

Это сказала женщина со щербатым ртом, с жидкими волосами. Но несмотря на отталкивающую внешность и грубый тон, она чем-то понравилась Мэдди. Теперь она осознала: эти женщины ее спасут. То есть спасать себя ей, конечно, придется самой, но они ей помогут. Их она услышала, хотя и непонятно почему.

Ей показалось, что она рассталась с собравшимися совершенно другим человеком. Тем не менее ее предупредили, чтобы не слишком полагалась на судьбу. Ничто не совершается по мановению волшебной палочки. Как бы чудесно она себя сейчас ни чувствовала, как бы ни помогло ей общение с жертвами насилия, главное ей предстоит решать самой, и это будет очень нелегко. Это она тоже осознала в полной мере.

— Отказаться от привычки терпеть издевательства все равно что отказаться от наркотиков, — без обиняков сказала ей одна из женщин. — Вы к этому так привыкли, что почти перестали замечать. Вам кажется, что только так и можно жить, только так и можно любить. Покончить с этим будет неимоверно трудно. Вы слишком с этим сжились.

Мэдди уже слышала нечто подобное от доктора Флауэрс. Но и сейчас, как и тогда, почувствовала, что ей неприятно это слышать. И все же это горькая правда, теперь она ясно понимала. Но что с этим делать...

— Не ждите слишком многого от себя с самого начала, — предупредил еще кто-то из женщин. — Но и не тяните слишком долго. Не уговаривайте себя, что вот, мол, это последний раз, еще одна попытка. Эта попытка действительно может оказаться для вас последней в жизни. Даже те мужики, которые вроде бы пальцем женщину не трогают, порой словно сходят с ума. Ваш муж очень плохой человек, Мэдди, намного хуже, чем вы думаете. Он и убить может. Возможно, ему даже хочется вас убить, только он не решается. Пока. Поэтому постарайтесь убраться из его дома, прежде чем он на это решится. Он вас не любит, ему на вас плевать. Единственное, что ему нравится по-настоящему — это истязать вас. Это он и будет продолжать. Он никогда не изменится, разве только в худшую сторону. И чем больше вы будете стараться угодить ему, чем лучше вам что-то будет удаваться, тем свирепее он будет себя вести. Вы в серьезной опасности.

Мэдди поблагодарила всех на прощание. По дороге домой она мучительно обдумывала услышанное. Да, все правда. Теперь она ни минуты в этом не сомневалась. Но она сознавала и другое: по какой-то необъяснимой причине ей до боли хочется, чтобы Джек перестал ее мучить, чтобы он полюбил ее по-настоящему. Она понимала, что это безумие, но ничего не могла с собой поделать. Вот бы показать ему, как надо любить, может быть, даже объяснить ему, и тогда, возможно, он все поймет и перестанет ее мучить. Вместе с тем она прекрасно понимала, что это невозможно. Он будет мучить ее все больше, все изощреннее. Поэтому единственное, что ей остается, — это расстаться с ним, пусть даже ей сейчас кажется, что она его любит. Для нее это вопрос жизни.

По дороге она позвонила Биллу из машины и обо всем рассказала. Он, казалось, почувствовал огромное облегчение. Сказал, что будет молиться о том, чтобы женщины из группы дали ей силы совершить решительный поступок.

Дома Джек с подозрением посмотрел на нее и спросил, где она задержалась. Мэдди повторила, что это связано с работой комитета первой леди. Даже осмелилась упомянуть о том, что была на собрании группы женщин, подвергающихся насилию, которую они собираются обследовать. Сказала, что ей это показалось очень интересным.

У Джека ее слова вызвали только злость.

— Воображаю, что это было за сборище. Не могу поверить, чтобы тебя заставляли встречаться с такими.

Мэдди открыла было рот, чтобы сказать что-то в защиту своих новых знакомых, но вовремя передумала. Теперь она сознавала, что это опасно. Нет, больше рисковать она не будет.

— А отчего это у тебя такой довольный вид? — внезапно спросил он.

Мэдди взглянула на него как можно невиннее. Она понемногу училась применять на практике ту науку, которую ей преподали сегодня. Нет, она больше не будет вздрагивать при каждом его слове.

— На самом деле это оказалось довольно скучно. Но я обещала Филлис.

Он окинул ее внимательным взглядом и кивнул. Кажется, на этот раз она ему угодила, нашла правильный ответ.

Ночью он овладел ею, впервые за долгое время. Овладел грубо, как бы для того, чтобы дать ей почувствовать, кто в доме хозяин. Как обычно, она ничего ему не сказала. Пошла в ванную и долго мылась под душем, однако так и не смогла смыть с себя ощущение ужаса перед Джеком. Казалось, он проник в поры ее кожи. Молча прошла в спальню, легла в постель. С облегчением услышала храп мужа.

Утром она встала пораньше его. К тому времени как Джек спустился вниз, она уже была на кухне. Все, казалось, было как всегда, с той лишь разницей, что теперь Мэдди ощущала себя пленницей, на ощупь пытающейся найти путь к спасению, каким бы долгим и трудным он ни оказался.

Джек моментально что-то почувствовал:

— В чем дело? Ты какая-то странная.

Господи, только бы он не прочел ее мысли. Нельзя дать себе поверить, что он на это способен. Мэдди сознавала, что она изменилась, и уже одно это для нее опасно.

— Кажется, я заболеваю. Грипп, наверное.

— Прими витамин С. Мне совсем не улыбается искать тебе замену. Только этого не хватало.

Как же он груб с ней... постоянно. Но слава Богу, он, кажется, поверил ее выдумке.

— Ничего. Я смогу работать.

Он кивнул. Взял газету. Мэдди смотрела на страницы «Уолл-стрит джорнал» невидящим взглядом. Сейчас она молила Бога только об одном — чтобы Джек не догадался, о чем она думает. Ей надо выработать план спасения, надо бежать, пока он ее не погубил. Теперь-то она не сомневалась — ненависть, которую она в нем заподозрила, реальна, и она гораздо сильнее, чем можно себе представить.

Глава 19

Декабрь, как обычно, проходил в бесконечных хлопотах, суматохе и суете. Собрания, встречи, приемы, подготовка к праздникам. Казалось, все посольства без исключения устраивают приемы с коктейлями, званые обеды, танцевальные вечера. И все по возможности демонстрировали свои национальные традиции. В этом заключалась одна из прелестей жизни в Вашингтоне. Мэдди всегда этим наслаждалась. В начале совместной жизни с Джеком она очень любила ходить на вечера и приемы вместе с ним. Теперь же отношения между ними стали настолько натянутыми, что она с трудом выносила его общество. Он постоянно ревновал, следил за ней, когда она разговаривала с другими мужчинами, а потом обязательно обвинял ее в каком-нибудь проступке. Выезды в свет с мужем теперь стали для нее настоящим мучением, как и все остальное. Нет, в этом году она вовсе не мечтала о наступлении Рождества.

Единственное, чего бы ей хотелось, — это провести праздники с Лиззи. Но с Джеком это, конечно, невозможно. Либо ей придется воспротивиться желаниям мужа, а это будет означать открытое противостояние, со всеми последствиями, либо она будет вынуждена, как всегда, смириться. С Джеком никакие компромиссы невозможны. Все должно быть так, как он сказал. А ведь раньше она даже не замечала, насколько ему наплевать на ее желания, на ее нужды. Он лишь использовал их для того, чтобы поднять ее на смех или заставить ее почувствовать себя виноватой. И она годами мирилась с этим... Сейчас она даже не заметила, когда и как произошла перемена, которая заключалась в том, что она все чаще и все мучительнее ощущает его неуважение, его давление и все сильнее стремится вырваться из-под его гнета. И все же... все же в глубине души она сознавала, что пока еще его любит. И это само по себе наводило на нее ужас: она не могла не понимать, что эта любовь делает ее беззащитной.

Нельзя ждать, пока любовь пройдет. Любовь тут вообще ни при чем. Надо уходить, что бы она к нему ни чувствовала. Каждый день, прожитый с Джеком, чреват для нее опасностью. Ей приходилось постоянно напоминать себе об этом. Вместе с тем она сознавала, что это невозможно никому объяснить. Никто не поймет, кроме тех, кто сам через это прошел. Остальным происходящая в ней борьба постоянно сменяющихся эмоций, непрерывное чувство вины покажутся признаками сумасшествия. Даже Билл, при всем его искреннем теплом отношении к ней, до конца не может этого понять. Ему, правда, помогает то, что он узнает на собраниях комитета о различных формах насилия над женщинами, в том числе и изощренных. И действительно, то, что проделывает с ней Джек, в полном смысле слова трудно назвать жестокостью или насилием. Хотя на самом деле это и есть выражение тирании и садизма. Внешне все выглядит совсем наоборот: он хорошо ей платит за работу, он ее спас, дал уютный, красивый, надежный дом в Вашингтоне, загородную виллу, самолет, которым она может пользоваться в любое время, роскошные туалеты, драгоценности, меха, возможность проводить отпуск на французской Ривьере. Разве кто-нибудь в здравом уме может назвать все это тиранией и насилием?! Лишь сама Мэдди и кое-кто еще, имевший возможность увидеть их взаимоотношения с Джеком, что называется, «под микроскопом», способны понять, какая здесь таится опасность, какое зло скрыто под приманками, которым так трудно противостоять и которые превратили ее жизнь в западню. Год за годом, день за днем, час за часом, минута за минутой яд, источаемый Джеком, всасывался в ее поры, он уже пропитал ее всю. Теперь Мэдди жила в постоянном страхе.

Порой у нее возникало ощущение, что даже у Билла она вызывает раздражение. Она прекрасно знала, чего он от нее ждет, хотя и не могла до конца понять почему. Билл ждал, что она наконец освободится от Джека и найдет путь к спасению. Он не мог больше спокойно наблюдать за тем, как она спотыкается и падает, как делает один робкий шаг вперед, а потом снова отступает, как внезапно теряет ясность суждений и позволяет чувству вины завладеть собой, полностью парализовать ее волю. Это выводило его из себя и повергало в отчаяние. Они по-прежнему каждый день разговаривали по телефону, иногда с большими предосторожностями встречались за ленчем. Всегда оставалась опасность, что кто-нибудь может заметить, как она входит в его дом, и сделать свои выводы — не только неверные, но губительные для нее. Даже оставаясь наедине, они не могли полностью забыть об опасности. Меньше всего Биллу хотелось доставить Мэдди новые неприятности. Он чувствовал, что у нее их и так выше головы.

Президент поправился и вернулся в свой Овальный кабинет. Он пока работал полдня и быстро утомлялся, однако, увидев его однажды на небольшом приеме, Мэдди нашла, что он выглядит намного лучше. Он явно окреп. Филлис, напротив, выглядела изнуренной. Однако каждый раз, когда она обращала взгляд на мужа, ее лицо озарялось улыбкой. Мэдди ей отчаянно завидовала. Она даже представить себе не могла, каково это, когда супруги так бережно относятся друг к другу. Сама она настолько привыкла к другому, к постоянной напряженности, стрессу, униженности, что ей казалось, будто иначе и быть не может.

В последнее время Джек вел себя с ней еще грубее, чем всегда. Обвинения и оскорбления сыпались постоянно. Что бы она ни делала, все ему не нравилось. Как будто он днем и ночью, на работе и дома только и ждал повода на нее наброситься. Как хищник, подстерегающий добычу. Смертельно опасный хищник. Он говорил ей такие вещи и таким тоном, что становилось трудно дышать. И все же... все же временами она ловила себя на мысли о том, каким он может быть обаятельным, умным, интересным, интеллигентным и как он красив. Больше всего ей хотелось научиться его ненавидеть. Именно ненавидеть, а не бояться. Теперь, благодаря встречам с другими женщинами, находящимися в таком же положении, Мэдди стала лучше разбираться в себе самой и осознала, что в каком-то смысле, какими-то невидимыми путями она привязана к нему, как к наркотику.

Как-то в середине декабря она заговорила об этом с Биллом. На следующий день должна была состояться рождественская вечеринка на телестудии. Ей совсем не хотелось туда идти. Последнее обвинение Джека заключалось в том, что она флиртует с Элиоттом прямо в эфире. А дальше он договорился до того, что она спит со своим напарником. Мэдди не сомневалась в том, что он сам этому не верит, просто хочет ее помучить. Он даже обмолвился об этом в разговоре с режиссером. Похоже, дни Элиотта на студии сочтены, решила Мэдди. Сначала она собиралась его предупредить, но Грег, когда она рассказала ему об этом по телефону, посоветовал ей этого не делать, чтобы не нажить новых неприятностей. Именно этого, по-видимому, и добивается Джек.

— Ему просто нравится вас мучить, Мэд.

Сам Грег чувствовал себя в Нью-Йорке абсолютно счастливым и даже подумывал о том, чтобы жениться на своей теперешней девушке. Мэдди советовала ему хорошенько подумать. С некоторых пор она стала относиться к самому понятию «брак» без всякого оптимизма.

В четверг после полудня, сидя на кухне у Билла, она ощущала безмерную усталость и разочарование. Рождественские праздники не сулили ничего хорошего. Она пыталась найти какой-нибудь способ втайне от Джека поехать в Мемфис к Лиззи или пригласить ее в Вашингтон. В конце прошлой недели ей наконец удалось найти для дочери квартирку, симпатичную и светлую. Сейчас ее заново отделывали. Она открыла для этого специальный счет в банке. Теперь Джек ничего не сможет узнать.

— Не выношу ему лгать. Но это единственная возможность делать то, что мне нужно. Он ничего не желает слушать, запрещает мне видеться с Лиззи.

А разве есть что-нибудь такое, чего бы он ей не запрещал, думал Билл. Но вслух говорить этого не стал. На этот раз он купил на ленч черной икры. Они наслаждались вкусной едой, тишиной, покоем, обществом друг друга. Билл сегодня казался более молчаливым, чем обычно. Наверное, что-то его беспокоит, думала Мэдди. Она знала, что праздники для него — тяжелое время. А на этой неделе к тому же день рождения Маргарет.

Мэдди протянула ему тост, намазанный икрой, выдавила на него ломтик лимона.

— Вы в порядке?

— Сам не знаю. Обычно в это время года у меня депрессия. В этом году особенно. Не могу не оглядываться назад, не думать о прошлом.

Мэдди, однако, замечала, что в последнее время он чувствует себя значительно лучше. Правда, по-прежнему часто вспоминает в разговорах о жене, но уже меньше терзается тем, что произошло. Мэдди постоянно его убеждала в том, что ему не в чем себя винить. Конечно, это легко сказать. И все же у нее сложилось впечатление, что книга помогла ему пережить утрату, хотя он, конечно, все еще ощущает ее бремя.

— Да, праздники тяжелое время. Но по крайней мере вы увидитесь с детьми.

Семья Билла снова собиралась в Вермонт, а Мэдди с Джеком — в Виргинию, и она не ждала от этого ничего хорошего. Билл и его дети встречали Рождество как в старое доброе время. Джек, напротив, никогда не любил праздники и, если не считать дорогих подарков жене, делал вид, что они ему в тягость. В детстве он каждый раз на Рождество испытывал горькое разочарование. С тех пор у него и осталась нелюбовь к этим праздникам.

И вдруг Билл немало ее удивил:

— Мне бы так хотелось провести это Рождество с вами, Мэдди. — Он грустно улыбнулся. — Мои дети очень хотели бы видеть вас на праздники.

— И Лиззи тоже.

Мэдди уже купила подарки для Лиззи и для Билла. Она все время искала какие-нибудь мелочи, которые порадовали бы его — компакт-диски, собрание его любимых книг, теплый шарф, казалось, связанный специально для него. Ничего дорогого, ничего ценного, но все очень личное. Может быть, накануне его отъезда в Вермонт они еще раз встретятся, тогда она ему все это и подарит. Ведь потом они увидятся уже после наступления Нового года.

Они доели икру. Еще Билл купил ее любимый французский хлеб, сыр и бутылку красного вина. Все очень незатейливо и вместе с тем изысканно. Тихое прибежище по сравнению с миром постоянного напряжения и враждебности, в котором живет она.

— Иногда я поражаюсь тому, как вы меня еще терпите. Ведь я все время только ною и жалуюсь на Джека. А вы наверняка не можете понять, почему же я не покончу с этим. Могу себе представить, как вам трудно просто стоять в стороне и наблюдать. Как вы меня выносите?

Он с улыбкой поднял на нее глаза:

— На этот вопрос очень легко ответить. Я люблю вас.

Он произнес это не колеблясь и так искренне, что у нее перехватило дыхание. Прошло несколько секунд, прежде чем она поняла, что он имеет в виду. Он сказал это точно так же, как она сказала бы Лиззи. Он ее любит как друг, как защитник. Он вовсе не признался ей в любви, как говорит мужчина женщине. По крайней мере такой вывод она сделала.

— Я тоже люблю вас, Билл. Вы мой самый близкий друг. Вы словно моя семья. Как старший брат.

И действительно, она ведь делится с ним такими вещами, какие никогда не рассказывала даже Грегу, которого считала своим близким другом.

Однако Билл неожиданно встал, подошел к ней почти вплотную и положил ей руку на плечо:

— Я имел в виду совсем другое, Мэдди. Я люблю вас как мужчина женщину. Я люблю вас, — повторил он.

Она смотрела на него, не зная, что ответить. Билл понимал ее. Они ведь действительно сблизились, как родные люди. Полгода постоянного общения... Он стал частью ее повседневной жизни. Сейчас он нисколько не сожалел о том, что наконец признался ей в любви. Долго же он не мог на это решиться. Но сейчас ему хотелось только одного — чтобы она снова чувствовала себя с ним легко и свободно, как раньше.

— Можете не отвечать, если не хотите. Я от вас ничего не требую. Думаю, все эти шесть месяцев я ждал, что вы что-то сделаете, как-то измените свою жизнь. Но я понимаю, как это для вас тяжело. Я теперь даже не уверен, что вы когда-нибудь на это решитесь. Кажется, я и с этим смирился. Только я больше ничего не хочу ждать от вас. Я хочу, чтобы вы знали, что я вас люблю. Жизнь так коротка. А любовь — это особый дар.

— Вы сами для меня особый дар!

Мэдди потянулась к нему, хотела поцеловать в щеку. Он слегка повернулся и... Она сама не поняла, как это получилось, но в следующий момент они уже целовались страстно, забыв обо всем.

Наконец она оторвалась от Билла и в изумлении подняла на него глаза:

— Как это получилось?..

— Да, много же времени нам на это понадобилось. — Он привлек ее к себе. — Все в порядке?

Мэдди кивнула. Положила голову к нему на грудь. Он оказался намного выше ее. Неожиданно она ощутила истинное счастье. И еще покой и защищенность, каких никогда прежде не знала. Что-то совершенно незнакомое... и оттого пугающее. Глядя ему в глаза, она попыталась разобраться в своих чувствах. Но тут он снова ее поцеловал. Она не сопротивлялась. Именно в этот момент она осознала: вот то, что ей необходимо. Значит... значит, Джек прав? Но ведь она и в самом деле никогда его не обманывала, ни разу даже не взглянула на другого мужчину. Все это время она любила Билла, вдруг поняла Мэдди. Любила, даже не догадываясь об этом. Что же теперь делать?

Они сидели за кухонным столом, держась за руки, и смотрели друг другу в глаза. Перед ними словно открылся новый, неведомый мир. Билл будто распахнул дверь, на пороге которой они стояли, не решаясь ее открыть. А Мэдди даже не догадывалась о том, что ждет ее за этой дверью.

— Это настоящий рождественский подарок, — смущенно улыбнулась она.

Он ответил широкой счастливой улыбкой:

— Да, Мэдди! Только я этого вовсе не планировал. И не ожидал, так же, как и ты. Не хочу, чтобы ты чувствовала себя в чем-то виноватой.

Он ее так хорошо знает. Порой она винит себя даже в том, что осмеливается дышать. А то, что произошло сегодня, означает гораздо больше, чем свободное дыхание. Это означает жить.

— А как, по-твоему, я должна себя чувствовать? Я замужем, Билл. И сейчас я делаю все то, в чем Джек меня обвиняет. Раньше это было неправдой. А теперь... может... стать правдой.

— Это будет зависеть только от нас. От того, как мы себя поведем. Я предлагаю двигаться вперед очень-очень медленно.

Билл, разумеется, предпочел бы продвигаться побыстрее. Но из уважения к Мэдди он готов смириться.

— Я не собираюсь разбивать твою жизнь. Я хочу сделать тебя счастливой.

Но пока это еще больше осложнит ей жизнь, думала Мэдди. Это заставит ее взглянуть на отношения с Джеком совсем по-иному, чего она до сих пор всячески стремилась избежать. Их первый поцелуй с Биллом словно подтолкнул ее к новой жизни.

— Что же мне делать? Как поступить...

Она замужем за человеком, который обращается с ней ужасно. И тем не менее в ней все еще живет чувство долга перед ним, сознание необходимости хранить ему верность. Так по крайней мере ей кажется.

— Поступай так, как сочтешь правильным. Я уже взрослый, переживу. Но только что бы ты ни решила насчет меня... насчет нас, тебе все равно придется что-то решать с Джеком. Ты не можешь всю жизнь прятать голову под крыло, Мэдди.

На самом деле он отчаянно надеялся, что его любовь и то, что теперь она об этом знает, придадут ей решимости. И Мэдди понимала, хотя и не желала об этом думать, что он, его любовь для нее как пропуск на свободу. Но нет, она не станет его использовать. Билл Александр может стать ее будущим. А он вовсе не тот человек, с которым можно обращаться так, как вздумается.

Они еще немного поболтали, доедая сыр и потягивая вино. Билл сказал, что влюбился в нее с самого начала.

— И я, наверное, тоже, — призналась Мэдди. — Только не решалась взглянуть правде в глаза. Мне казалось, что это нехорошо, из-за Джека.

Ей и сейчас так казалось. Но теперь их чувство возобладало над всем остальным, стало сильнее ее, сильнее их обоих.

— Джек никогда мне этого не простит. И ни за что не поверит, что до сегодняшнего дня между нами ничего не было. Он всем будет говорить, что я его обманывала.

— Он в любом случае будет так говорить, если ты от него уйдешь.

Теперь Билл еще отчаяннее, чем раньше, молил Бога о том, чтобы она нашла в себе силы уйти. Ради них обоих. У него возникло ощущение сродни тому, какое возникает, когда редкостная экзотическая бабочка садится тебе на ладонь. К ней не решаешься прикоснуться, чтобы не спугнуть. Ею просто хочется любоваться, ее хочется просто любить, и ничего больше.

— Он все равно будет распространять о тебе отвратительные сплетни. — Впервые Билл употребил слово «когда», вместо «если». Оба обратили на это внимание. — На самом деле, Мэдди, ты нужна ему больше, чем он тебе. В самом начале ты в нем нуждалась, чтобы стали явью твои мечты о нормальном браке и защищенности. Ему же ты нужна для того, чтобы подпитывать его болезненные инстинкты, его жажду крови, если хочешь. Насильнику необходима жертва.

Мэдди долго не отвечала. Наконец молча кивнула.

Они расстались только в три часа. Долго целовались на прощание. Ей очень не хотелось уходить. Их отношения вступили в новую фазу, словно раскрылась потайная дверь, которую теперь уже невозможно закрыть. Да они и не хотели этого.

— Будь осторожна, — шепнул Билл. — Береги себя.

— Обещаю. — Она улыбнулась. — Спасибо за икру... и за все остальное.

Он улыбнулся в ответ:

— Всегда к твоим услугам.

Потом он долго стоял в дверях, глядя ей вслед. Им обоим надо было многое обдумать. Особенно ей, Мэдди.

На студии секретарша сразу ей сказала, что за последний час Джек звонил дважды. Мэдди села за стол, перевела дыхание, набрала номер внутреннего телефона мужа. Внезапно ее охватил ужас. Что, если кто-нибудь видел, как она выходила из дома Билла?

— Какого черта, где тебя носило?

— Покупала подарки к Рождеству.

Эта ложь сорвалась с языка так легко, что Мэдди испугалась. Как же она привыкла лгать за последнее время! Но другого выхода нет. Не может же она сказать правду. Всю дорогу до студии она мучительно раздумывала о том, не лучше ли раскрыть Джеку глаза, сказать, что она несчастлива с ним, что полюбила другого человека. Однако она достаточно хорошо знала Джека и не сомневалась в том, что для него это явится только лишним поводом к новым издевательствам и унижениям. Правду можно сказать лишь в том случае, если она будет готова с ним расстаться. А она пока не может от него уйти.

— Я звонил, чтобы сообщить: сегодня вечером мне придется встретиться с президентом.

Ее это известие немало удивило. Мэдди знала, что президент еще слаб и по вечерам никого не принимает. Она, разумеется, промолчала. Возможно, ее подозрения основаны на собственном поведении. Какая ужасная мысль... И тем не менее то, что произошло у нее с Биллом, нехорошо для замужней женщины, пусть и несчастливой в браке.

— Все в порядке, — ответила она Джеку. — Я собираюсь вечером по дороге домой зайти в магазины, купить еще кое-какие подарки к празднику.

Она намеревалась купить яркой упаковочной бумаги и сувениры для секретарши и сотрудника, помогавшего ей в сборе материалов. Может быть, даже приготовить для них чулки с сувенирами. Она уже купила для каждого наручные часы от Картье.

— Тебе что-нибудь надо купить? — спросила она, желая загладить вину перед мужем за свое сегодняшнее поведение.

— А с чего это у тебя такое хорошее настроение?

261

Мэдди сослалась на приближающееся Рождество.

Джек сказал чтобы она его не ждала, так как встреча с президентом может затянуться. Это еще больше утвердило Мэдди в ее подозрениях. Однако она, конечно, опять ничего ему не сказала.

Оба вечерних выпуска новостей она провела с таким ощущением, будто парила по воздуху. Два раза позвонила Биллу — до и после выхода в эфир.

— Я счастлива.

«И очень боюсь», — могла бы она добавить. Они не говорили о том, что их ждет: хотели сохранить радость на будущее нерастраченной. Мэдди сказала, что после работы собирается заехать на ближайший рождественский базар и купить кое-что к празднику. Они договорились созвониться, когда она вернется домой, ведь Джека не будет. Билл тоже не верил в то, что у Джека назначена встреча с президентом. Всего несколько дней назад, на заседании их комитета, Филлис говорила о том, что президент очень утомляется и уже в семь часов вечера крепко спит.

— Может, он спит с Джеком? — пошутила Мэдди неожиданно игриво.

Билл рассмеялся:

— Это что-то новенькое.

Мэдди уехала с работы на одной из машин студии, так как их автомобиль с водителем взял Джек. Она лишь порадовалась тому, что может в этот вечер побыть одна. Подумать... помечтать...

Мэдди припарковала машину у большого рождественского базара, зашла в один из павильонов купить оберточной бумаги, лент и тесьмы, чтобы упаковать свои подарки. Всюду толпились рождественские покупатели — женщины, кричащие дети, мужчины в растерянности оглядывали прилавки. Сегодня здесь еще многолюднее, чем всегда. У павильона с игрушками стоял Санта-Клаус. Люди выстроились в длинную очередь, чтобы на него посмотреть. Глядя на пеструю возбужденную толпу, Мэдди тоже пришла в праздничное настроение. Она почувствовала приближение Рождества. Теперь, благодаря Биллу, она тоже ждет его с радостным предчувствием.

С несколькими рулонами оберточной бумаги она уже садилась в автомобиль, заваленный духами, лентами, украшениями, шоколадными Санта-Клаусами и прочими сувенирами. Откуда-то сверху раздался странный звук, такой оглушительный, что она вздрогнула. Остальные тоже остановились, глядя вверх, откуда исходил непонятный звук. Сначала что-то оглушительно треснуло, а потом словно раздался шум мощного водопада. Музыка смолкла, послышались пронзительные крики. Внезапно на территории базара погас свет, и все погрузилось в полную темноту. Прежде чем Мэдди успела что-либо понять и испугаться, что-то обрушилось на нее сверху. А потом все исчезло, и она провалилась в черную тьму.

Глава 20

Мэдди очнулась с ощущением, что ее грудь придавило огромное здание. Она попыталась открыть глаза, запорошенные пылью и песком, но ничего не увидела. Ощутила странный, незнакомый запах... пыли и гари. Почувствовала тепло во всем теле и снова странную тяжесть. Она попыталась пошевелить рукой или ногой. Вначале ей показалось, что она вообще не может двигаться. Потом поняла, что подвижны лишь ступни ее ног. Сами же ноги и всю верхнюю часть ее тела как будто пригвоздило к месту чем-то невероятно тяжелым. Постепенно, с трудом совершая почти незаметные движения, ей удалось освободиться от придавивших ее обломков. Она приподнялась и села в освободившемся очень небольшом пространстве. Только теперь она заметила, что вокруг стоит полная тишина. Однако через некоторое время послышались стоны, крики, кажется, плач ребенка. Люди звали друг друга. Мэдди все еще не могла понять, где она и что произошло.

На стоянке за павильонами базара взорвались автомобили. Снесло всю переднюю стену здания. Вокруг уже стояли пожарные машины, с криками бегали люди, истекавшие кровью. Раненых детей поднимали на носилки и несли к машинам «скорой помощи». Все это напоминало декорации к триллеру. Потрясенные очевидцы рассказывали полицейским и пожарным, что все здание базара обвалилось в один момент. Четыре торговых павильона разрушены полностью. У магазина, из которого перед взрывом вышла Мэдди, где до этого стоял грузовик, теперь зияла огромная глубокая воронка. Взрыв оказался настолько мощным, что взрывной волной разбило стекла в домах на расстоянии пяти кварталов. К тому моменту, когда приехали журналисты и репортеры, мимо пронесли тело Санта-Клауса, прикрытое брезентом. Он погиб мгновенно вместе с половиной детей, стоявших в очереди, чтобы на него посмотреть. Трагедии такого масштаба никто не мог припомнить.

Мэдди, скорчившаяся под обломками, пыталась сообразить, как ей выбраться из развалин. Начала разгребать их руками, но ничего не получалось. В панике она почувствовала, что ей становится трудно дышать. Неожиданно совсем близко в темноте послышался слабый женский голос:

— Помогите... помогите кто-нибудь...

Звук чужого голоса подействовал на Мэдди успокаивающе. Она здесь не одна...

— Меня кто-нибудь слышит? — снова прозвучал тот же голос.

— Я слышу. Где вы?

От пыли было трудно не только говорить, но даже дышать.

— Не знаю, — ответила женщина. — Я ничего не вижу.

— Вы поняли, что произошло?

— Наверное... здание обрушилось на нас. Я очень сильно ударилась головой. У меня течет кровь...

Мэдди показалось, что она снова слышит плач ребенка. Однако с уверенностью она бы этого сказать не могла. В таком хаосе, да еще будучи заваленной со всех сторон бетонными глыбами, трудно что-нибудь понять. К тому же отовсюду доносились пронзительные звуки пожарных сирен и машин «скорой помощи». Спасательные команды были вызваны даже из других штатов. Никто пока не мог сказать, что именно случилось. Знали только, что произошел мощный взрыв и есть много пострадавших.

Снова Мэдди послышался детский плач.

— Это ваш ребенок? — спросила она.

— Да. Ему два месяца. Его зовут Энди.

Женщина, судя по голосу, очень молодая, кажется, и сама заплакала.

— Он ранен?

— Не знаю. Я его не вижу.

Теперь девушка плакала навзрыд. Мэдди прикрыла глаза, пытаясь сообразить, что же им делать.

— Вы можете двигаться?

Эти вопросы помогали ей самой сохранить рассудок. Она снова попыталась в нескольких местах сдвинуть завалы. Что-то похожее на булыжник чуть-чуть тронулось с места, не больше чем на несколько дюймов. Женский голос доносился и в противоположном направлении.

— Мне чем-то придавило руки и ноги. Не могу дотянуться до своего ребенка.

— Нас спасут. Кто-нибудь придет на помощь.

В этот момент где-то вдалеке послышались невнятные голоса. Непонятно, правда, кто это мог быть — спасатели или такие же пострадавшие, как они. Мэдди напряглась, пытаясь что-нибудь сообразить. И в этот момент вспомнила про мобильный телефон. Он в ее сумке... Если удастся его найти, она сможет позвать на помощь. В любом случае тогда ее легче будет обнаружить. Ничего из этого, конечно, не выйдет, но по крайней мере можно хоть попытаться что-то сделать. Она стала шарить в темноте, но ничего не нащупала, кроме пыльных обломков, однако получила некоторое представление о том месте, где они находились. В конце концов ей удалось немного раздвинуть завал и глотнуть больше воздуха.

— Я продвигаюсь к вам, — ободряюще произнесла она, обращаясь к девушке. — Как вы там? Слышите меня?

Последовало долгое молчание.

— Кажется, я заснула.

— Постарайтесь не спать. Держитесь.

Мэдди снова изо всех сил попыталась сосредоточиться, однако в состоянии шока ее мысли разбегались в разные стороны.

— Давайте лучше поговорим. Как вас зовут?

— Энн.

— Привет, Энн. А я Мэдди. Сколько вам лет?

— Шестнадцать.

— Мне тридцать четыре. Я репортер на телевидении.

Никакого ответа.

— Энн... проснитесь. Как Энди?

— Не знаю.

Через некоторое время Мэдди снова услышала детский плач. Значит, ребенок жив. А вот голос девушки звучит все слабее. Один Бог знает, насколько серьезно она пострадала. Найдут ли их когда-нибудь?..

Мэдди продолжала в одиночку бороться с завалом. А в это время снаружи продолжали прибывать грузовики с пожарными и спасательными командами. Четыре этажа здания обрушились, еще два были охвачены огнем. Из-под завалов, ближайших к центру взрыва, выносили изувеченные тела, некоторые изуродованные до неузнаваемости. Повсюду валялись оторванные человеческие руки, ноги, головы. Машины «скорой помощи» увозили всех, кто оказался не в состоянии двигаться. Территорию пытались расчистить для спасателей, не только профессиональных, но и добровольцев из толпы. На место взрыва начали прибывать бульдозеры, однако из-за ненадежности не обрушившихся фрагментов здания их пока не могли использовать. Следовало подумать и о тех, кто еще оставался под завалами и кому использование бульдозеров могло грозить смертельной опасностью.

На место катастрофы прибывали все новые команды журналистов и репортеров со всей страны, чтобы сообщить своим зрителям и слушателям о величайшей национальной катастрофе в истории Америки со времени бомбежки Оклахома-Сити в девяносто пятом году. На этот раз трагедия произошла в Вашингтоне. Число жертв уже перевалило за сотню, и никто не мог бы ответить, сколько их еще будет. Все фоторепортеры наперебой пытались заснять громко плачущую девочку с оторванными руками, которую спасатели уже уносили к машине «скорой помощи». Имени ее никто пока не знал. Однако, судя по всему, таких, как этот ребенок, еще будет немало — раненых, изувеченных, истекающих кровью.

Билл спокойно смотрел телевизор в своем уютном кабинете, когда пришли первые сообщения о катастрофе. В ужасе он подскочил на месте: он сразу вспомнил слова Мэдди о том, что она после работы собиралась заехать на этот рождественский базар. Рванулся к телефону. Никто не ответил. Набрал номер ее мобильного телефона. Механический голос ответил, что абонент вне пределов досягаемости. Глядя на экран телевизора, Билл почувствовал настоящую панику. Он едва не набрал номер ее офиса, однако в последнюю минуту все же не решился. Может быть, она сейчас на месте катастрофы и ведет репортаж... Лучше подождать еще немного. Она сама ему позвонит, когда найдет время. Если она не лежит сейчас там, под обломками. Остается только молить Бога, чтобы она осталась жива.

Джек тоже уже знал о бедствии. Его мобильный зазвонил едва ли не одновременно со взрывом. Он расстроенно посмотрел на свою девушку, с которой собирался провести этот вечер.

— Позвоните Мэдди и скажите, пусть немедленно отправляется туда. Она, наверное, уже дома.

Режиссер сказал, что на место взрыва уже посланы две команды и третья в пути. Джек положил трубку. Хорошенькая блондинка, которую он пригласил в «Ритц-Карлтон», спросила, что случилось.

— Какой-то чертов идиот взорвал рождественский базар.

Джек включил телевизор и присвистнул сквозь зубы:

— Черт побери...

Они не могли представить размеров катастрофы, пока не увидели картину, полную ужаса и хаоса. Некоторое время они молча смотрели на экран. Потом Джек снова взял трубку. Позвонил на студию.

— Нашли Мэдди? — рявкнул он.

Да, вот это картинка! Даже у него от некоторых сцен на глаза навернулись слезы. Хорошенькая блондинка, с которой он познакомился неделю назад, тихо плакала рядом. На экране в этот момент один из спасателей уносил мертвого ребенка и его мать.

— Пытаемся найти, Джек, — раздался в трубке голос потрясенного режиссера. — Дома ее нет, а мобильный отключен.

— Черт! Я же запретил ей это делать! Продолжайте попытки, она в конце концов объявится.

Внезапно ему пришла в голову мысль, которую он моментально отогнал. Мэдди ведь собиралась заехать что-то купить к празднику. Оберточную бумагу и что-то еще... Но ведь она терпеть не может все эти временные балаганы, всегда делает покупки в Джорджтауне. С какой стати она бы там оказалась?..

— Энн... Энн... Вы меня слышите?

На этот раз ответ заставил себя ждать дольше, чем прежде.

— Да... слышу.

В этот момент раздался еще чей-то голос. Мужской. И совсем близко.

— Кто здесь? — Сильный, полнозвучный мужской голос.

— Меня зовут Мэдди. Здесь где-то поблизости еще девушка, Энн. Я ее слышу. По-моему, она ранена, и с ней ребенок.

— А вы? С вами все в порядке?

У Мэдди в это время началась сильная головная боль, но она решила, что об этом не стоит упоминать.

— Да, я в порядке. Вы можете тут немного разгрести вокруг меня?

— Продолжайте говорить, а я попытаюсь.

Он сказал, что уже сдвинул довольно много обломков, только не знает точно, в каком направлении пробиваться.

— Как вас зовут?

— Майк. И можете не волноваться. Я выжимаю пятьсот фунтов. Вызволю вас отсюда — и оглянуться не успеете.

Мэдди слышала, как мужчина разгребает завал, пробиваясь к ним. Энн снова замолчала. Мэдди позвала ее. Ребенок заплакал сильнее.

— Поговорите с ребенком, Энн. Может быть, он успокоится, когда услышит ваш голос.

— Не могу... У меня нет сил.

Мэдди продолжала разговаривать с Майком. Теперь его голос звучал ближе.

— Вам известно, что произошло?

— Какое там! Я покупал крем для бритья, когда эта проклятая крыша обрушилась прямо на меня. Я ведь еще собирался привести сюда детей. Слава Богу, что передумал. А с вами кто-нибудь был?

— Нет, я приехала одна.

Мэдди снова попыталась разгрести обломки, но лишь сломала ногти и поранила палец.

— Попробую копнуть в другом направлении, — произнес Майк.

Мэдди охватила паника. При мысли о том, что этот дружелюбный голос сейчас исчезнет, она почувствовала себя заброшенной, как никогда в жизни. Надо успокоиться. Кто-нибудь до них все равно доберется. А если хоть один из них пробьется наружу, помощь подоспеет скорее.

— Хорошо. Желаю удачи, когда выберетесь отсюда. — Она специально сказала «когда», а не «если». — Я репортер. Наверное, ребята из нашей телекомпании уже где-нибудь поблизости. Скажите им про меня.

— Я за вами вернусь.

Он произнес эти слова очень отчетливо. А потом голос исчез. Мэдди осталась одна в темноте, с Энн и плачущим ребенком. Вот если бы все-таки удалось найти телефон. Но она все равно не сможет никому сказать, где находится. Она знает, где была до взрыва, однако похоже, ее отбросило довольно далеко от того места.

Билл продолжал смотреть новости. Его все больше охватывала паника. Он уже раз десять пытался дозвониться до Мэдди, однако всякий раз натыкался на автоответчик.

Ее мобильный телефон не отвечал. В конце концов он не выдержал и позвонил на телестудию.

— Кто говорит? — раздраженно спросил режиссер Раф Томсон.

— Я ее друг. Я просто подумал... Она что, делает репортаж с места происшествия?

Режиссер долго молчал. Потом решил сказать правду:

— Мы тоже не можем ее найти. Дома ее нет, мобильный не отвечает. Возможно, она поехала на место сама по себе, но никто из наших ее там не видел. Правда, там чертова уйма народа. Не волнуйтесь, она найдется. Так всегда бывает.

— Да нет, она никогда не исчезает без предупреждения.

Интересно, откуда ему это известно, подумал Раф. Этот человек, судя по всему, встревожен гораздо больше, чем Джек. Тот только орет на всех, чтобы разыскали Мэдди где угодно. О том, что делал сам Джек в тот момент, когда они добрались до него по телефону, Томсон сразу догадался. Когда Джек взял трубку, за его спиной слышался женский смех.

— Даже не знаю, что вам сказать. Надеюсь, Мэдди скоро объявится. Может быть, она пошла в кино.

Билл знал наверняка, что ни в какое кино Мэдди не пошла. И почему она не позвонила ему, как обычно, не сказала, что с ней все в порядке? Минут десять он ходил по гостиной, не отрывая глаз от телевизора, и наконец не выдержал. Схватил пальто, взял ключи от машины и вышел из дома. Неизвестно, сможет ли он попасть на место происшествия, но попытаться стоит. Он не мог бы объяснить почему, просто чувствовал, что должен быть там. Может быть, там он ее найдет...

Билл подъехал к рождественскому базару в начале одиннадцатого, примерно через полтора часа после взрыва, разрушившего почти два квартала и унесшего жизни более ста человек. Пока. Неизвестно, сколько еще получили увечья. И это только начало.

Еще минут двадцать он пробирался между пожарными грузовиками и машинами «скорой помощи», среди обломков и развалин. Там оказалось полным-полно добровольных спасателей, так что никто не потребовал у него пропуска или разрешения, или хотя бы удостоверения личности. Он прошел к магазину игрушек, огляделся по сторонам, моля Бога о том, чтобы Мэдди оказалась в толпе среди телевизионщиков. Через несколько секунд кто-то подал ему защитный шлем и попросил помочь разбирать завалы и уносить обломки. Он последовал за другими спасателями в глубь развалин. Само их зрелище наводило такой ужас, что он снова начал молиться о том, чтобы Мэдди там не оказалось. Она просто забыла включить свой мобильный телефон.

В этот момент Мэдди под развалинами тоже думала о Билле, навалившись телом на бетонную глыбу. О чудо, глыба сдвинулась с места. Она сделала еще одну попытку, глыба подалась еще на несколько дюймов. Мэдди напирала еще и еще, и с каждым разом слабеющий голос Энн, казалось, звучал все ближе.

— Кажется, я куда-то продвигаюсь, — сообщила она девушке. — Не молчите, Энн, продолжайте говорить, чтобы я знала, где вы. Только бы мне вас не задеть. Вы что-нибудь чувствуете? На вас там ничего не валится, мусор не посыпался?

Не хватало только нечаянно сбросить обломок бетона на Энн или на ее младенца. Однако заставить Энн говорить было едва ли не труднее, чем двигать бетонные глыбы.

Мэдди поймала себя на том, что разговаривает сама с собой. Вначале она этого даже не заметила, яростно раздвигала обломки тяжестью своего тела. Двигала и разгребала, двигала и разгребала. В какой-то момент в пылу борьбы

272

с завалом она едва не изувечилась, но тут — о чудо! — бетонная глыба подалась и образовалось отверстие, достаточно большое для того, чтобы она смогла в него проползти. Так она нашла Энн. Протянула руку и коснулась ребенка... Энди... Младенец лежал рядом с матерью, а та не смогла в темноте до него дотянуться. Сейчас он громко плакал. Мэдди его не видела. На ощупь потянула ребенка к себе. Он пронзительно закричал от страха. Может, его тоже ушибло? Она поспешно опустила его на землю и подползла к Энн. Девушка молчала. Мэдди дотронулась до нее.

— Энн... Энн...

Девушка не отзывалась. Мэдди даже не могла понять, дышит ли она. Осторожно ощупала ее лицо, спустилась ниже... и, кажется, поняла, в чем дело. Верхнюю часть тела Энн придавило тяжелой балкой. Девушка, по-видимому, истекала кровью — руки Мэдди нащупали что-то влажное. Еще одна балка упала Энн на ноги и буквально пригвоздила ее к земле. Как ни пыталась Мэдди, какие отчаянные усилия ни прилагала, ей не удалось освободить девушку. Балки не поддавались. К тому же Мэдди не знала, что на них лежат бетонные глыбы.

— Энн... Энн...

Наконец девушка пошевелилась.

— Где вы?

Она еще не поняла, что произошло.

— Я здесь, рядом с вами. Энди в порядке.

По крайней мере по сравнению с его матерью...

— Нас нашли?

Кажется, Энн сейчас снова потеряет сознание. Мэдди боялась ее тронуть. Судя по придавившей ее тяжести, девушка серьезно изувечена.

— Пока нет, но обязательно найдут. Держитесь.

Мэдди подняла с земли младенца, прижала его к себе. Потом подползла вплотную к Энн и щекой приложила младенца к щеке матери, как, наверное, делают в роддоме.

Может быть, таким образом удастся заставить девушку продержаться еще немного.

Энн тихо заплакала:

— Я умираю, правда?

Обе знали, что на этот вопрос невозможно ответить. Энн всего шестнадцать, но за этот последний час она, казалось, повзрослела и постарела на сто лет.

— Не думаю, — солгала Мэдди. — Вы не можете умереть. Вы нужны Энди.

— У него и отца нет. Отец от него отказался сразу после рождения. Он не хотел ребенка.

— У моего ребенка тоже не было отца.

Слава Богу, по крайней мере девушка заговорила. А ведь у Лиззи тоже не было ни отца, ни матери. Раскаяние, чувство вины с новой силой охватили Мэдди. Но об этом она ничего не сказала Энн.

— Вы живете с родителями?

Главное — не давать ей долго молчать. Мэдди крепче прижала к себе младенца. Внезапно она заметила, что он перестал плакать, и с ужасом приложила палец к его носику. Дышит! Просто заснул.

— Я убежала из дома в четырнадцать лет, — ответила Энн. — Я родом из Оклахомы. Когда родился Энди, позвонила родителям. Они сказали, что не хотят знать ни меня, ни ребенка. У них, кроме меня, еще девять детей. Мама сказала, что со мной одни только неприятности. Мы с Энди живем на социальное пособие.

Да... это настоящая трагедия. Но то, что происходит с ними сейчас, еще ужаснее. Выживет ли хотя бы одна из них? Найдут ли их? А может, найдут уже мертвыми? Они станут лишь частью ужасающей истории, о которой будут говорить по телевизору и писать в газетах. Нет! Этого нельзя допустить! Дитя должно выжить, и второе дитя — его несовершеннолетняя мать — тоже. Спасти их теперь главная задача Мэдди.

274

— Когда он вырастет, вы сможете рассказать ему о том, что сегодня произошло. Он будет гордиться вами, гордиться тем, как мужественно и храбро вы держались. Я тоже вами горжусь.

Мэдди с трудом подавила слезы. Они с Лиззи нашли друг друга лишь через девятнадцать лет. А теперь дочь снова может ее потерять. Но нет, она не позволит себе даже думать об этом. Надо сохранять ясность мысли. Ясность мысли... Внезапно Мэдди почувствовала сильное головокружение. Интересно, когда наступит удушье?.. И как это произойдет?.. Они будут задыхаться, ловить ртом воздух или просто потеряют сознание, словно уснут? Погаснут, как две свечи... Мэдди начала тихонько напевать что-то себе под нос, ворковать с Энди и Энн. Однако девушка снова замолчала, и никакими стараниями Мэдди больше не могла вызвать ее на разговор. Она дотронулась до нее. Энн тихонько застонала. Значит, пока жива. Но похоже, быстро угасает.

У магазина игрушек Билл в конце концов разыскал команду с телестудии. Представился. Оказалось, что он разговаривает с тем самым человеком, с которым до этого говорил по телефону. Тот снимал место происшествия. Давал указания репортерам и операторам.

— Мэдди скорее всего под развалинами, — мрачно произнес Билл. — Она говорила мне, что собирается купить оберточную бумагу и еще кое-что к Рождеству. Она хотела заехать на базар.

— Да, у меня появилось странное предчувствие. Я даже решил, что схожу с ума. Но сейчас это не имеет значения. Здесь делается все возможное для спасения людей.

Билл пояснил, что знаком с Мэдди по комитету первой леди, где они вместе работают. Рафу Томсону он показался хорошим парнем. Он уже несколько часов помогал спасателям и выглядел соответственно: лицо испачкано, пальто разорвано, руки стерты до крови. Все вокруг уже выдохлись, и неудивительно: было за полночь. А Мэдди так до сих пор и не объявилась. Раф несколько раз разговаривал с Джеком, который по-прежнему орал на них из отеля «Ритц-Карлтон». Никакого беспокойства о жене он не проявил. Сказал, что она, наверное, с кем-нибудь трахается и что он ее убьет, когда найдет. Раф и Билл опасались, что негодяи, подложившие бомбу, уже это сделали. Пока никто не взял на себя ответственность за взрыв.

В вечернем эфире еще не объявляли о том, что Мэдди могла оказаться под развалинами, так как наверняка никто этого не знал. К четырем часам ночи спасателям удалось значительно расчистить завалы. К пяти утра из-под обломков высвободили человека по имени Майк. Все его тело кровоточило оттого, что он неустанно расчищал проходы и туннели в развалинах. Ему удалось спасти четверых. Выйдя наружу, он сообщил спасателям, что под развалинами остались еще две женщины. Он их слышал, но не мог до них добраться. Их зовут Мэдди и Энн, у одной из них там маленький ребенок. Он как мог объяснил спасателям, в каком направлении им двигаться, в то время как самого его усадили в машину «скорой помощи». Раф услышал новость через несколько минут и тотчас же сказал об этом Биллу. Спасатели в это время уже пошли в развалины, следуя не очень ясным указаниям Майка.

— Она там.

— Господи... Ее нашли?

Билл не решился спросить, жива ли она.

— Пока нет. Один парень — его только что вытащили — сказал, что там еще остались две женщины, до которых он не смог добраться. Одну зовут Мэдди, она сказала, что она репортер с телевидения. Даже назвала телестудию.

Их наихудшие опасения подтвердились... Ничего не оставалось, как только ждать. Еще два часа они наблюдали за тем, как выносили бездыханные тела, изувеченных людей, мертвых детей. К семи утра Билл не выдержал и разрыдался. Он больше не верил, что Мэдди жива. Прошло уже одиннадцать часов с момента взрыва. Он раздумывал, не позвонить ли Лиззи. Но что он может ей сказать? Вся Америка уже знает о трагедии. И о том, что это дело рук каких-то безумцев.

Билл и Раф сидели на ящиках с оборудованием для звукозаписи. Новая команда спасателей пошла в развалины. Кто-то из Красного Креста предложил им по чашке кофе. Раф принял ее с благодарностью. Билл же не мог себя заставить сделать хотя бы глоток.

Раф больше не задавал ему вопросов об их взаимоотношениях с Мэдди. Теперь ему стало ясно, что этому человеку она очень дорога, и сейчас он от души сочувствовал Биллу.

— Не теряйте надежды. Ее в конце концов найдут.

Неизвестно только, живой или мертвой. Эта мысль не давала покоя обоим.

Мэдди сидела скорчившись и прижимала к себе ребенка. Энн уже долгое время молчала, и никакими усилиями Мэдди не удавалось добиться от нее ответа. Она не могла понять, спит Энн или уже умерла. Она потеряла счет времени, не знала, сколько часов они здесь находятся. Ребенок зашевелился и снова заплакал. Мать его услышала.

— Скажите, что я люблю его, — раздался рядом с Мэдди едва слышный шелестящий голос.

— Вы ему сами это скажете. Только держитесь.

Мэдди пыталась говорить бодрым тоном, но ничего не получилось. Оптимизма у нее больше не осталось. Не хватало воздуха, она уже несколько раз теряла сознание.

— Я хочу, чтобы вы о нем позаботились вместо меня. — Некоторое время Энн молчала. — Я люблю вас, Мэдди. Спасибо, что вы оказались здесь рядом со мной. Без вас мне было бы намного страшнее.

Слезы потекли у Мэдди из глаз. Она наклонилась и поцеловала девушку в щеку, думая о Лиззи.

— Я тоже люблю вас, Энн. Очень люблю. Нас спасут. Вы поправитесь. И я познакомлю вас со своей дочерью.

Неожиданно Энн кивнула, словно поверила ей, и Мэдди почувствовала, что она улыбнулась в темноте.

— Мама называла меня Энни. Когда еще любила меня.

— Уверена, что она и сейчас вас любит. Она и Энди полюбит, когда его увидит.

— Я не хочу, чтобы он жил у нее. Я хочу, чтобы вы взяли моего ребенка к себе. Обещайте мне, что будете его любить.

Мэдди с трудом подавила рыдания. Этого они сейчас не могут себе позволить: воздуха и так не хватает. Она приготовилась ответить девушке, сказать что-то ободряющее, как вдруг услышала голоса. Мужские, сильные, громкие. Они выкрикивают ее имя!

— Мэдди! Мэдди Хантер! Мэдди... Вы нас слышите? Энн... Вы нас слышите?

Мэдди едва не задохнулась от волнения. Закричала что было сил:

— Мы вас слышим! Мы слышим! Мы здесь!!!

Голоса приближались. Мэдди быстро заговорила, обращаясь к Энн:

— За нами пришли, Энн! Нас сейчас вызволят отсюда. Держитесь!

Однако Энн снова отключилась. Ребенок заплакал еще громче. От голода, от усталости и страха. Мэдди и сама испытывала те же чувства.

Голоса приближались. Вот они уже звучат совсем рядом. Мэдди еще раз назвала себя, как могла описала место, где они находились, сообщила о состоянии Энн. Сказала, что сама она в порядке, что держит на руках ребенка.

— Ребенок очень пострадал?

Снаружи, по-видимому, пытались решить, какие специалисты-спасатели могут понадобиться.

— Точно не знаю. Кажется, нет.

Несмотря на все ее объяснения, спасателям потребовалось еще полтора часа, чтобы до них добраться. Люди боялись рисковать, расчищали завалы и продвигались вперед очень медленно и осторожно, дюйм за дюймом. Оставалась опасность, что если они не будут достаточно осторожны, остатки бетонных конструкций могут обрушиться.

Когда в глаза Мэдди ударил сноп света от фонаря — спасатели проделали в бетонной глыбе дыру величиной с блюдце, — она громко вскрикнула и разрыдалась. Окликнула Энн, сказала ей, что они спасены. Та не отвечала.

Спасатели расширили отверстие. Мэдди смогла передать им Энди. При свете фонаря она разглядела, какой он грязный. На личике засохла кровь от царапины на щечке. Но в остальном он, кажется, цел и невредим. И какой хорошенький со своими широко раскрытыми глазенками... Она поцеловала его, прежде чем передать наружу. Пара сильных мужских рук взяла ребенка и тотчас исчезла. Остались четверо других. Еще через полчаса они проделали достаточно большое отверстие, чтобы Мэдди смогла в него проползти. Она оглянулась на Энн, взяла ее за руку. Девушка лежала неподвижно. Кажется, она спала, слава Богу. Освободить ее спасателям будет намного труднее. Мэдди проскользнула в отверстие. Двое спасателей протиснулись внутрь за Энн. Третий потащил Мэдди наружу. Они продвигались ползком. У выхода сильные руки ее подняли и пронесли над кучами развалин и мусора. В глаза ударил яркий дневной свет.

Ее освободили из-под обломков в десять утра, через четырнадцать часов после взрыва. Она попыталась выяснить у кого-нибудь, что с младенцем, однако вокруг все еще царил невообразимый хаос. Людей продолжали выносить из развалин. Кругом лежали мертвые тела, плакали дети, люди ожидали известий о своих родных... Ее никто не слышал. Спасатели что-то громко кричали друг другу. В этот момент Мэдди увидела Билла. Он стоял и ждал. Такой же грязный, как и она сама, оттого что всю ночь помогал спасателям.

Увидев Мэдди, Билл рванулся вперед, прижал ее к себе и задохнулся от спазма в горле. Так он стоял неподвижно, прижимая ее к себе, не в силах унять рыдания. Никакими словами не смог бы он описать ужас, который пережил за эту ночь. Для них обоих это был незабываемый момент.

— Слава Богу, — шептал он, еще крепче прижимая ее к себе, прежде чем передать в руки медиков.

Каким-то чудом Мэдди оказалась почти невредимой. На секунду забыв про Билла, однако не выпуская его руки, она повернулась к одному из спасателей:

— Как Энн?

— Ею занимаются врачи.

Этот спасатель за прошедшую ночь повидал слишком много, как и все остальные. Но каждого извлеченного из-под развалин человека они воспринимали как победу и одновременно как дар судьбы, о котором все молились.

— Скажите ей, что я ее люблю.

Мэдди обернулась к Биллу. На одно ужасное мгновение в голове у нее мелькнула мысль, не наказание ли ей все это за любовь к нему. Однако она решительно прогнала от себя эту мысль, как тяжелый булыжник, который мог бы ее раздавить. Она этого не допустила там, в развалинах. Не допустит и сейчас. Теперь она принадлежит Биллу. Она это заслужила. Она выжила ради этого. Ради него. И ради Лиззи.

В этот момент ее посадили в машину «скорой помощи». Без малейших колебаний Билл сел туда вместе с ней. Выглянув в окно, он увидел Рафа Томсона. Тот смотрел на них и плакал от радости за обоих.

Глава 21

Мэдди привезли в больницу и поместили в травматологическое отделение, где лежали остальные пострадавшие при взрыве. Она сразу же спросила о ребенке, об Энди. Ей сказали, что с ним все в порядке, он поправляется. К удивлению врачей, у Мэдди не оказалось ни переломов, ни каких-либо внутренних повреждений, ничего серьезного, если не считать небольшого сотрясения мозга, нескольких синяков и царапин. Билл не мог поверить своему — и ее — везению. Он сидел рядом с ней на больничной койке и рассказывал о том, что узнал. Пока известно лишь одно: какие-то воинствующие экстремисты взорвали бомбу. За час до этого они передали послание президенту, в котором заявляли, что это их предупреждение правительству. Заявление напоминало послание безумцев. И эти безумцы убили триста человек, половина из которых — дети. Слушая рассказ Билла, Мэдди содрогнулась от ужаса.

В свою очередь, она рассказала, как на нее обрушился потолок и что она почувствовала, оказавшись в западне под развалинами с Энн и младенцем. Сейчас она отчаянно надеялась на то, что и матери, и сыну тоже удастся выжить. Она очень переживала за Энн, однако ее переживания не шли ни в какое сравнение с тем, что испытал за прошедшую ночь Билл. Для него это было так же ужасно, как тогда, когда похитили Маргарет. Мэдди ласково ему сказала, что дважды в жизни такое человеку не выпадает.

Вскоре за ней пришли. Врачи хотели сделать еще кое-какие анализы, чтобы окончательно убедиться в том, что с ней все в порядке. Они с Биллом решили, что ему лучше уйти. Если вдруг появится Джек, Мэдди не оберется неприятностей, а у нее их и так не счесть.

— Я вернусь через несколько часов. — Он наклонился и поцеловал ее. — Отдыхай, ни о чем не беспокойся.

— И ты тоже. Поспи немного.

Она еще раз поцеловала его и с трудом выпустила его руку. После ухода Билла врачи провели дополнительное обследование и сделали анализы.

Вернувшись, Мэдди застала в палате Рафа Томсона и своих коллег из отдела новостей. Оказывается, их послал

Джек. Раф промолчал о том, что, по его мнению, Джек ведет себя как последний подонок: он не потрудился прийти к жене сам. О Билле он тоже не спросил — все и так ясно. Что бы ни случилось, нет никаких сомнений в том, что эти двое любят друг друга.

Мэдди рассказала перед телекамерами все, что могла, особо остановилась на Энн, на том, как храбро она держалась.

— А ведь ей всего шестнадцать!

В этот момент она заметила какое-то странное выражение в глазах Рафа.

— Вы о ней что-нибудь слышали, Раф? — спросила она, когда отключили камеры. — С Энн все в порядке?

Несколько секунд он молчал, не зная, что ответить. Сначала хотел солгать, но не решился. Это будет несправедливо по отношению к Мэдди. И потом... она ведь все равно узнает правду.

— С ребенком будет все в порядке, Мэд. А вот мать вытащить не удалось.

— Что вы хотите сказать? Как это — не удалось вытащить?!

Она почти кричала, сама не замечая этого. Она заставила Энн продержаться целых четырнадцать часов, а теперь Раф говорит, что ее «не удалось вытащить»! Нет, в это невозможно поверить!

— Когда вас забрали оттуда, Мэд, она лежала в коме. Жизнь в ней поддерживали еще некоторое время, но примерно через полчаса она умерла. У нее оказались раздавлены легкие и сильное внутреннее кровотечение. Врачи-реаниматоры сказали, что ее все равно не удалось бы спасти.

Мэдди издала звук, похожий на звериный рык. Она испытывала такое чувство, словно Энн была ее родной дочерью. Мысль о том, что девушка погибла, казалась невыносимой. А как же ребенок?.. Раф ответил, что о ребенке он ничего не знает.

Вскоре телевизионщики ушли. На прощание Раф, с трудом сдерживая рыдания, сказал, как он счастлив оттого, что она жива.

И Лиззи говорила то же самое, захлебываясь слезами. Мэдди позвонила ей в Мемфис, чтобы сообщить, что с ней все в порядке. Всю прошлую ночь Лиззи не отходила от телевизора. Не увидев мать в программе новостей, она стала звонить ей домой, но никто не брал трубку. И тогда Лиззи поняла, что Мэдди там, в развалинах.

Потом позвонила Филлис Армстронг. Сказала, что они с президентом счастливы за Мэдди. Говорила о страшной трагедии. Особенно ужасно, что погибли дети. Они обе не могли удержаться от слез. Положив трубку, Мэдди спросила медсестру об Энди. Та ответила, что малыш в детском отделении больницы и пробудет там еще несколько дней. За ним хороший уход. А потом его поместят в приют для детей-сирот.

Медсестра вышла из палаты, а Мэдди тихонько встала и пошла в детское отделение взглянуть на ребенка.

Он так исхудал, что казался новорожденным. Его искупали, расчесали, завернули в голубую пеленку. Мэдди попросила разрешения его подержать. У него оказались светлые волосы и голубые глаза. Какой красавчик, думала Мэдди. Энн, наверное, была очень хорошенькой. Энн... Девушка просила ее, Мэдди, позаботиться о ребенке. Иначе его отдадут в сиротский приют. Его ждет та же судьба, что и ее собственную дочь. Кочевать из одного приюта в другой, от одних приемных родителей к другим, и никто на свете не полюбит его так, как может любить только родная мать. У Мэдди разрывалось сердце... и вдруг она встретила пристальный, напряженный взгляд младенца. Может быть, он узнал ее голос? Она ведь столько времени ворковала для него там, в развалинах. Однако через некоторое время он потерял к ней интерес и задремал. Мэдди тихо плакала, думая об Энн.

Какой странный поворот судьбы, оставившей их вместе под грудой обломков...

Она осторожно положила ребенка на место и вернулась к себе в палату. Все тело у нее болело, и передвигалась она с трудом. И все же ей невероятно повезло! Мэдди смотрела в окно, думая о превратностях судьбы, щадящей одних и карающей других без видимой на то причины. Ну почему она оказалась в числе счастливчиков, в то время как Энн так ужасно не повезло! А ведь у нее впереди была почти вся жизнь, не то что у Мэдди... Так она размышляла о загадках человеческого бытия, когда в палату вошел Джек. На его лице застыло какое-то торжественное выражение.

— Ну, кажется, на этот раз мне не нужно спрашивать, где ты провела ночь. Как ты себя чувствуешь, Мэдди?

«На этот раз»... Как это характерно для него! Но держался Джек как-то смущенно.

С самого начала Джек никак не хотел поверить, что Мэдди оказалась под развалинами. Для него все разговоры об этом звучали чистейшей истерией. Узнав же, что это и в самом деле так, он прежде всего страшно удивился. А затем почувствовал облегчение, узнав, что она жива.

Сейчас он наклонился и поцеловал жену. Нянечка в это время внесла огромную вазу с цветами от президентской четы.

— Тебе, видимо, пришлось несладко.

— Да, страшновато было...

Как ни искусно он умел свести на нет, принизить все ее поступки и переживания, но то, что произошло с Мэдди в эту ночь, не умалишь. Провести четырнадцать часов под обломками взорванного здания... Как ни крути, это серьезная травма. Она хотела было рассказать Джеку об Энн и ее ребенке, о том, что она перенесла под развалинами, но вовремя остановилась. Он все равно не поймет.

— Все о тебе волновались. А я решил, что ты куда-то поехала. Никак не мог предположить, что... Как ты вообще там оказалась?

284

— Заехала купить упаковочной бумаги.

Она внимательно за ним наблюдала. Он отошел в дальний конец палаты, словно желая сохранить определенную дистанцию между ними. Мэдди тоже к этому стремилась — для собственной безопасности.

— Ты же всегда ненавидела толкотню, распродажи, базары.

— И кажется, теперь я понимаю почему. Они чертовски опасны.

Оба рассмеялись. Однако напряжение не проходило. После страшной ночи Мэдди еще не успела привести в порядок свои мысли. Там, среди развалин, рядом с Энн и ее плачущим ребенком, ей пришло в голову, что если она выдержит, если спасется, значит, она переживет величайший ужас и опасность в своей жизни, и больше ей уже бояться нечего. В эту ночь она впервые взглянула в глаза смерти. Ничего страшнее быть не может. Впредь она никогда не будет терзаться и казнить себя. Она поклялась себе, что больше не станет этого делать. Сейчас, глядя на Джека, сидевшего в неловкой позе на другом конце палаты, она думала о том, что у него нет к ней ни капли любви — он не подошел, не обнял, не сказал, что любит. Может быть, он ее и любит по-своему, так, как умеет, но это совсем не то, что ей нужно.

Словно разгадав мысли Мэдди, он встал, подошел к ее кровати и протянул бархатную коробочку. Она молча взяла ее, открыла. Внутри лежал тонкий изящный браслет с бриллиантами. Мэдди не знала, что сегодня утром, покидая «Ритц-Карлтон», Джек купил два одинаковых браслета — один для нее, другой для блондинки, с которой провел ночь. Но, даже не подозревая об этом, она протянула ему браслет обратно:

— Извини, Джек, я не могу принять твой подарок.

Его глаза сузились, как у хищника, почуявшего, что добыча ускользает. На мгновение Мэдди показалось, что он сейчас ударит ее. Однако он удержался.

— Не можешь? Это еще почему?

— Я ухожу от тебя.

Она сама поразилась своим неожиданным словам. И все же не так, как Джек.

— Какого черта! Что это значит?

— Я больше так не могу.

— О чем ты? Объясни.

Он начал мерить палату крупными шагами, как разъяренный тигр. Но в эту минуту Мэдди почувствовала, что больше не боится Джека. Почти не боится. Здесь она в безопасности. За дверью люди, много людей.

— Объясни, в чем дело?! Не можешь жить в роскоши, дважды в год ездить в Европу, летать на личном самолете, получать в подарки драгоценности всякий раз, когда я настолько дурею, что покупаю их тебе? Ах, какая невыносимая жизнь для потаскухи из Ноксвилла!

Он снова принялся за свое...

— В том-то и дело, Джек. Я не потаскуха из Ноксвилла и никогда ею не была. Даже тогда, давным-давно, когда жила в бедности.

— Да ну?! Что-то я не припоминаю, чтобы ты когда-нибудь принадлежала к другим слоям общества или хотя бы понимала, что это такое. Да ты стала шлюхой с самого детства, можно сказать. Вспомни о своей Лиззи!

— Вот именно. Она прекрасная девочка, несмотря на тяжелую жизнь, которую вела из-за меня. Я перед ней в долгу. И перед собой тоже.

— Ты в долгу только передо мной! Мне ты обязана всем! Надеюсь, ты понимаешь, что, уйдя от меня, ты потеряешь работу?

Его глаза сверкнули холодным стальным блеском.

— Посмотрим. Этим займутся мои адвокаты. У меня контракт с твоей телекомпанией. Ты не можешь меня уволить, не предупредив заранее и не выплатив компенсации.

Оказывается, борьба за жизнь там, в развалинах, сделала ее намного храбрее. И неужели он всерьез думает ее удержать запугиванием! Однако когда-то именно такие методы на нее действовали и, как это ни печально, усмиряли.

— А ты мне не угрожай! Ты от меня ни гроша не получишь! Не забывай, что из моего дома ты уйдешь голышом. Твоего там ничего нет. Даже твои чертовы колготки принадлежат мне. Попробуй только уйти от меня, Мэд. Останешься в одном больничном халате!

— Что тебе от меня нужно? Почему пытаешься меня удержать? Ты же меня ненавидишь.

— А ты ничего, кроме ненависти, не заслуживаешь. Ты меня за нос водила, врала мне. У тебя есть дружок, он тебе звонит каждый день! Я это знаю. Ты что, считаешь меня идиотом?

Не идиотом... злобным подлецом. Этого она вслух не произнесла. Пусть она и осмелела, но не до такой степени.

— Никакой он не дружок! Мы с ним друзья. Пока. И я тебя никогда не водила за нос. Солгала только насчет Лиззи.

— Ничего себе «только»! Но я готов тебя простить. В данном случае я обманутый, я жертва, а вовсе не ты. И все же я согласен помириться. Ты просто не знаешь, как тебе повезло. Вот погоди, будешь еще подыхать от голода в какой-нибудь дыре в Мемфисе или Ноксвилле вместе со своей шлюшкой дочкой. Ты еще будешь умолять, чтобы я позволил тебе вернуться!

Он говорил и медленно приближался к ее койке. В его глазах появилось выражение, какого она никогда раньше не видела. Мэдди вспомнила все, о чем говорили женщины в их группе. Когда садист почувствует, что жертва от него ускользает, он пойдет на все, чтобы ее удержать. На все.

Он остановился у самой кровати.

— Никуда ты от меня не уйдешь, Мэд! Храбрости не хватит. К тому же ты не такая дура, чтобы швырнуть псу под хвост свою роскошную жизнь и карьеру. Правда? — В его взгляде зазвучала неприкрытая угроза. — Ты слишком сильно ударилась головой, Мэд? Может, есть смысл вышибить из тебя всю эту дурь, чтобы прочистить твои мозги? Как ты на это смотришь, Мэд?

При этих словах она почувствовала, как внутри у нее все взбунтовалось. В эту минуту она знала твердо: если он до нее дотронется, она его убьет. Она не позволит ему затащить себя обратно и снова мучить, унижать, внушать ей, что она дерьмо и ничего лучшего не заслуживает.

— Попробуй только пальцем до меня дотронуться, и я тебя убью! Клянусь. Все, Джек, больше я от тебя ничего терпеть не стану. Все это время ты мной полы подтирал, но теперь этому конец. Я к тебе не вернусь. Найди себе кого-нибудь другого, кого ты сможешь мучить и унижать.

— Вы только послушайте! Такая большая девочка и угрожает своему папе! Бедная моя. Ну что, ты меня боишься, Мэдди?

Он расхохотался ей в лицо. Мэдди соскочила с постели и встала с ним лицом к лицу. Все. Игры кончены.

— Нет, я тебя больше не боюсь, сукин сын! Меня тошнит от тебя! Убирайся вон из палаты, Джек, иначе я позову охранников, и тебя отсюда вышвырнут!

Долгое мгновение он молча смотрел на нее, потом подошел поближе, так близко, что она могла бы сосчитать волоски в его бровях.

— Грязная сука! Надеюсь, ты скоро подохнешь. Ты это заслужила!

Он круто повернулся на каблуках и вышел. Мэдди не могла бы сказать, была ли это прямая угроза. Она не на шутку испугалась, но своего решения не изменила. Однако глядя вслед Джеку, на одно короткое мгновение она внезапно почувствовала безумное, сумасшедшее желание его остановить и умолять, чтобы он ее простил. Она знала, это в ней говорит та часть ее существа, которая вечно чувствует свою вину неизвестно за что, которая хочет вернуться назад, которая жаждет его любви любой ценой. Та часть ее существа, которая над ней больше не властна.

Когда Джек ушел, Мэдди упала на кровать, захлебываясь слезами. Ее охватило невыносимое чувство вины и страшной потери. Джек — как раковая опухоль на ее сердце. Сможет ли она когда-нибудь его забыть? Сможет ли он когда-нибудь простить ее?

Глава 22

На следующий день Мэдди снова пошла в детскую палату взглянуть на Энди. Там ей сказали, что утром приходили представители службы опеки над детьми-сиротами. Завтра его заберут и поместят в приют, пока не найдут для него подходящих приемных родителей.

Мэдди вернулась в свою палату с тяжелым сердцем. Она больше не увидит Энди, она расстается с ним навсегда, как когда-то с Лиззи. Но с Лиззи Бог подарил ей еще один шанс. Может быть, и Энди с его матерью не случайно появились в ее жизни...

Весь день до вечера Мэдди думала только об этом. Рассказала об Энди Биллу, когда тот пришел ее навестить. Он уже знал о вчерашнем посещении Джека и испытывал одновременно радость и тревогу. Только бы этот подлец не сделал ей ничего дурного. Нельзя предугадать, как он себя поведет теперь, зная, что Мэдди от него уходит. Билл умолял ее быть осторожной. Она собиралась заехать домой за вещами. Он уговорил ее не ездить одной, взять с собой кого-нибудь. И еще она собиралась нанять охранника с телестудии. Билл пообещал купить ей все необходимое из одежды, когда придет время выписываться из больницы.

Однако, как ни странно, Мэдди абсолютно не испытывала страха. Она чувствовала себя свободной. Изумительное ощущение! Последнее объяснение с Джеком оказалось для нее мучительным, и все же сейчас она, к собственному удивлению, совершенно не чувствовала себя виноватой. Когда-нибудь знакомое чувство вины, наверное, вернется. Ее об этом предупреждали. Однако сейчас она не сомневалась в том, что поступила правильно. Джек — это раковая опухоль, которая обязательно погубила бы ее рано или поздно.

Сейчас ее мучило другое. Весь день ее преследовали мысли о ребенке Энн.

— Я знаю, это безумие, — призналась она в конце концов Биллу, — но я ей обещала о нем позаботиться. Наверное, надо хотя бы узнать в органах социальной опеки, где он будет жить.

С этим Билл не мог не согласиться. Они немного поговорили об ужасах прошлой ночи. Кажется, одного из преступников удалось задержать. Им оказался двадцатилетний парень, психически неуравновешенный, с уголовным прошлым. Предположительно он действовал вместе с двумя сообщниками, которых пока не нашли. Повсюду в городе служили поминальные мессы по погибшим. Скорбь еще больше усугублялась близостью рождественских праздников. Билл уже говорил Мэдди, что он решил не ехать в Вермонт, а остаться в Вашингтоне, рядом с ней.

— Со мной все будет в порядке. Не стоит об этом беспокоиться.

И действительно, если не считать незначительных болей, возникавших время от времени в ее теле, Мэдди чувствовала себя на удивление хорошо. Она решила на первое время поселиться вместе с Лиззи в той квартирке, которую сняла для нее. Дочь должна была приехать через неделю. Рождество они проведут вместе. Мэдди ничего не имела против того, чтобы некоторое время пожить с дочерью.

— Если хочешь, можешь жить у меня, — с надеждой в голосе произнес Билл.

Мэдди улыбнулась и поцеловала его.

— Спасибо за великодушное предложение, но я не уверена, что ты созрел для постоялицы.

— А я вовсе не это имел в виду, — сказал Билл и покраснел от смущения. Мэдди очень нравились в нем его деликатность и доброта, которую он постоянно проявлял. Да, им есть чего ждать от будущего, есть о чем мечтать. Но не стоит торопить события. Ей надо прийти в себя после девяти лет пребывания под пятой Джека, а ему необходимо полностью залечить раны после гибели жены. И все же их жизнь теперь немыслима друг без друга. Единственное, чего Мэдди не могла решить — какое место в своей жизни отвести для Энди. В том, что такое место должно существовать, она не сомневалась. Пусть это будут хотя бы регулярные посещения Энди в приюте в память об обещании, данном его матери.

Об этом она в тот же вечер заговорила по телефону с Лиззи. Напуганная взрывом, та теперь звонила матери по нескольку раз в день.

— А почему бы тебе его не усыновить? — заявила Лиззи с легкостью девятнадцатилетней девушки.

Мэдди начала объяснять, что это было бы смешно. Она осталась без мужа, возможно, и без работы, без собственного жилья. Однако мысль, поданная Лиззи, засела у нее в голове и с тех пор не давала покоя. В три часа ночи, так и не сомкнув глаз, она снова пошла в детскую палату, села в кресло-качалку, взяла спящего Энди на руки и долго смотрела на него. Вошла нянечка, сказала, что ей надо идти спать. Но какая-то сила, намного сильнее ее самой, не давала ей оторваться от ребенка, подталкивала к нему. Мэдди чувствовала, что не может сопротивляться этой силе.

Утром она страшно нервничала, ожидая женщину из органов опеки. Сказала, что хотела бы с ней поговорить. Описала все, что ей пришлось пережить. Та даже немного испугалась.

— Я понимаю, миссис Хантер, что вам довелось испытать в ту ужасную ночь. Вы подвергались смертельной опасности. Никто не вправе ожидать, что вы всерьез воспримете обещание, данное при таких обстоятельствах. Это ведь очень важное решение.

— Да, я знаю. Дело здесь не только в обещании... Не знаю, как вам объяснить... Кажется, я влюбилась в Энди.

— То, что вы сейчас остались без мужа, не может служить препятствием для усыновления. Хотя для вас ребенок может стать серьезным бременем.

Мэдди не стала объяснять, что может остаться без работы. Впрочем, у нее на счете в банке достаточно денег, чтобы продержаться довольно долго. Все эти годы она жила достаточно экономно, и теперь у нее скопилась приличная сумма, которой хватит и на них с Лиззи, и на ребенка.

— Если я правильно поняла, вы хотели бы усыновить младенца?

— Да.

Мэдди почувствовала, как ее залила жаркая волна любви к ребенку. Внезапно исчезли все сомнения в правильности этого шага, по крайней мере для нее. Она представления не имела о том, как отнесется к этому Билл. Но теперь она даже ради него не откажется от своей собственной жизни, от своей мечты. Отныне она будет поступать так, как сама сочтет нужным. Если Биллу это подойдет, слава Богу. Это будет счастьем для всех, не только для нее и ребенка. Однако спросить его об этом она, конечно, обязана.

— Сколько вы дадите мне времени на то, чтобы принять окончательное решение?

— Мы временно поместим ребенка в одну семью, которая и раньше нам помогала в подобных случаях, но они не заинтересованы в усыновлении. Они это делают просто по доброте душевной и из религиозных побуждений. Однако должна вас предупредить, что на этого ребенка наверняка будет большой спрос. Здоровенький, белый, двухмесячный... многие хотят усыновить именно такого. А таких сейчас не так уж много.

— Дайте мне немного подумать. У меня, наверное, будет преимущество перед другими?

— Если только не появится семья, которая будет настаивать на своем праве. Мы сейчас все проверяем. Похоже, он может довольно быстро стать вашим, миссис Хантер.

Женщина оставила ей свою визитную карточку и ушла. Через некоторое время Мэдди снова пошла в детскую палату. Сердце у нее ныло при одной мысли о том, что завтра она уже не увидит здесь Энди. Она еще находилась там с малышом, когда пришел Билл. Он купил ей серые брюки, голубой свитер, кроссовки, жакет, нижнее белье, ночную сорочку и кое-какие туалетные принадлежности, включая косметику. Все отлично ей подошло.

Мэдди собиралась покинуть больницу на следующий день. Согласилась пожить у Билла, пока не оборудует квартиру для них с Лиззи. Она рассчитывала, что на это уйдет примерно неделя. Еще надо было заехать в дом Джека, забрать кое-что из вещей. И пора приступать к работе. У нее накопилось столько дел. Все это она обсуждала с Биллом, прежде чем наконец решилась заговорить о ребенке. Когда она рассказала, что собирается усыновить Энди, Билл испуганно вскинул на нее глаза:

— Ты уверена в том, что действительно этого хочешь, Мэдди?

— Не совсем. Поэтому и рассказываю тебе об этом. Может быть, это безумная мысль, а может, лучшее, что мне удастся сделать за свою жизнь... А вдруг мне это предназначено судьбой? Я ничего не знаю.

— Самое лучшее — то, что ты ушла от Джека Хантера, — твердо сказал Билл. — А усыновление Энди будет самым лучшим событием в твоей жизни после обретения Лиззи. Должен сказать, поймала ты меня на крючок, дорогая. — И он засмеялся.

Желание Мэдди еще раз напомнило Биллу, насколько он ее старше. Он любил своих детей, когда они были малышами, сейчас он очень любит внуков, но завести маленького ребенка в его возрасте... Нет, на такое он никак не рассчитывал. Хотя дочку Мэдди он уже полюбил всей душой.

— Просто не знаю, что и сказать, — честно признался Билл.

— Я тоже. Я даже не знаю, зачем я тебе об этом говорю — чтобы спросить совета, или просто поставить в известность, или... В общем, не знаю. Кто знает, как все сложится между нами... хотя мы и любим друг друга.

Билл восхищался ее честностью и прямотой. Действительно, все так и есть. Он в нее влюблен, но пока они не знают, перерастет ли это чувство в прочные отношения. У них ведь все только начинается. Они еще ни разу не были близки... хотя эта перспектива очень заманчива. Ребенок же — огромная ответственность. Это оба хорошо понимали.

Мэдди попыталась кое-что объяснить Биллу:

— Всю мою жизнь другие мне говорили, что делать, как поступить. Родители принудили меня оставить Лиззи в роддоме. Бобби Джо заставлял делать аборты. Джек не позволил мне иметь детей, вынудил подвергнуться стерилизации. Потом он запретил мне видеться с Лиззи. Теперь вот нежданно-негаданно явился Энди. И на этот раз я хочу поступить так, как считаю нужным, сделать то, что считаю правильным для себя. Если я откажусь от Энди ради тебя, я, может, потом всю жизнь буду жалеть. С другой стороны, я не хочу терять тебя из-за ребенка... даже не моего собственного. — Она смущенно взглянула на него. — Ты понимаешь, что я хочу сказать?

Он улыбнулся. Присел рядом с ней на койку, обнял ее за плечи, привлек к себе:

— Понимаю, хотя выражаешься ты довольно путано. Но я вовсе не собираюсь лишать тебя того, что тебе кажется необходимым. Ты меня потом за это возненавидишь. Или почувствуешь себя обделенной, обманутой. Тебя когда-то лишили возможности иметь детей, у вас с Лиззи отняли девятнадцать лет жизни. У меня есть дети, и я не имею права лишать тебя их.

А ведь именно это должен был бы сказать ей Джек семь лет назад, перед тем как они поженились. Но не сказал. Правда, с Джеком вообще все с самого начала складывалось по-иному. Можно сказать, они оба вели себя нечестно по отношению друг к другу. С Биллом же совсем иначе. Во-первых, у него нет ничего общего с Джеком Хантером. И она, Мэдди, сейчас совсем не та женщина, которая семь лет назад выходила замуж за Джека. Кажется, весь мир вокруг изменился вместе с ней.

— С другой стороны, — продолжал Билл, желая быть с ней предельно честным, чтобы в будущем между ними не было недоразумения в этом вопросе, — я не уверен в том, что хочу повернуть время вспять. Приходится взглянуть правде в глаза: я ведь намного старше тебя, Мэдди. В твоем возрасте естественно рожать детей, в моем — нянчить внуков. Нам обоим следует хорошо подумать. Я даже не знаю, справедливо ли это — давать маленькому ребенку отца... моего возраста.

— В этом нет ничего плохого или необычного. Ты прекрасно справишься с ролью отца. Как и с любой другой.

Что за дурацкий разговор, пришло ей в голову. Они ведь еще ни словом не обмолвились о браке.

— Кажется, мы ставим телегу впереди лошади. Ты так не думаешь?

И все же ей необходимо решить, что делать с ребенком. Решить скорее, пока кто-нибудь другой его не усыновил. Тогда вообще не о чем будет говорить. Мэдди знала, что специально искать младенца для усыновления она, конечно, не станет. Но Энди для нее словно перст судьбы.

— Чего ты сама хочешь? Что бы ты сделала, если бы меня вообще не было на свете?

Своим вопросом Билл предельно упростил для нее задачу.

— Усыновила бы ребенка, — не задумываясь ответила Мэдди.

— Так и поступай. Ты не можешь всю жизнь угождать другим, Мэдди. Раньше ты только так и жила. Может быть, я умру завтра или через неделю. Или мы решим, что мы замечательные люди, но нам лучше быть друзьями, чем любовниками. Хотя я очень надеюсь, что этого не произойдет. В общем, прислушайся к своему сердцу, Мэдди. Если у нас с тобой все получится, если мы будем вместе, мы с этим справимся. А там, кто знает, может быть, малолетний партнер для бейсбола окажется мне весьма кстати. Может, это будет как раз самым подходящим для моего возраста.

Слушая Билла, Мэдди поняла, что с каждой минутой любит его все больше. И с ним нельзя было не согласиться. Она не может сейчас отказаться от того, что словно предназначено ей судьбой. Есть же, наверное, какая-то глубокая причина в том, что Господь послал ей не только Билла, но и Лиззи, а теперь еще и Энди.

— А тебе не покажется, что я совсем свихнулась, если я все-таки решу усыновить Энди? Я ведь могу остаться без работы. Джек грозился, что выгонит меня.

— Об этом можешь вообще не думать. Без работы ты не останешься ни дня, даже если он тебя уволит. Неужели ты этого не понимаешь? Вопрос сейчас в другом. Готова ли ты

296

взять на себя заботы о чужом ребенке? Ведь это означает нести бремя ответственности всю жизнь. Вот о чем ты должна очень серьезно подумать.

— Я об этом и думаю.

Билл ведь уже достаточно хорошо ее знает и наверняка понимает, что такое решение дается нелегко.

— Что же до твоего вопроса... Нет, мне не покажется, что ты свихнулась. Я скажу, что ты храбрая женщина. Молодая и энергичная. Достойная, честная, всем сердцем любящая, стремящаяся отдать другим как можно больше своего тепла. Но никак не сумасшедшая.

Больше ей и спрашивать не о чем, поняла Мэдди. Теперь она может принять окончательное решение.

Всю ночь она пролежала без сна, а наутро позвонила в отдел социальной опеки и сказала, что хочет усыновить Энди. Женщина, с которой она уже общалась, поздравила ее и сообщила, что начинает оформлять документы. Этот момент показался Мэдди едва ли не самым волнующим в жизни. Она даже заплакала от радости. Потом позвонила Биллу и Лиззи. Оба порадовались за нее. Конечно, у Билла есть основания для опасений, и она, Мэдди, готова его понять. Но даже ради него она не откажется от своей мечты. Да он этого и не позволит. Просто он пока не может сказать, захочется ли ему в семьдесят лет тренировать бейсбольную команду малолеток. Мэдди же отчаянно надеялась на то, что ее решение принесет счастье им всем, и прежде всего, конечно, маленькому Энди.

В этот день она покинула больницу. В одежде, купленной Биллом, отправилась прямо к нему домой. Она все еще чувствовала себя слабой. По-видимому, общее состояние ее организма из-за перенесенного было не вполне сносное. Однако, несмотря на чувство усталости, она позвонила на студию и пообещала в понедельник приступить к работе. Несколько раз звонил Элиотт, в ужасе от происшедшего и в то же время безмерно счастливый, так как Мэдди осталась жива. И казалось, все ее знакомые почли своим долгом прислать ей в больницу цветы.

Она с облегчением переступила порог тихого уютного жилища Билла. Утром она думала поехать в свой прежний дом за вещами, невзирая на слова Джека о том, что ей там ничего не принадлежит. На всякий случай она наняла знакомого охранника с телестудии, чтобы тот сопровождал ее в поездке. Интересно, что с того самого момента, когда она сообщила Джеку, что уходит от него, Мэдди ничего не слышала о муже.

Вечером они с Биллом сидели перед камином, слушали музыку, разговаривали. Он сам приготовил обед и подал его при свечах. Мэдди думала о том, как он ее балует, но ей это нравилось. Оба не могли до конца поверить своему счастью. Она в его доме! Она освободилась от Джека! Все произошло так неожиданно... А впереди у них новая жизнь. Как странно, думала Мэдди. Джека словно никогда и не было, вся их совместная жизнь отступила на второй план.

Она подняла глаза на Билла. Ее лицо озарилось улыбкой.

— Я думаю, решающую роль тут сыграли женщины из группы. Все, я теперь большая!

Хотя порой прошлое все-таки возвращалось. Иногда она тревожилась за Джека, беспокоилась, не слишком ли он переживает ее уход, чувствовала себя виноватой и неблагодарной. Она не знала, что этот уик-энд Джек провел с двадцатидвухлетней девушкой, с которой познакомился и переспал в Лас-Вегасе. Мэдди многого не знала о Джеке.

— Понадобилось всего-навсего взорвать рождественский базар, чтобы привести тебя в чувство, — поддразнил ее Билл, чтобы скрыть свои чувства при мысли о том, чем это могло кончиться. — Кстати, когда ты собираешься забрать Энди?

— Пока точно не знаю. Мне позвонят. — Она помолчала, прежде чем задать вопрос, который вертелся у нее на языке с той самой минуты, когда она решилась усыновить Энди. — Ты согласишься быть его крестным отцом... если не станешь для него кем-то иным?

— Почту за честь. — Он поцеловал ее. — И кстати, я ведь еще не сказал, что не собираюсь стать для него кем-то иным. Это нам еще предстоит решить. Но вот что, Мэдди: ребенок не может взяться невесть откуда, для этого надо кое-что предпринять.

Мэдди весело рассмеялась. Она сразу поняла, что́ Билл имеет в виду.

Они положили тарелки в посудомоечную машину, погасили свет и медленно пошли наверх. Билл обнял ее за талию. Мэдди робко шла в его спальню. Свои вещи она на всякий случай отнесла в комнату для гостей, чтобы Билл не чувствовал себя связанным. Насколько она могла судить по его словам, после смерти Маргарет у него не было женщины. Прошло чуть больше года с тех пор, как ее не стало. Годовщину смерти жены он переживал очень тяжело, однако Мэдди заметила, что после этого у него словно полегчало на душе.

Она села на кровать. Они еще немного поговорили — о взрыве, о его детях, о Джеке, о том, что ей пришлось пережить. Оказалось, что у них нет секретов друг от друга.

Глядя на Мэдди с любовью, он медленно привлек ее к себе.

— С тобой я снова ощущаю себя юнцом, — прошептал ей Билл в самое ухо.

Боится... Так же как и она. Хотя с ним ей бояться нечего.

Они забылись в поцелуе. Казалось, прошлое куда-то ушло вместе со всеми горестями и радостями. Осталось только настоящее. Мэдди словно вступала в новую жизнь с человеком, бывшим ей другом так долго, что она уже не могла вообразить без него свою жизнь. С человеком, предназначенным ей судьбой...

— Люблю... — шептали они друг другу и заснули, не размыкая объятий. Им казалось, будто они ощущают на себе Божье благословение. Их путешествие навстречу друг другу оказалось длинным и трудным, однако долгая дорога, горести и потери, которые обоим пришлось пережить, были не напрасны.

Глава 23

На следующий день Мэдди встретилась с нанятым ею охранником и объяснила, что ей нужно всего-навсего заехать в дом, где она раньше жила, и забрать свою одежду. Пустых чемоданов там достаточно, а для перевозки она наняла пикап, который отвезет ее вещи в квартирку, которую она сняла для Лиззи. Все остальное — мебель, картины, произведения искусства и прочее — она оставит Джеку. Ей нужны только одежда и личные вещи. Все очень просто. Вернее, казалось простым, пока они не подъехали к дому Джека.

Охранник сидел за рулем пикапа. Билл тоже хотел с ней поехать, но Мэдди его отговорила. Почему-то ей показалось, что это неловко. Биллу совершенно не о чем беспокоиться, заверяла она. Много времени это не займет, и поедут они, когда Джек наверняка будет на работе.

Однако, подойдя к входной двери и вставив ключ в замок, Мэдди поняла: что-то не так. Дверь не открывалась. Ключ как будто подходил идеально, однако проворачивался в замке, не открывая его. Может быть, что-то неладно с замком?.. Мэдди пробовала еще и еще. Охранник сделал попытку помочь ей, после чего сообщил, что в двери поменяли замок. Ее ключ не подходит.

Стоя у двери своего бывшего дома, она позвонила по мобильному телефону в офис Джека. Секретарша сразу же соединила ее с боссом. В первую секунду Мэдди испугалась, что Джек не станет с ней разговаривать.

— Я приехала забрать свои вещи. Но ключ не подходит. Ты, наверное, поменял замок? Можно заехать к тебе в офис и взять ключ? Я его тебе сразу же верну.

В ее просьбе не было ничего страшного. Ее голос звучал вежливо и ровно, хотя руки дрожали.

— О чем ты? В моем доме ничего твоего нет.

— Я хочу взять только свою одежду, Джек. Все остальное можешь оставить себе. Да, и еще возьму свои драгоценности. Больше ничего.

— Ни твоей одежды, ни драгоценностей в моем доме нет, — проговорил Джек ледяным тоном. — Это все принадлежит мне. У тебя же есть только то, что на тебе сейчас надето, Мэд. За все, что ты считала своим, платил я, и все это мое.

Все как прежде, когда он любил повторять, что она принадлежит ему... Но ее гардероб и драгоценности, накопленные за семь лет жизни... Можно ли быть таким мстительным!

— Что ты собираешься с этим делать? — спросила она, стараясь говорить спокойно.

— Драгоценности я два дня назад отправил на аукцион «Сотбис», остальные твои вещи велел уничтожить в тот же день, когда ты сообщила, что уходишь от меня.

— Ты шутишь!

— Нисколько. Тебе ведь не понравилось бы, если бы кто-то другой носил твою одежду, правда, Мэд? Так что теперь в моем доме нет абсолютно ничего твоего.

Даже ее украшения не представляли для него большой ценности. Он не дарил ей ничего по-настоящему ценного, просто красивые вещички, которые ей нравились.

— Как ты мог это сделать!

— Я ведь тебя предупредил, Мэдди. Захотела убраться — плати.

Подонок!

— Я и платила все те годы, что жила с тобой, Джек.

Она произнесла это ровным тоном, хотя ее всю трясло. В эту минуту она чувствовала себя ограбленной.

— Ты еще далеко не все знаешь, — проговорил он таким чудовищно злобным голосом, что ей стало дурно.

— Прекрасно!

Мэдди повесила трубку. Когда она вернулась в дом Билла, он взглянул на нее с испугом:

— Что случилось? Почему так быстро? Он что, сам уложил все твои вещи?

— Как бы не так. Он все уничтожил, так по крайней мере сказал. Я не смогла попасть в дом: он поменял замки. Позвонила, и он сообщил, что мои драгоценности будут проданы на аукционе «Сотбис», а вся одежда уничтожена.

Она чувствовала себя как после пожара... Теперь у нее ничего нет. Как это жестоко и как мелочно...

— Подонок! Пошли его куда подальше, Мэдди. Ты купишь себе новые вещи.

— Да... конечно.

И тем не менее у нее появилось ощущение, будто она снова подверглась насилию. Кроме того, покупка всего нового гардероба обойдется недешево.

И все же, несмотря на неприятности, они с Биллом хорошо провели уик-энд. Хотя внутренне Мэдди уже готовила себя к понедельнику и к неизбежной встрече с Джеком. Она знала, как трудно ей теперь будет с ним работать. Но она любит свою работу и не собирается от нее отказываться.

Билл думал иначе:

— Я считаю, что сейчас самое разумное для тебя — это подать заявление об уходе. Есть масса других телекомпаний, и все они за тебя ухватятся.

— Знаешь, я пока хочу сохранить статус-кво.

Билл не стал с ней спорить. Ей за эту неделю и так досталось, начиная со взрыва и кончая тем, что ее ограбил муж. Слава Богу, скоро его можно будет назвать бывшим мужем.

Однако Мэдди оказалась совершенно не подготовленной к тому, что произошло в понедельник утром. Билл отвез ее на студию по дороге к своему издателю. Мэдди вошла в вестибюль с напускной храброй улыбкой на лице. Подошла к металлическому детектору. Краем глаза увидела руководителя службы безопасности. Тот, очевидно, поджидал ее. Отвел в сторону и сообщил, что ей запрещено появляться на телестудии.

— Почему?

— Приказ мистера Хантера. Извините, мэм. Не разрешается.

Итак, ее не просто уволили. Она, что называется, персона нон-грата. Личность, не заслуживающая доверия. Если бы охранник ударил ее, на Мэдди это, наверное, подействовало бы не так сильно. Перед ней захлопнули дверь! Она без работы, без имущества, без одежды. На какой-то момент ее охватила паника, на что, вероятно, и рассчитывал Джек. Сейчас ей не хватает только билета со скидкой на автобус до Ноксвилла.

Она сделала глубокий вдох и вышла. Что бы Джек ни делал, погубить ее ему не удастся. Он просто пытается ее наказать за уход от него. Но она не совершила никакого преступления. После всего, что он с ней творил, она имеет право на свободу. Но что, если она не найдет другую работу? Или Билл к ней охладеет? А вдруг Джек прав и она действительно ни на что не годна?

Не думая о том, что делает, она двинулась вперед. Пешком дошла до дома Билла. Шла целый час и совершенно выдохлась.

Билл уже вернулся. Увидев ее смертельно побледневшее лицо, он спросил, в чем дело. Мэдди начала рассказывать и разрыдалась.

— Успокойся, — приказал он. — Успокойся, Мэдди. Все будет хорошо. Джек не может сделать тебе ничего плохого.

— Еще как может! Все так и будет, как он говорит. Я окажусь на самом дне, в сточной канаве. Мне придется уехать в Ноксвилл.

Мэдди пришлось столько вынести за последнее время, что сейчас ее охватила необъяснимая паника. Она забыла о деньгах в банке, сэкономленных втайне от Джека, она забыла о том, что у нее есть Билл. Сейчас она чувствовала себя брошенной всеми сиротой. Именно на это и рассчитывал Джек. Он прекрасно понимал, что она почувствует панический ужас. Он объявил ей открытую войну.

— Ни в какой Ноксвилл ты не поедешь. И вообще не тронешься с места. Необходимо посоветоваться с юристом, но не с тем, которого содержит Джек.

Когда она немного успокоилась, он позвонил знакомому адвокату. Во второй половине дня они вместе поехали к нему.

Выслушав Мэдди, адвокат сказал, что, к сожалению, он не всесилен. Например, он не сможет вернуть ей уничтоженную одежду. Однако он в состоянии заставить Джека соблюдать контракт. Мужу придется заплатить ей за все, что он уничтожил, и еще немалую сумму в качестве выходного пособия плюс компенсацию за моральный ущерб — за то, что не пустил ее на студию. Он даже говорил о штрафе в несколько миллионов долларов за нарушение контракта. Мэдди слушала, изумленно открыв рот. Оказывается, она вовсе не беспомощная жертва! Джеку придется дорого заплатить за причиненный ей ущерб, а огласка скандала ему тоже не пойдет на пользу.

— Вот так, миссис Хантер. Ничего худшего ваш муж уже придумать не сможет. Возможно, будет еще надоедать, возможно, попытается вам причинить еще какие-нибудь неприятности, но безнаказанным он все равно не останется. Он, по сути дела, ходячая мишень. К тому же он ведь видная общественная фигура. Он вам заплатит кругленькую сумму в качестве возмещения за ущерб либо добровольно, либо по решению суда присяжных.

Мэдди одарила адвоката лучезарной улыбкой, как ребенок, получивший желанную куклу на Рождество. Выходя из его офиса, она с той же улыбкой взглянула на Билла. С ним она почувствовала себя в полной безопасности, как никогда раньше.

— Прости, что утром я сорвалась. Я просто очень испугалась, когда охранник не пустил меня на студию. Это было ужасно.

— Конечно. Я все понимаю. Это отвратительно со стороны Джека. И не обманывай себя, Мэдди, ты с ним еще не развязалась. От него можно ждать любой пакости, пока суд его не остановит. А может быть, и после этого. Ты должна быть готова к худшему, Мэдди.

Легко сказать... Особой радости при этой мысли она не испытывала.

На следующий день война продолжилась. Утром они с Биллом мирно завтракали, просматривали газеты. Внезапно у Мэдди перехватило дыхание. Билл в тревоге вскинул глаза:

— Что случилось?

Она подала ему газету. Ее глаза наполнились слезами. В небольшой заметке на двенадцатой полосе говорилось о том, что Мэдди Хантер пришлось оставить работу телеведущей в вечерней программе новостей из-за нервного срыва, случившегося после четырнадцати часов, проведенных ею под завалом после взрыва.

— Господи! Теперь никто не захочет взять меня на работу. Все будут считать меня сумасшедшей!

— Сукин сын!

Билл внимательно прочел статью и позвонил адвокату. Его не оказалось на месте, но в полдень он сам им позвонил и сказал, что Джека привлекут к ответственности за клевету. Однако теперь все сомнения отпали: Хантер начал борьбу не на жизнь, а на смерть с единственной целью — отомстить. Он намерен сокрушить, раздавить Мэдди.

На следующей неделе она пошла на собрание женской группы. Рассказала обо всем, что с ней произошло. Никто не выразил удивления. Ее предупредили, что будет еще хуже, посоветовали остерегаться и физического насилия. Руководительница группы описала типичное поведение социопата. Все в точности соответствовало поступкам Джека. Человек без морали, без принципов, без чести, без совести... если ему понадобится, он может все поставить с ног на голову и вообразить себя жертвой.

Вечером Мэдди рассказала об этом Биллу, и он полностью с ней согласился.

— Только, пожалуйста, будь осторожна, когда я уеду, Мэдди. Я буду безумно волноваться. Лучше бы ты поехала со мной.

Она все-таки уговорила Билла поехать в Вермонт на Рождество, как он и собирался. Он должен был уехать через несколько дней. Сама Мэдди намеревалась остаться в городе и обживать новую квартирку вместе с Лиззи, которая должна была вскоре приехать. Хотя у Билла ей было хорошо, Мэдди все-таки решила не менять свои первоначальные намерения и переехать к Лиззи, чтобы предоставить ему свободу действий. Кроме того, она ждала известий об Энди и не хотела нарушать спокойный, размеренный образ жизни Билла. Пусть их отношения развиваются медленно, постепенно.

— Со мной все будет в порядке.

Теперь Мэдди не опасалась, что Джек попытается применить физическое насилие: он был слишком занят всяческими кознями, что, по его расчетам, должно было гораздо больше ей навредить.

Адвокат Мэдди добился, чтобы в газете поместили опровержение напечатанной ранее заметки о ее нервном срыве. Известие о том, что бывший муж в приступе ярости уволил Мэдди Хантер, быстро разнеслось по городу. Ей названивали с телестудий и приглашали на работу. Она уже получила заманчивые предложения от трех ведущих телекомпаний, но решила немного подождать с ответом и подумать. На этот раз она не должна ошибиться, поэтому лучше не спешить. Теперь по крайней мере Мэдди убедилась в том, что без работы не останется. Все угрозы Джека о ее безотрадном будущем — просто пустые слова, очередная попытка ее запугать.

Билл уехал. В тот же день Мэдди отправилась в квартирку, снятую ею для Лиззи, и стала ее готовить к приезду дочери. К вечеру все сверкало, комнаты выглядели уютно и празднично. Мысль о том, что она проведет эти праздники с Лиззи, вызывала у Мэдди радостное возбуждение. То, что проделывал Джек, просто ужасно. Однако самая преступная из всех его пакостей — это то, что он пытался избавиться от Лиззи еще до того, как Мэдди узнала о ее существовании. Все его бесконечные отвратительные поступки теперь вспоминались с предельной ясностью. Мэдди не могла понять лишь одного: почему она столько времени позволяла ему над собой издеваться и так долго сносила все унижения? По-видимому, в глубине души она всегда считала, что заслуживает такого обращения, а Джек прекрасно это чувствовал. Она сама давала ему в руки все необходимое для того, чтобы он ее мучил.

Они с Лиззи говорили об этом несколько часов кряду. Билл позвонил из Вермонта сразу же по приезде. Сказал, что уже по ней скучает.

— Почему бы тебе не приехать к нам на Рождество?

Похоже, он сказал это всерьез.

— Не хочу навязываться твоим детям.

— Они будут рады тебя видеть, Мэдди.

— Тогда, может, мы приедем на второй день Рождества? Кажется, это будет разумный компромисс. И Лиззи просто мечтает научиться кататься на лыжах.

Билла тоже захватила эта идея. Он позвонил Мэдди в тот же день еще раз вечером. Позвонил, чтобы сказать, как он ее любит.

— По-моему, нам следует еще раз обсудить, где ты будешь жить. Не надо тебе делить квартиру с Лиззи. Я буду по тебе тосковать.

На самом деле Мэдди подумывала о том, чтобы снять и для себя отдельное жилье. Она не хотела навязывать Биллу свое общество. Опасалась, что он почувствует себя связанным. Однако, узнав, что она уже переехала от него к Лиззи, он явно оскорбился.

— Ну что же, при том количестве вещей, которыми я сейчас обременена, решение можно поменять за пять минут, — спокойно ответила Мэдди.

— Очень хорошо. Я хочу, чтобы к моему приезду ты снова переехала ко мне. Знаешь, Мэдди, мы с тобой оба хлебнули достаточно горя одиночества. Давай попробуем вместе начать новую жизнь.

Завтра — канун Рождества. Нужно еще многое успеть, хотя она пока и не работает. Мэдди собиралась эти праздники полностью посвятить дочери.

На следующий день они купили елку и вместе ее нарядили. Как это не похоже на мрачные унылые рождественские праздники в Виргинии, думала Мэдди. Джек делал вид, что никакого праздника не существует, и хотел, чтобы она вела себя так же. Это Рождество будет самым счастливым в ее жизни, несмотря на возникающие временами сожаления о прошлом, о Джеке, о том, что все обернулось не так, как она ожидала. Временами ей приходилось напоминать себе о том, что без него ей намного лучше. Когда воспоминания о хороших днях с Джеком грозили затопить ее волной горечи и отчаяния, она гасила их воспоминаниями об унижениях, тирании и садизме, которых было намного больше. Главное — у нее теперь есть Билл и Лиззи. Ей просто необыкновенно повезло.

В канун Рождества, в два часа дня наконец последовал долгожданный телефонный звонок. Ее предупредили, что на усыновление могут потребоваться недели и даже месяцы. Поэтому она приказала себе выкинуть это на время из головы и сосредоточила все свое внимание на Лиззи.

В телефонной трубке звучал знакомый женский голос:

— Все готово. Малыш хочет домой к своей мамочке, чтобы отпраздновать вместе с ней Рождество.

Та самая служащая из отдела социальной опеки, которая помогала ей в усыновлении Энди!

— Это правда?! Я могу его забрать?!

Мэдди растерянно оглянулась на Лиззи, однако та не поняла, в чем дело, и лишь засмеялась в ответ.

— Он ваш. Сегодня утром судья подписал все бумаги. Он подумал, что вам захочется, чтобы это произошло до Рождества. Провести праздник со своим сыночком — что может быть прекраснее!

— Где он?

— У меня в офисе. Его только что привезли. Вы можете забрать мальчика в течение дня, только я тоже хотела бы пораньше попасть домой к своим детям.

— Я буду у вас через двадцать минут.

Мэдди положила трубку. Обернулась к Лиззи, быстро объяснила ей, в чем дело.

— Поедешь со мной?

Она совсем растерялась. Она ведь никогда не заботилась о маленьком ребенке и даже не представляла себе, что это такое. Она еще и не купила ничего для Энди, чтобы ненароком не спугнуть удачу. И кроме того, она рассчитывала, что у нее будет больше времени на подготовку.

— Мы ему купим все, что нужно, после того как заберем, — успокоила ее Лиззи.

Скитаясь по домам и приютам, Лиззи часто выполняла роль сиделки при малышах и поэтому знала об этом больше, чем ее мать.

— Я даже не знаю, что нужно купить... памперсы, детское питание... что еще... наверное, погремушки, пустышки... и все такое. Правильно?

Мэдди ощущала себя четырнадцатилетней девчонкой. От радостного возбуждения она едва могла устоять на месте. Ее била нервная дрожь. Она поспешно умылась, причесалась, надела пальто, взяла сумочку и побежала вниз по лестнице. Лиззи за ней.

Они на такси подъехали к офису. Энди мирно спал, одетый в белый свитерок, голубые махровые штанишки и белую шапочку. Временные приемные родители подарили ему на Рождество медвежонка. Со слезами на глазах Мэдди обернулась к Лиззи. Как она виновата перед дочерью... Почему не взяла ее тогда из родильного дома!

Лиззи, казалось, поняла, что она чувствует. Подошла ближе, обняла мать за плечи.

— Все нормально, ма... Я люблю тебя.

— Я тебя тоже люблю, радость моя.

Мэдди поцеловала дочь. В этот момент Энди проснулся и заплакал. Мэдди взяла его на руки и прижала к своему плечу. Он огляделся, словно искал знакомое лицо, и заплакал еще громче.

— Я думаю, он хочет есть, — сказала Лиззи с уверенностью, которой Мэдди отнюдь не ощущала.

Служащая подала Мэдди сумку с вещами Энди и детским питанием, протянула лист с инструкциями и вручила толстый конверт с документами по усыновлению. Сказала, что Мэдди придется еще раз появиться в суде, но это уже чистая формальность. Ребенок теперь является ее сыном.

Мэдди решила сохранить его прежнее имя, но поменять фамилию, и свою тоже на девичью — Бомон. Не хочет она больше иметь ничего общего с Джеком Хантером. В следующей своей телепрограмме — когда бы это ни произошло — она появится уже как Мэдлен Бомон. А ее сына будут звать Эндрю Уильямом Бомоном. Второе имя она решила дать ребенку в честь Билла, его крестного отца.

Прижимая к себе драгоценную ношу, с выражением благоговейного изумления на лице она вышла из офиса в сопровождении Лиззи. Они остановились у детского магазина и у аптеки. Купили все, что посоветовали Лиззи и продавщицы. Загрузили машину до отказа. Там едва осталось место для них двоих.

Нагруженные детскими вещами, сияя счастливыми улыбками, они вошли в свою квартиру. В этот момент зазвонил телефон.

— Давай подержу, ма.

Лиззи протянула руки. Мэдди с неохотой отдала ей малыша. Ей не хотелось расставаться с ним ни на минуту. Если до этого у нее и мелькали сомнения в том, что она поступает правильно, то теперь они развеялись. Все правильно, именно это ей необходимо, и она хочет этого всей душой.

— Где ты была? — спросил в трубке знакомый голос.

Билл. Он недавно вернулся с лыжной прогулки с внуком, и ему не терпелось рассказать ей об этом.

— Где ты была, Мэдди?

Ее губы сами собой раздвинулись в улыбке.

— Забирала твоего крестника.

Лиззи включила иллюминацию на елке. Квартира озарилась теплым уютным светом. Как жаль, что Билла нет с ними на Рождество. Особенно теперь, когда здесь Энди.

В первый момент Билл не понял, о чем она говорит. Потом почувствовал по голосу, как она счастлива.

— Вот это рождественский подарок! Как он?

— Он просто прелесть, Билл. — Мэдди улыбнулась дочери, державшей на руках своего маленького братишку. — Сам увидишь.

— Ты привезешь его с собой в Вермонт?

Глупый вопрос, понял Билл. Какой у нее еще выход? И потом, ребенок не новорожденный. Ему уже два с половиной месяца, и он здоровенький малыш.

— Да, если ты не возражаешь.

— Привози. Мои ребятишки будут счастливы. Да и нам с ним надо познакомиться, раз я собираюсь стать его крестным отцом.

Больше он ей ничего не сказал. Но поздно вечером позвонил снова и на следующее утро тоже. Мэдди с Лиззи пошли в церковь на рождественскую мессу и взяли с собой маленького Энди. Всю службу он мирно проспал. Мэдди положила его в элегантную голубую переносную корзиночку, и он лежал там, как маленький принц, в новеньком голубом свитерке и голубой шапочке, под большим теплым голубым одеялом, вместе со своим медвежонком.

Наутро они с Лиззи открыли свертки с подарками, приготовленными друг для друга. Сумочки, перчатки, книги, духи... Но лучшим подарком для них, конечно же, стал Энди, лежавший в своей голубой корзиночке и смотревший на них широко открытыми глазами. Мэдди поцеловала его, и он одарил ее в ответ сияющей улыбкой. Мэдди знала, этот момент она никогда не забудет. Никогда не перестанет благодарить судьбу за ее бесценный дар. Она взяла ребенка на руки и беззвучно помолилась о его матери, завещавшей ей свое дитя.

Глава 24

На второй день Рождества Мэдди и Лиззи отправились в Вермонт во взятой напрокат машине. Сейчас она выглядела как цыганский тарантас из-за множества детских вещей. Почти всю дорогу ребенок мирно проспал. Мэдди с дочерью беседовали, много смеялись, порой сами толком не зная над чем. По пути остановились перекусить. Энди тоже получил свою бутылочку. Мэдди чувствовала себя счастливой, как никогда в жизни. И никогда еще она не ощущала такой уверенности в том, что поступает правильно, именно так, как надо. Только теперь она до конца поняла, чего лишил ее Джек, вынудив стать бесплодной. На самом деле он ее лишил уверенности в себе, самоуважения, чувства собственного достоинства, возможности принимать решения, касающиеся ее собственной жизни. Слишком дорогая цена за престижную работу и материальные блага, которые он ей предоставлял. Слишком неравный обмен.

— Что ты собираешься делать со всеми предложениями о работе? — спросила Лиззи.

Мэдди вздохнула:

— Пока не знаю. Конечно, я бы хотела вернуться к работе, но еще больше мне хочется хотя бы немного насладиться тобой и Энди. Это моя первая и последняя возможность в жизни быть только матерью, настоящей матерью. Как только я приступлю к работе, времени на это не останется. Торопиться пока некуда.

Ей надо было еще уладить кое-какие вопросы, связанные с ее судебным иском. Адвокат Мэдди собирался начать большой процесс против Джека и его телекомпании, привлечь его к ответственности за причиненный ей моральный ущерб, за то, что ее вышвырнули с работы, за клевету, за преступные намерения по отношению к ней и еще за ряд более мелких проступков. Все это им надо будет серьезно обсудить. Но больше всего Мэдди хотелось просто побыть дома с Энди и Лиззи. Через две недели у дочки начнутся занятия в университете. Она уже сейчас вне себя от радостного возбуждения в предвкушении этого дня.

В шесть часов вечера они подъехали к дому Билла. Как раз вовремя, чтобы познакомиться со всеми его детьми и внуками и успеть к ужину. Дети пришли в настоящий восторг при виде младенца. Он им улыбался и даже смеялся. Самый младший, двух с половиной лет, тут же начал играть с Энди.

После ужина Лиззи взяла младенца у матери и сказала, что сама его уложит. Мэдди помогла женщинам убрать на кухне. Потом они с Биллом сидели перед камином и разговаривали. Когда все разошлись по своим комнатам, он предложил пойти прогуляться. Подмораживало. На небе ярко светили звезды. Снег искрился и скрипел под ногами. Они пошли по дорожке, расчищенной его сыном.

Мэдди сразу поняла, что вся семья Билла любит этот большой, уютный старый дом. И какая славная у него семья... Похоже, они с удовольствием проводят время вместе. И кажется, никого из них не шокировали отношения Билла с Мэдди. Все встретили ее, и Лиззи, и даже маленького Энди с подчеркнутой сердечностью.

Они шли по дорожке рука об руку. У стены выстроилось несколько пар лыж. Мэдди уже предвкушала, как завтра они с Биллом пойдут кататься на лыжах. Если, конечно, удастся найти кого-нибудь, кто бы остался с малышом. Да, это что-то совсем новое в ее жизни. К этому еще надо привыкнуть. И все равно это прекрасно.

— У тебя чудесная семья.

— Спасибо. — Он улыбнулся в ответ. Обнял ее за плечи. — Малыш действительно просто прелесть.

Сейчас он видел, что Мэдди его уже по-настоящему любит. Было бы очень несправедливо, если бы она так и не

314

узнала этого чувства. И малышу она сможет дать жизнь, какой без нее он бы никогда не увидел. Даже с родной матерью. Похоже, Господь знал, что делает, когда они оказались в ту ночь втроем под развалинами. И кто он, Билл, такой, чтобы решиться отнять у нее это...

Они повернули обратно к дому.

— Знаешь, я много думал...

Мэдди подняла на него глаза, в которых внезапно появился ужас. Ей показалось, будто она поняла, что последует дальше. Она резко отвернулась, чтобы Билл не увидел слезы в ее глазах.

— Не уверена, что хочу это слышать.

— Почему же? — Он нежно повернул ее к себе. — Я кое-что обдумал. Может быть, тебе будет интересно послушать.

— Ты имеешь в виду... насчет нас? — произнесла она сдавленным голосом.

Неужели все кончится, едва успев начаться... Как это несправедливо! Впрочем, что в ее жизни можно назвать справедливым? Вот только то, что есть у нее сейчас. Билл, Лиззи, Энди. Вся жизнь с Джеком теперь казалась ей дурным сном.

Билл почувствовал, что она дрожит.

— Не надо бояться, Мэдди.

— Боюсь. Боюсь тебя потерять.

— Ну, здесь никаких гарантий быть не может. У тебя впереди гораздо более длинный путь, чем у меня. Но думаю, дело не в том, находишься ты в начале пути или быстро движешься к концу. Дело в самом путешествии. Если мы пойдем по этой дороге вместе, если у нас это получится, больше, я думаю, и желать нечего. Ведь ни один из нас не может знать, что там, за углом, за следующим поворотом. — Да, эту истину он усвоил на горьком опыте, так же как и Мэдди. — Если мы решим дальше идти вместе, наше путешествие будет проходить под знаком обоюдного доверия.

Мэдди все еще не могла понять, что именно он имеет в виду. Биллу же больше всего хотелось ее успокоить, внушить ей уверенность в завтрашнем дне.

— Я не собираюсь тебя бросать, Мэдди. Я никуда не уезжаю. И я никогда сознательно не причиню тебе боль.

Однако оба они знали, что время от времени это неизбежно. Но если такое и произойдет, это будет непреднамеренно.

— Я тоже не хочу причинять тебе боль.

Мэдди теснее прижалась к Биллу, как бы ища утешения или подтверждения тому, что он говорил. Да... с ним ей нечего опасаться. Начинается совсем новая жизнь... новый день, новые мечты. Они бережно их лелеяли в своих сердцах.

Билл заглянул ей в глаза сверху вниз и улыбнулся:

— Ты поняла, что я пытаюсь сказать? Похоже, мне пойдет на пользу, если в семьдесят лет будет с кем поиграть в бейсбол. Уж если до этого дойдет, Энди сможет кинуть мне мяч и в инвалидную коляску.

Мэдди счастливо засмеялась:

— Не думаю, что к тому времени тебе понадобится инвалидная коляска.

Он рассмеялся в ответ:

— Кто знает? А вдруг ты меня вымотаешь окончательно? Видит Бог, ты уже пыталась это сделать. Взрыв, ребенок неизвестно откуда, бесноватый муж... С тобой не соскучишься. В общем, я решил, что хочу быть ему не только крестным отцом. Он заслуживает большего. Как и все мы.

— Значит, ты хочешь стать тренером команды малолеток по бейсболу? — поддразнила его Мэдди.

Господи... У нее возникло чувство, словно она наконец вернулась в родную гавань, а на горизонте показался корабль, которого она так долго ждала. Всю жизнь. Наконец-то она в хороших руках... В безопасности.

— Я хочу стать твоим мужем, Мэдди. Вот что я тут пытаюсь тебе втолковать. Как ты к этому отнесешься?

— А что скажут твои дети?

— Возможно, скажут, что я сошел с ума, и будут правы. Но я думаю, что это будет правильно для нас обоих... для всех нас. Сейчас мне кажется, что я давно это понял. Просто не знал, каковы твои планы и сколько времени тебе понадобится, чтобы их осуществить.

— Я потеряла слишком много времени.

Но быстрее у нее все равно бы не получилось.

— Я ведь уже сказал, не имеет значения, с какой скоростью ты движешься по дороге. Так что же ты мне ответишь?

— Что мне очень повезло, — прошептала она.

— Мне тоже.

Он крепко обнял ее за плечи, и они зашагали назад к дому. Лиззи с малышом на руках смотрела на них из окна верхнего этажа. Мэдди как будто почувствовала на себе ее взгляд. Подняла голову, улыбнулась и помахала дочери рукой.

Войдя в дом, Билл остановился и поцеловал Мэдди. Да, для них это не начало и не конец пути. Это жизнь, которую отныне они будут делить, это радость от сознания, что их путешествие продлится еще долго. Очень долго.

Издательская группа АСT

Издательская группа АСТ, включающая в себя около **50 издательств** и редакционно-издательских объединений, предлагает вашему вниманию **более 10 000 названий книг** самых разных видов и жанров. Мы выпускаем классические произведения и книги современных авторов. В наших каталогах — интеллектуальная проза, детективы, фантастика, любовные романы, книги для детей и подростков, учебники, справочники, энциклопедии, альбомы по искусству, научно-познавательные и прикладные издания, а также широкий выбор канцтоваров.

В числе наших авторов мировые знаменитости Сидни Шелдон, Стивен Кинг, Даниэла Стил, Джудит Макнот, Бертрис Смолл, Джоанна Линдсей, Сандра Браун, создатели российских бестселлеров Борис Акунин, братья Вайнеры, Андрей Воронин, Полина Дашкова, Сергей Лукьяненко, Фридрих Незнанский братья Стругацкие, Виктор Суворов, Виктория Токарева, Эдуард Тополь, Владимир Шитов, Марина Юденич, а также любимые детские писатели Самуил Маршак, Сергей Михалков, Григорий Остер, Владимир Сутеев, Корней Чуковский.

Книги издательской группы АСТ вы сможете заказать и получить по почте в любом уголке России. Пишите:

107140, Москва, а/я 140

ВЫСЫЛАЕТСЯ БЕСПЛАТНЫЙ КАТАЛОГ

Вы также сможете приобрести книги группы АСТ по низким издательским ценам в наших **фирменных магазинах:**

В Москве:

- Звездный бульвар, д. 21, 1 этаж, тел. 232-19-05
- ул. Татарская, д. 14, тел. 959-20-95
- ул. Каретный ряд, д. 5/10, тел. 299-66-01, 299-65-84
- ул. Арбат, д. 12, тел. 291-61-01
- ул. Луганская, д. 7, тел. 322-28-22
- ул. 2-я Владимирская, д. 52/2, тел. 306-18-97, 306-18-98
- Большой Факельный пер., д. 3, тел. 911-21-07
- Волгоградский проспект, д. 132, тел. 172-18-97
- Самаркандский бульвар, д. 17, тел. 372-40-01

мелкооптовые магазины

- 3-й Автозаводский пр-д, д. 4, тел. 275-37-42
- проспект Андропова, д. 13/32, тел. 117-62-00
- ул. Плеханова, д. 22, тел. 368-10-10
- Кутузовский проспект, д. 31, тел. 240-44-54, 249-86-60

В Санкт-Петербурге:

- проспект Просвещения, д. 76, тел. (812) 591-16-81
(магазин «Книжный дом»)

Издательская группа АСТ

129085, Москва, Звездный бульвар, д. 21, 7 этаж.
Справки по телефону (095) 215-01-01, факс 215-51-10
E-mail: astpub@aha.ru   http://www.ast.ru

Уважаемые читатели!
Даниэла Стил готова ответить
на Ваши вопросы.
Присылайте их по адресу:
129085, Москва, Звездный бульвар, 21
Издательство АСТ, отдел рекламы.

Литературно-художественное издание

Стил Даниэла
Путешествие

Редактор Л.И. Хомутова
Художественный редактор О.Н. Адаскина
Компьютерный дизайн: Е.Н. Волченко
Технический редактор О.В. Панкрашина
Младший редактор А.С. Рычкова

Подписано в печать 23.04.01.
Формат 84×108$^1/_{32}$. Усл. печ. л. 16,8.
Тираж 40000 экз. Заказ № 907.

Общероссийский классификатор продукции
ОК-005-93, том 2; 953000 — книги, брошюры

Гигиеническое заключение
№ 77.99.14.953.П.12850.7.00 от 14.07.2000 г.

ООО «Издательство АСТ»
Лицензия ИД № 02694 от 30.08.2000 г.
674460, Читинская область, Агинский район,
п. Агинское, ул. Базара Ринчино, д. 84
Наши электронные адреса:
WWW.AST.RU
E-mail: astpub@aha.ru

Отпечатано с готовых диапозитивов в типографии издательства
"Самарский Дом печати"
443086, г. Самара, пр. К. Маркса, 201.
Качество печати соответствует предоставленным диапозитивам.